무상
검

無
常
劍

무상검 8

일묘 新무협 판타지 소설

초판 1쇄 찍은 날 § 2003년 9월 1일
초판 1쇄 펴낸 날 § 2003년 9월 10일

지은이 § 일묘
펴낸이 § 서경석

편집장 § 문혜영
편집책임 § 장상수
편집 § 권민정
마케팅 § 정필 · 강양원 · 이선구 · 김규진 · 홍현경

펴낸곳 § 도서출판 청어람
등록번호 § 제1081-1-89호
등록일자 § 1999. 5. 31
어람번호 § 제2-0247호

주소 § 경기도 부천시 원미구 심곡1동 350-1 남성B/D 3F (우) 420-011
전화 § 032-656-4452 팩스 § 032-656-4453
E-mail § eoram99@chollian.net

ⓒ 일묘, 2002

값 7,500원

ISBN 89-5505-809-8 04810
ISBN 89-5505-395-9 (SET)

일묘 新무협 판타지

FANTASTIC ORIENTAL HEROES

무사검

無常劍

8 ◆ 내가 신(神)이라면…

도서출판
청어람

◆목

차

◆第一章
반야심경(般若心經)

반야심경(般若心經)

제멋대로 휘날리는 눈발이었다.

비록 세찬 북풍이 휘몰아친다고 하지만, 그리고 그 바람이 살을 에일 듯한 한기를 머금고 있다지만 우중충한 하늘 아래 미친 듯 춤추는 눈발은 지나친 면이 있었다.

눈 주제에 바람을 역행하여 거스른다던가 아래에서 위로 솟구친다던가, 그렇게 자연의 섭리마저 무시하곤 했으니까.

신무룡은 가파른 언덕의 모퉁이에 앉아 있었다. 벌거벗은 채였다.

그의 시선은 우중충한 하늘로 향해 있었다.

천리를 역행하는 눈들의 반동적인 태도에도 조금의 분노조차 내비치지 않는 무심한 눈길이었다. 마치 그의 눈동자에 비친 세상은 오로지 단순한 빛의 반사 그 이상은 아닌 듯했다.

"어째서 나인가?"

질문의 형식이지만 일체의 호기심도 깃들어 있지 않은 무채색의 음성이었다.

누군가에게 질문을 전달하고자 하는 의지조차 깃들지 않은 그의 음성은 입술을 떠나는 순간 광포한 바람 소리에 집어삼켜졌다. 그의 옆자리에 누군가 있었다 할지라도 그의 질문을 알아차리기는 힘들었을 것이다.

그럼에도 대답은 흘러나왔다.

─감정이 없으니까.

머리 속에서 직접 울려 퍼지는 '의사 전달'이었다.

이는 혼자서 지껄이는 혼잣말은 아닐 뿐더러 무의식에서 흘러나오는 내면의 목소리 따위도 아니었다.

분명히 또 다른 존재─뚜렷이 하나의 의식을 지니고 있는─에게서 흘러나왔다.

신무룡은 다시 입술을 움직였다.

"유쾌한 이유는 아니군."

그는 천천히 몸을 일으켰다. 어깨와 등을 비롯한 전신의 근육들 위로 여섯 줄기의 시뻘건 혈맥들이 꿈틀거리며 솟구쳤다. 용의 형상을 닮았다.

그의 몸에 쌓여 있던 눈들이 녹으며 하얀 김이 모락모락 피어올랐다.

추위로 얼어붙은 신체가 다시 활기를 되찾은 듯하자 솟구쳐 나왔던 혈맥들은 다시 가라앉았다.

신무룡은 몸을 돌려 몇 발자국 걸음을 옮겼다.

휘날리는 눈발 사이로 한 노승의 모습이 천천히 드러났다.

노승의 법명은 회오(悔悟)로, 꼬질꼬질하고 다 해어진 승복을 입고 있어 마치 유랑걸승 같아 보였지만 오늘의 신무룡을 있게 한 최대의 공로자이자 지낭인 군사였으며 현재는 일월교의 수석 장로를 맡고 있는 대단한 인물이었다.

전날 유검이 낙양으로 향하는 관도에서 신무룡을 처음 만날 때 본 노승, 바로 그였다.

회오는 두 손으로 공손히 황금색 곤룡포를 받쳐 들고 있었다.

신무룡은 장포를 받아 들어 아무렇게나 걸쳐 입었다.

회오는 그에게 보고했다.

"현재 본 교의 기재들 중 오 할이 모였습니다. 보름 이내로 계획한 숫자는 모두 채워질 것입니다. 본 교의 새로운 변화에 발맞춰 높은 지위에 올라설 절호의 기회라 생각하기에 이 일은 순조롭게……."

퍽─!

갑작스런 폭파음에 회오는 고개를 들었다.

장포를 걸친 신무룡은 한 팔을 땅으로 내려뜨리고 있었는데 천잠사와 비단을 엮어 만든 질긴 장포가 오른쪽 어깨 부위부터 아래까지 가루가 되어 사라져 있었다.

신무룡은 고개를 저어 말했다.

"신경 쓰지 않아도 된다."

그는 장포의 허리띠를 졸라매며 물었다.

"편복도의 녀석들은?"

회오는 공손히 허리를 숙여 답했다.

"무림맹의 기재들은 현재 장백산 근처 비밀 장원으로 옮겨지고 있습니다. 열흘 이내로 도착될 것입니다."

"방해는 없었나?"

회오는 잠시 머뭇거렸다.

뇌리로 진삼원이란 이름 석 자가 스쳐 지나갔다. 눈발이 쌓여 더 희어진 눈썹이 팔자(八字)로 변했다. 회오는 대답할 말을 신중히 고른 끝에 고개를 저었다.

"없었습니다."

과거에는 없었지만 앞으로 있을지는 모른다, 그런 의미가 함축되어 있지만 굳이 상세히 설명할 필요성은 없다고 판단하고 그렇게 말했다.

다음 보고로 이어졌다.

"그리고 청안신마(靑眼神魔)의 종적이 황산(黃山)에서 발견되었다고 합니다."

퍽―!

또다시 들려오는 폭파음.

이번에는 왼쪽 어깨 부위였다.

신무룡은 눈썹을 약간 찌푸리며 혼잣말로 중얼거렸다.

"균형은 맞는 셈인가?"

신무룡은 걸음을 옮기며 물었다.

"수밀지체는?"

회오는 그의 뒤를 따르며 대답했다.

"아직 변화는 없습니다. 하지만 청안신마로부터 색공의 요결을 얻어 연구해 보면……."

"죽여라."

갑작스런 신무룡의 말에 회오는 자신도 모르게 걸음을 멈춰 섰다.

"청안신마의 힘 따윈 필요없다."

신무룡의 이어진 말에 회오는 그제야 당혹한 모습에서 다시 안정을 되찾았다.

'나는 왜 당혹해했는가? 죽이라는 대상이 수밀지체라고 잠시 착각이 일어서이다. 생각해 보면 그런 말도 안 되는 명을 내릴 리가 없는데 나는 왜 의심보다 당혹이 앞섰는가? 아미타불…….'

회오는 자신도 모르게 불호를 외었다.

성큼성큼 걸어나가는 신무룡의 뒷모습에서 자신이 알지 못하는 낯선 그림자를 보았다.

다시금 불호를 외었다.

회오는 신무룡의 뒤를 따라 걷다 잠시 고개를 돌려 그가 앉아 있던 언덕의 모서리로 눈길을 향했다.

몇 시진 전만 하더라도 얼어붙은 동토(凍土)가 지평선 너머로 이어진 허허벌판이었던 곳이다.

그런데 갑자기 거대한 분화구가 생겨나 있었다.

사방 백여 장에 달하는 거대한 분화구가 본래부터 그러했다는 듯 생겨나 있는 것이다.

분화구의 중심에서 한 가닥 열풍이 올라와 휘날리는 눈발들을 다시 하늘로 올려 보내고 있었다.

바라보는 회오의 두 눈에는 아무런 경이도 의심도 없었다.

"관자재보살 행심반야바라밀다시 조견오온개공 도일체고액(觀自在 菩薩 行深般若波羅密多時 照見五蘊皆空 度一切苦厄)……."

회오는 신무룡의 뒤를 따라 걸음을 옮기며 이십 년 동안 잊고 지냈던 마하반야바라밀다심경(摩訶般若波羅蜜多心經)을 음송(吟誦)하기 시작했다.

◆ 第二章
만남

하늘은 아침부터 뿌옇게 흐려 있더니 오후 무렵이 되자 끝내 빗방울이 떨어지기 시작했다. 때는 초가을로 넘어서는 길목인지라 빗물은 차갑기 그지없다.

황산 입구 쪽에 자리한 작은 시진(市鎭), 지게를 지거나 바구니를 메고 마을에 장을 보러 온 사람들은 비를 피할 곳을 찾아 허둥거렸다.

"젠장, 이런 날은 그저 마누라……."

상인으로 보이는 한 중년 사내가 거칠게 욕설을 내뱉으며 비를 피해 객잔 안으로 뛰어들어 갔다.

유검은 객잔 앞에 쪼그리고 앉아 세상이 뿌연 우막으로 덮여가는 것을 멍하니 바라보고 있었다.

쏴아아―

세상은 내리는 빗소리에 젖어들고 조금 전까지 떠들썩했던 장사꾼들의 외침 소리는 거짓말 같다.

"쳇, 여기도 방이 없대."

귀에 익은 목소리에 고개 돌려보니 다우가 투덜거리며 객잔 문을 나서고 있었다. 어린 모습에 여전히 헐렁한 흑포장삼을 뒤집어쓴 차림새였다.

차양들이 좌르르 벌어졌다 닫혔다.

그녀는 처마 밑에 쪼그리고 앉아 멍한 얼굴로 자신을 돌아보는 유검의 모습에 입술을 삐죽 내밀었다.

"방이 없다구!"

그녀의 고함 소리에 유검은 화들짝 깨어났다.

"어? 아… 그래."

그렇게 반문하며 무거운 엉덩이를 천천히 일으켜 세우는데 다우가 호기심에 물든 눈빛을 반짝이며 물었다.

"근데… 대체 무슨 무공을 수련하려는 거야? 대개는 인적없는 산이나 폭포로 가서 하잖아? 왜 객잔이 필요한 거지?"

"음?"

멀뚱히 그녀의 눈을 마주 보다 유검은 두 눈이 동그래졌다.

"아! 듣고 보니 그러네. 굳이 객잔을 고집할 이유는 없구나!"

"그러니까 무슨 무공을 수련하는 거냐구!"

유검은 고개를 끄덕끄덕거리며 중얼거렸다.

"생각해 보니 이렇게 비가 내리는 날… 음, 그것도 제법 운치가 있겠군."

무슨 생각을 하는지 다우의 얼굴을 빤히 바라보며 히죽 웃는다.

다우는 아미를 찌푸리며 뭔가 반문하려다 힐끔 고개를 뒤로 돌렸다.

철퍽거리는 발자국 소리와 함께 쏟아지는 빗줄기 사이로 몇 명의 흐릿한 인영들이 걸어오고 있었다.

한 명의 여인과 세 명의 노인이었는데, 모두 커다란 삿갓과 밀짚으로 만든 도롱이를 뒤집어쓰고 있었다.

그들은 일견 농부들이 비 오는 날 외출 시 입는 평범한 우의를 입은 것처럼 보였지만, 빗물이 겉으로만 흘러내리고 안으로는 스미지 않게 하기 위해 아래로 드리워진 밀집 안으로 받쳐진 재료는 기름을 먹인 비단에 질긴 철삿줄을 댄 것이었다.

또한 걸을 때 철삿줄의 도드라진 부분과 스치며 나는 미세한 쇳소리는 품속에 병장기를 숨기고 있음을 의미했다.

유검은 눈빛을 반짝였다.

그들에게 호기심을 느낀 것이다.

일부러 발걸음을 거칠게 했다 할지라도 그들이 무림인이란 것은, 특히 세 명의 노인은 상당한 무공을 지녔다는 것은 단번에 알아보았다. 최소한 호신강기를 끌어올려 비를 피할 정도의 경지는 되어 보였다.

그런데 왜 저런 거추장스런 우의를 입고 있는 걸까?

일반인의 이목이 집중될까 두려워서는 아닐 것이다.

호신강기를 끌어올릴 수 있을 정도라면 언제든지 삼매진화(三昧眞火)로 옷을 말릴 수 있다.

그러니 애당초 비 맞는 것 정도를 두려워할 리가 없다.

왜일까?

비 맞는 귀찮음을 피하기 위해서라고 보기에는 저런 쇳덩어리 우의를 입고 다닐 이유로는 너무도 약했다.

그들은 유검과 다우의 시선 따윈 아랑곳하지 않고 서둘러 객잔 안으로 들어섰다.

"빈방이 없을 텐데……."

그렇게 중얼거리는데, 차양을 밀치고 객잔 안으로 들어서던 여인이 잠시 발걸음을 멈추었다. 그리고 유검에게로 고개를 돌렸다.

그녀가 대나무로 만들어진 삿갓을 들어 올린 순간 유검은 낯익은 턱의 곡선과 서늘한 눈빛을 마주쳤다.

유검은 그녀가 누구인지 알아보았다. 순간 짜릿한 기운이 등골을 따라 치솟았다.

유검은 자신도 모르게 히죽 웃어 보였다.

그녀는 언제 걸음을 멈추었냐는 듯 객잔 안으로 들어가 버렸다.

"어라!"

다우가 그녀의 뒤를 따라 걸어가려 하자 유검은 재빨리 그녀를 끌어안았다.

다우는 객잔 안을 가리키며 말했다.

"방금 못 봤어? 진 언니잖아. 왜 우릴 못 본 척할까?"

"아마 사정이 있겠지."

"쳇, 방이 없으니 금방 나올 거야. 그럼 물어봐야지."

"아니, 그들은 방을 얻게 될 거야."

유검의 예언은 바로 실현되었다.

몇 명의 유숙객들이 투덜거리며 객잔 밖으로 나왔다.

비 오는 날 이렇게 내쫓기다시피 하게 되니 당연히 불평이 일었겠지만, 그럼에도 입가에 웃음을 머금고 있는 것이 다른 보상을 충분히 받은 모양이었다.

그들은 쏟아지는 빗줄기 사이로 어디론가 떠나고 유검은 다우를 위해 잠시 기다려 주었다.

진여영이 객잔 밖으로 나오지 않을 것이란 사실을 깨닫게 해주기 위한 여분의 시간이었다.

"자, 갈까?"

고개를 끄덕거리는 다우의 어깨를 감싸 안으며 말했다.

"아무래도 이 근처에서 무슨 일이 벌어질 것 같구나."

유검은 진여영과 함께 있던 세 명의 노인은 아마도 무림맹의 인물들일 것이라 생각했다. 그들의 무공 수준을 보아 장로들일 가능성이 높았다.

이전 진여영의 말을 빌자면, 아마도 마교의 인물을 쫓는 중일 것이다.

유검은 한 가지 생각이 떠올랐다.

그들의 우의 차림은 하나의 변장에 불과하다. 그리고 저런 우의를 입을 수 있다는 것은 동행한 수하들이 있음을 의미했다.

유검은 자신도 모르게 주위를 둘러보았다.

보이지는 않지만 무림맹의 인물들이 이미 이 근처에 포진해 있을지도 모른다.

유검은 서둘러 이 자리를 벗어나기로 결심했다.

굳이 피를 두려워할 이유는 없지만 다우에게 피 냄새 나는 모습을 보여주긴 싫었다.

다우의 어깨를 감싸 안고 걸음을 옮기려는 순간,

차라락—

차양을 뚫고 한 사람이 튕겨져 나왔다. 조금 전 욕설을 내뱉으며 들어갔던 상인이었다.

그는 양팔을 좌우로 펼친 채 뒤로 넘어지려는 모습이었는데, 한줄기 싸늘한 검광(劍光)이 그의 가슴을 향해 날아들고 있었다.

검광을 일으키며 상인의 뒤를 쫓는 자는 진여영과 함께 객잔 안으로 들어섰던 노인이었다.

찰나의 순간 속에 유검은 망설였다.

지금 무림맹의 일에 끼어드는 것은 적절하지 못하다. 귀찮은 일들이 꼬리를 물고 몰려올 테니까. 또한 상인의 모습을 한 저 녀석은 알지 못하는 놈이다. 저놈을 위해 나설 까닭은 전혀 없다.

설령 나서서 그를 구해준다 한들 그에게서 감사의 말은커녕 쓸데없이 참견했다며 핀잔을 들을지도 모른다.

그 외 나서선 안 될 이유가 수십 가지가 넘었다.

애당초 강호에서는 남의 일에 끼어드는 것 자체가 어리석은 일인 것이다. 그럼에도 유검은 이미 손을 쓰고 있었다. 판단을 내리기도 전이었다.

유검은 손가락을 튕겼다.

객잔의 지붕 처마에서 떨어지던 빗방울이 유검의 손가락에 의해 한 가닥 회전을 머금고 튕겨져 나갔다. 유검의 손가락이 내린 지시와 의도를 충분히 머금은 것이다.

빗방울의 회전은 쏟아져 내리는 빗방울과 공기에 영향을 줬다. 이는 빗방울 주위에 존재하는 모든 것의 또 다른 수레바퀴를 굴리게 했으며, 그것은 다시 빗방울에 빠른 속도와 회전력을 주었다.

그렇게 하나의 나선을 그리며 빗방울은 점점 더 강한 힘과 속도를 가지게 되었고, 모든 것은 하나의 조화 속에서 이뤄졌기에 공기를 꿰뚫는 파공성조차도 나지 않았다.

창!

살기를 머금고 상인의 가슴을 향해 날아가던 검이 빗방울에 두 조각 나버렸다.

우당탕 소리를 내며 상인은 진흙투성이의 바닥에 뒹굴었다.

그는 벌떡 일어서더니 이마에 핏발을 곤두세운 채 노인을 향해 손가락질을 했다.

"대체 왜 날 죽이려는 거요?"

노인은 힐끔 유검을 쏘아보았다.

파공성은 물론 기척조차 없었기에 검이 부러져 나간 것이 반드시 유검의 짓이라고는 보지 않았다. 하지만 주위에 유검밖에 없었으니 의심하지 않을 수도 없었다.

노인은 다시 눈길을 돌려 차디찬 목소리로 상인 모습의 사내에게 말했다.

"네 품속에 든 그것을 보여달라고 했지 않은가? 왜 그렇게 거부를 하는가? 보여주면 될 것을……."

사내의 얼굴이 시뻘겋게 달아올랐다.

"단지 그것 때문에 날 죽이려 했단 말이오?"

노인은 말했다.

"넌 우리가 들어올 때부터 힐끔힐끔 쳐다보았다. 또 객잔 주인에게 방을 달라며 흥정하는 척하면서도 계속 관심은 우리에게 있었다. 왜 그랬지? 뭔가 우릴 두려워해서 훔쳐본 게 아닌가?"

상인은 어처구니없는 얼굴로 목청을 높였다.

"두려워해서라고? 헛헛! 이보슈, 그건 같이 온 소저에게서… 좋은 냄새가 나서 그랬소. 게다가 주인장에게 말을 건네며 삿갓을 살짝 들어 올렸는데, 내 평생 처음 보는 미인이었소. 남자라면 당연히 눈길이 갈 수밖에! 그게 죽을죄요? 허허, 내가 시비를 걸었소? 아니면 수작을 부렸소? 그냥 나도 모르게 힐끔 훔쳐본 게 죽을죄라도 된단 말이오?"

노인은 흠칫하더니 말을 이었다.

"좋다. 네 말이 그렇다니 그건 믿어주지. 하지만 넌 그것뿐만이 아니었다. 넌 계속해서 네 품속의 무언가를 만지작거리고 있었다. 그 품속에 보물이 없다면 왜 만지작거리겠는가? 그리고 또한 왜 남을 신경 쓰고 두려워하겠는가? 나는 그 점에 의심을 가졌고, 당장 손을 쓸 수도 있었지만 그래도 네게 한 번의 기회를 주었다. 네 품속에 든 그것은 무엇이지? 그렇게 물었는데 너는 당황해하며 그 딴 건 왜 묻느냐며 우릴 피하려고 했지. 그렇게 어물쩍 황급히 도망치려 하는데 내가 어찌 손을 쓰지 않을 수 있단 말인가?"

차분하면서도 오만하기 그지없는 창노한 음성이었다.

자신의 판단에 확신을 가지고 있었으며 사형수의 마지막 변명을 듣고자 하는 집행인 같은 태도였다.

상인 모습의 사내는 어이없는 얼굴로 멍하니 노인을 바라보더니 품속으로 손을 넣어 뭔가를 꺼내어서는 땅바닥에 내팽개쳤다.

"이거 말이오? 자, 이게 당신이 그토록 보고 싶어했던 보물이외다. 자, 실컷 보시오!"

쏟아지는 빗줄기에 땅바닥은 진흙창이었다.

그 위에 떨어진 물건은 종이로 만들어진 봉지였는데, 내팽개쳐진 충격에 그 안의 내용물이 흘러나와 있었다.

그것은 하나의 길쭉한 막대 모양의 도깨비였다. 히죽 웃고 있는 모습의 도깨비였는데 두 개의 뿔이 달려 있었다.

노인은 눈살을 찌푸리며 물었다.

"이건 뭔가?"

호기심 어린 눈으로 구경하고 있던 다우가 유검에게 물었다.

"저게 뭐지?"

유검 역시 알 수가 없어 고개를 갸웃거렸다.

상인은 팔짱을 낀 채 코웃음을 치며 말했다.

"흥, 마누라가 부탁한 거요! 내가 장사하느라 집을 비우는 일이 많아지니, 나 대신 이거라도 있어야겠다며 얼마나 성환지, 할 수 없이 이번에 사가지고 온 거요. 이게 어떻게 쓰이는지 궁금하시오? 가르쳐 드리지. 이건……."

몇 마디 말이 이어지는 순간 유검은 도깨비의 정체를 깨달았다.

재빨리 다우를 품속으로 끌어들였다. 팔로 그녀의 머리를 감싸며 그녀의 귀를 막았다.

"왜 그래! 갑자기 왜 이러는 거야! 나도 듣고 싶다구!"

"아… 저런 건 몰라도 돼."

다우는 몸부림을 치며 유검의 품속에서 벗어났다.

유검은 웃으며 흘러내리는 기마의 식은땀을 닦았다.

다행히도 도깨비의 용도에 관한 상인의 이야기는 이미 지나가 있었다.

상인은 삿대질을 하며 노인에게 따졌다.

"생각해 보쇼! 이게 자꾸만 품속에서 흘러내리려 하니 내가 신경 안쓸 수 있겠소? 난생처음 보는 미녀가 앞에 있는데 이게 흘러내려 보시오. 얼마나 쪽팔리겠소? 근데 당신은 이걸 나보고 내보이라 하니 내가 도망치지 않을 수 있겠냔 말이오!"

노인은 묵묵부답 아무런 말도 하지 않고 가만히 서서 듣기만 했다.

상인은 몇 차례 더 삿대질을 하고는 가래침을 칵 뱉었다.

그는 땅바닥에 흘러내린 도깨비를 다시 품속으로 집어넣고는 다른 곳으로 가버렸다.

유검은 뱃속에서 키득거리는 웃음이 치밀어 올랐지만 애써 참았다. 하지만 얼굴 표정마저 완전히 감출 수는 없었다.

다우가 고개를 갸웃거리며 중얼거렸다.

"왜 웃지? 근데 저 할아버지… 강도야? 저걸 빼앗으려 한 거야? 근데 왜 저 사람이 가게 내버려 두는 거지?"

노인이 멀뚱히 서 있다가 다시 객잔 안으로 들어가자 유검은 다우를 끌어안고 숨죽여 웃었다.

유검은 자기의 품속에서 한숨 쉬는 다우의 얼굴 표정은 보지 못했다.

'휴… 일부러 모른 척하기도 힘드네. 오라버닌 내가 정말로 모든 걸 모른다고 생각하는 걸까?'

다우는 객잔으로 시선을 돌리며 고개를 갸웃거렸다.

'근데 저 노친네는 무림맹 매화노인이잖아. 쳇, 날 보고도 모른 척하다니… 아마도 저번에 도박에서 진 빚이 아직 남아 있으니 아는 척하기 껄끄럽겠지. 근데 무슨 일이 벌어지고 있는 걸까? 쉽게 무림맹을 나서지는 않는 사람인데……'

다우를 끌어안고 킥킥거리며 웃고 있던 유검은 문득 묘한 느낌에 고개를 돌렸다.

객잔 맞은편에 소달구지가 있었는데, 그 뒤로 한 노인이 웅크리고 앉아 있었다.

비는 여전히 쏟아지고 길을 지나다니는 행인은 없었다.

'좀 전에는 왜 못 봤을까?'

유검이 노인을 멍하니 지켜보고 있자 다우가 그의 옷자락을 쥐고 흔들었다.

"뭐 해?"

유검은 다우의 말에 건성으로 으응 대꾸하며 홀린 듯 노인에게로 걸어갔다.

다우는 자신에게 관심을 보이지 않는 유검의 태도에 아미를 찌푸리며 입술을 삐죽거렸다.

"쳇."

다우는 어쩔 수 없다는 듯 어깨를 움찔거리곤 빗속을 걸어가고 있는 유검의 뒤를 쫓아갔다.

소달구지 곁으로 다가선 유검은 멍하니 노인을 내려다보았다.

노인이 고개를 들었다.

흰자위 하나 없는 까만 눈동자…….

한참 동안 노인을 쏘아보다 유검은 문득 그가 낯익음을 깨달았다.

"당신은……!"

예전 고서점에서 만났던 노인, 그 후 자신에게 다시 나타나 여섯 개의 하늘이 어쩌구, 궐음루에 들어가 술맛을 맛보았니 어쩌니 하면서 자신을 현혹시켰던 노인네, 바로 그였다.

노인이 히죽 웃는다.

유검은 눈살을 찌푸리며 큰 소리로 물었다.

"왜 날 속였습니까?"

노인은 고개를 저었다.

"난 속인 것 없네."

"속인 게 없다니… 무상검의 경지는 궐음력과 상관없었습니다. 그런데 왜 마치 그걸 통해 무상검의 경지로 들어갈 수 있는 양 이야기를 한 거죠?"

"상관없다니? 뭐가 상관없다는 건가? 그리고 그 책자를 익혀 자네가 손해 본 것은 뭔가? 뭐가 불만이길래 그리도 얼굴이 뿌루퉁해 있는가?"

"……."

"본래 무상검이란 하나 된 경지지. 구분이 없어지는 자리이며 존재하는 모든 것과 존재하지 않는 모든 것이 있는 자리이기도 하다. 자넨 무상검의 경지에 올랐다면서 아직도 그 이치를 모르는가?"

"……."

"자네가 말하는 그 경지의 구분이 없어질 때 진정한 무상검의 경지에 오를 걸세."

유검은 묵묵부답 대꾸할 말을 찾지 못했다.

한참 후에야 겨우 입을 떼었다.

"혹 어르신께선 그 경지에 오르셨습니까?"

노인은 히죽 웃을 뿐 대답하지 않았다.

유검은 묵묵부답인 노인을 내려다보다 길게 한숨을 내쉬며 말했다.

"좋습니다. 그럼 다시 제 앞에 나타난 이유가 무엇인지 말씀해 주시겠습니까? 여기 앉아 계신 것이 우연이라고 보기엔 믿기 힘들군요."

노인은 히죽 웃었다.

"이제 조금 공손해졌군."

노인은 길게 기지개를 켜고는 천천히 몸을 일으켰다.

노인은 유검 뒤에 서 있는 다우를 보더니 흐흘, 웃으며 품속을 뒤적거렸다.

"착해 보이는 아이구나. 이리 오렴. 이걸로 맛있는 거나 사 먹으려무나."

그러면서 동전 세 문을 손바닥에 올려놓고 다우를 향해 내민다.

어린 꼬마 취급하는 노인의 태도에 다우는 아미를 찌푸렸지만 곧 동전을 낚아챘다.

어쨌든 공짜다, 생각하며 내심 히히거렸다.

노인은 흐뭇해하며 유검에게 말했다.

"내가 준 반지를 저 아이가 끼고 있구나. 흐음… 그것도 나쁘진 않지."

머리 속으로 노인의 말이 울려 퍼졌다.

─저 아이와 운우지락을 나누는 데 문제가 있지? 그걸 해결해 줄 방도를 가지고 왔는데, 관심이 없는가?

유검의 두 눈이 동그래졌다.

갑자기 남녀 간의 일을 꺼내니 내심 주책없는 노인네란 소리가 절로 나왔다.

하지만 뭔가 해결 방도가 있다니 쑥스러운 가운데서도 강렬한 호기심이 일었다.

"에……."

뭐라고 말해야 할지 몰라 더듬거리고 있는데, 노인이 천천히 걸음을 옮기며 말했다.

"비를 맞는 것도 운치가 있긴 하지만, 조용히 대화를 나누려면 아무래도 찻집이 낫겠지."

유검이 노인의 뒤를 졸래졸래 따라가는데 다우가 붙잡고 물었다.

"근데, 누구야? 아는 분이야?"

"음? 아… 대충 그래."

노인은 객잔으로 발걸음을 옮기고 있었다.

뒤쫓아 걷던 유검은 약간 흠칫거렸다.

객잔에는 진여영과 그 일행들이 이미 들어가 있다. 혹 무슨 복잡한 일에 말려드는 건 아닐까 하는 생각이 일었다.

'뭔 일이 생겨도 상관은 없지. 다우랑 그 자리를 피하면 그뿐이니까.'

객잔은 일층에 주루를 겸하지 않고 있었다.

몇 명의 객잔 손님들이 탁자를 둘러싸고 모여 앉아 차를 마시며 담소를 나누고 있었다.

주인장은 빈방이 없다며 휘이휘이 손을 내저었다.

유검이 은자를 몇 냥 내놓으며 잠시 비를 피하려는 거니 술과 요리, 차를 달라고 하자 주인장의 얼굴에 화색이 돌았다.

유검은 진여영과 무림맹 장노들을 찾아 주위를 두리번거렸다. 그들은 이미 방으로 들어갔는지 보이지 않았다.

내심 다행이라고 생각하며 빈 탁자로 갔다.

세 명이 자리를 차지하고 앉아 기다리니 주인장이 화주(火酒) 한 근, 낙화생 한 접시, 돼지고기 삶은 것 한 근, 찻주전자 등을 가져왔다.

유검은 노인의 말을 기다리다 옆 자리로 시선을 돌렸다.

다우 역시 호기심에 가득 찬 눈으로 노인의 말을 기다리고 있었다.

유검은 내심 걱정이 일었다.

'음… 그렇고 그런 이야기를 다우랑 함께 들어도 상관없는 걸까?'

한편으론 그런 이야기가 나왔을 때 다우가 어떻게 반응할지 궁금하기도 했다.

하지만 이런 우려 및 기대는 전혀 의미없었다.

그가 내놓은 이야기는 오로지 무상검의 경지에 대한 이야기였다.

"자네가 제한을 느끼는 것은 무상검의 진짜 힘을 이해하지 못하고 있기 때문이라네. 다시 말해 스스로 만든 제한이란 거지."

"나 스스로 만든 제한요?"

"간단히 말해 볼까? 자넨 현재 내공을 쓰지 못하고 있지?"

"……."

"사실은 쓸 수가 있다네. 일반 내공에서부터 궐음력은 물론 다른 육경천의 힘까지 어떤 것이든. 그리고 자네가 인식하지 못하는 또 다른 힘까지 원하기만 한다면 얼마든지 쓸 수가 있어. 하지만 자넨 이렇게 생각했지. '무상검의 경지에 들었는데 일반적인 내공을 쓸 리가 없어. 육경천의 힘도 아니야. 뭔가 분명 다른 것이 있을 거야' 라고 말이지. 겉으로 생각하기 이전 무의식 중에 결정한 생각이자 제한이지. 스스로 내면 깊숙이 들여다보면 그걸 알 수 있을 걸세. 그리고 자네는 존재하지 않는 무언가를 굳이 찾아 헤매 다니고 있어. 뻔히 눈앞에 모든 것이 있는데도 말이지."

노인의 말에 유검은 마음이 어지러워졌다.

하지만 어지러운 생각과는 달리 마음 깊은 곳에서는 노인의 말이 옳다고 고개를 끄덕이고 있었다.

'나 스스로 만든 제한? 대체 난 스스로에게 무엇을 제한하고 있었단 말인가?

"생각해 보게나. 무상검의 경지라 해서 뭐가 그리 크게 다르겠나?

세상 돌아가는 이치는 매한가지며, 쓰이는 힘 또한 모습은 다를지라도 근본은 하나인데 말이야. 괜히 상상으로 어떤 경지를 미리 만들어놓고 자넨 그걸 추구해 나가고 있어. 시간도 공간도 실제론 존재하지 않는 허상이란 걸 실제 느꼈지 않은가? 그런데 왜 그 시간과 공간의 법칙에 얽매어 있는가? 왜 스스로 그런 제한을 만들어 자신을 옭매고 있는가?"

유검은 멍하니 노인의 말을 듣고 있었다.

"자네 사부가 왜 무상검이라 이름한 것인지 알겠는가? 무상삼매경(無相三昧境)에서 나온 말이라네. 나도 없고 너도 없는 그런 경지를 일컫지."

"……!"

"이 무상검의 경지는 크게 세 가지로 나뉘는데, 첫째는 차라리 유상검이라 불리우는 단계지. 현재 자네는 겨우 이 유상검의 초입에 와 있어. 깊은 노력과 집중을 통해서야 겨우 그 진정한 힘의 미미한 조각을 맛볼 뿐이라네. 그것만으로도 자넨 시간과 공간의 제약을 뛰어넘을 수 있었는데, 그럼에도 스스로 만든 제약 때문에 완전히 펼칠 수도 없었지."

노인의 말에 유검은 내심 커다란 충격을 받았다.

사실 신무룡과 접전 때 한순간 말로 형언할 수 없는 어떤 무언가를 맛보았다. 자신이 마치 무한대로 확장되어 있는 듯한, 다시 말해 자신이 하늘이 되고 땅이 되어 있는 듯한, 대우주와 그것마저 초월하여 존재하는 모든 것이 완전히 일체가 되어 있어 아무런 분리가 없는 그런 존재감이었다.

어떤 한계도 없는 완벽한 자유!

시간도 공간도 그곳에는 없었다.

그 속에서 미증유의 거력이 나옴을 절로 깨달을 수 있었다. 어떤 의문도 없었다.

그때 유검은 이것이 바로 사부가 말하던 그 무상검의 경지라는 것을 알았다.

하지만 곧 한계를 느낄 수밖에 없었다.

깨고 나선 다시 평상시의 모습으로 되돌아와 버린 것이다.

그 후로 유검은 한마음 한뜻으로 그때의 경지로 돌아가고자 노력하였다.

그 결과 태산압정과 횡소천군 두 가지의 초식을 펼칠 수 있었다.

그럼에도 불만스러웠는데, 이 두 가지 모두 제약을 가지고 있었고 내심 무상검의 경지와는 거리가 있다고 여겼기 때문이다.

그런데 노인의 말을 들어보니 자신이 놓친 것이 무엇인지 대략 알 것 같았다.

동시에 커다란 의문이 일었다.

머리 속에서 의문이 돌고 돌았다.

결국 참지 못하고 노인의 말을 가로채고 물었다.

"나 스스로 만든 제약이라니, 그게 대체 어떤 의미입니까?"

노인은 웃으며 답해주었다.

"이미 말했지 않은가? 너도나도 없는 경지가 바로 무상검이라고. 자넨 이러한 무공을 펼쳐야겠다라고 생각하고 있어. 느끼고 있어. 그게 바로 제한이지. 무공은 펼쳐져도 펼치는 자가 없어질 때 비로소 어떤 제약도 없는 무상검의 진정한 위력이 나올 걸세."

유검은 어리둥절했다.

펼치고자 하는 내가 없다면 대체 누가 무공을 펼친단 말인가?

그럼에도 뭔가 알 듯 말 듯한 기분이 들어 더 혼란스러웠다.

순간 유검의 머리 속으로 스치는 느낌이 있었다.

낙양에서 무공이 펼쳐질 때, 그리고 무림맹의 금역 안에서 일검이 펼쳐질 때 무공을 펼치는 '나'는 없었다.

단지 무공이 펼쳐지고 있을 뿐이었다.

유검은 좀 더 깊이 생각에 빠져 들어갔다.

간단히 말하자면 무아지경에서 무공을 펼쳐야 한다는 말이다. 하지만 그것은 운기행공 중에도 흔히 경험하곤 하지 않은가?

하지만 신무룡과의 접전 때는 그리되는 과정을 분명히 깨어서 자각하고 있었다. 나라는 어떤 생각도, 느낌도 없었지만 분명히 깨어 있었다.

"아……!"

유검은 자신도 모르게 감탄사를 내뱉었다.

두 경우의 차이점을 느끼자 뭔가 단서를 얻은 것 같아 희열을 느꼈다. 계속해서 심중을 어지럽혀 온 하나의 의문이 풀린 것 같았다.

하지만 그 기쁨은 오래가지 못했다.

또 하나의 난제를 발견한 것이다.

신무룡과 접전 때 느낀 그 무엇은 깨어 있었지만 '나'는 없었다. 나라는 자각이 들면 그것이 깨어지고 마는 것이다.

태산압정과 횡소천군을 펼칠 때 그 제약과 한계가 어디서 오는지 분명히 깨달았으나 그것을 해결할 수 있는 방법은 없었다.

굳이 말하자면 무공을 펼칠 때 펼치는 '나'라는 생각, 자각이 없어져야 하는데, 설마 하니 싸우는 도중에 좌선이라도 하며 무아지경으로 빠져들어야 한단 말인가?

검이 날아오는 것을 멍하니 그냥 바라만 보고 있어야 한단 말인가?

이래저래 의문은 꼬리를 물고 물어 혼란은 더욱 심해졌다.

유검은 노인을 쏘아보았다.

'괜히 나의 심기를 어지럽게 만들기 위해 일부러 지어낸 이야기는 아닐까?'

하지만 노인의 말을 부인할 수 없었다. 그의 말이 옳음을 분명히 느끼고 있어서였다.

참을 수 없는 화가 치밀어 올랐다. 대상은 없었다.

자신이 정말로 간절히 바라는 것이 무엇인지 깨달은 순간, 그 경지에 오르고자 하는 열망과 갈증은 대단했다.

재물도, 강호의 세력 다툼도, 심지어 사랑하던 여인에 대한 관심조차 식어버린 까닭이 바로 이 경지에 대한 열망이 너무 강해서였던 것임도 알았다.

하지만 도무지 방법이 없다

대체 뭘 어떻게 하라는 말인가?

펼치는 내가 없어지려면 대체 어떤 노력과 수련을 쌓아야 한단 말인가?

세상의 어떤 무엇도 노력하면 얻을 수 있다고 생각했다.

하지만 그 노력하는 내가 없어지려면 어떻게 해야 할까?

멍하니 바보가 되어야 하는 걸까?

바보가 된다면 이 무상검은 또 어떻게 펼치란 말인가?

이도 저도 아닌 모순에 빠져 유검은 멍하니 노인만 바라보았다.

이때 노인의 눈과 마주쳤는데, 유검은 기이한 감각을 느꼈다. 시선의 초점이 흩어져 있었는데 마치 그의 눈이 자신에게 빨려 들어오는 것 같았다. 자기 눈 안에 그의 눈이 있는 것 같았다.

자신이 그의 눈 안에 있는 것인지, 내 안에 그가 들어와 있는 것인지 분간을 할 수가 없었다.

마치 자신이 그 노인이 된 듯한 느낌이었다.

'이 느낌… 익숙하다!'

노인은 희미하게 웃으며 말했다.

"알겠는가?"

순간 유검은 잠에서 깨어난 듯한 얼굴로 되물었다.

"예?"

노인은 빙그레 웃더니 말을 이었다.

"흠… 그 느낌을 곰곰이 따져 보게. 그나저나 그 다음 경지가 궁금하지 않은가?"

유검은 궁금해하며 노인의 말을 기다렸다.

"그 유상검의 다음 경지는 합일무상검(合一無相劍)일세. 일시적이긴 해도 원하기만 하면 자네가 느낀 그 깨달음 속으로 언제든지 빠져들 수 있지. 이때부터 진정한 무상검이라 불릴 수 있다네. 이 단계의 특징은 육체의 자각이 사라진다는 것일세. 다시 말해 진정한 금강불괴라고도 말할 수 있지. 현재 자네는 진기의 힘에 의해 아주 강력한 호신강기가 펼쳐져 있는 정도이며, 그보다 더 강한 힘이 쏟아질 경우 여지없이 파괴되고 마네. 그래서야 금강불괴라는 이름이 아깝지. 이 경지에 있게 되면 세상의 모든 일이 하나의 꿈처럼 여겨지게 되네. 예로 들어 검이 자네 몸을 향해 찔러와도 그것은 하나의 환영처럼 여겨지는데, 재미난 사실은 실제로도 그 검은 자네 몸에 어떤 영향도 미치지 못하게 된다는 것일세. 스윽— 그냥 지나쳐 버리는 거지. 뭐, 그런 일이 반복되다 보면 자네는 그렇게 꿈도 생시도 아닌 상태로 있게 된다네."

유검은 노인의 말을 반쯤은 이해했다.

금강불괴 상태로 있을 때 육체 감각이 희미해지는 것은 이미 겪었지 않은가. 진정한 금강불괴라면 육체 감각이 사라지는 것은 당연할 것이다.

하지만 검이 스윽— 스쳐 지나간다라니?

그건 도무지 이해가 가지 않는 느낌이었다.

노인은 계속해서 말을 이었다.

"그리고 이 경지에 있어 마음을 먹으면 그것이 바로 실제로 이뤄진다네. 허공에 몸을 띄우고 있거나 물 위를 자연스럽게 걷는 것은 물론, 갑자기 몸을 사라지게도 할 수 있지. 또한 조금 까다롭긴 해도 산을 옮길 수도 있다네."

유검은 산을 옮긴다는 노인의 말이 어이없어 말했다.

"굳이 산을 옮기고 싶진 않군요."

노인은 웃으며 대꾸했다.

"그 경지에 들면 굳이 산을 옮길 마음도 생기지 않을 걸세."

유검은 입맛을 다시며 물었다.

"그럼, 그 경지가 끝인가요?"

"물론 아니지. 모두 세 단계로 나뉜다고 하지 않았나? 당연히 그 다음 단계가 있지."

유검은 궁금했다.

합일무상검이란 단계도 말로는 도무지 감도 오지 않을 정도인데, 이 마지막 경지란 대체 어떤 것이란 말인가?

노인은 아무런 대꾸 없이 차를 한 모금 마시고는 곰곰이 생각에 잠겼다.

유검은 묻고 싶어 안달이 났지만 그의 묵상을 깨뜨리고 싶지는 않아 애써 참았다.

고개를 돌려보니 다우가 두 손으로 턱을 괴고 반쯤 눈을 감은 채 졸고 있었다.

노인의 이야기가 어지간히 졸렸던 모양이다.

유검은 다우를 보고 있노라니 마음이 조용히 가라앉는 것을 느꼈다.

'나는 뭘 안달하는 걸까? 이미 이 정도의 무공만 해도 누구에게 맞고 다니진 않지 않은가. 뭐, 은자란 것도 정 궁하면 어디 부잣집을 몰래 털면 그뿐이다. 그러니 내게 아쉬울 건 없다.'

생각해 보니 조금 어이가 없었다.

애당초 노인의 이야기를 듣고자 했던 이유는 다름 아닌 다우 때문이었지 않은가?

그런데 엉뚱하게도 높은 경지에 대한 갈망 때문에 스스로 혼란을 자초하고 있는 꼴이었다.

그런 자신이 우스워 피식 웃고 말았다.

이때 노인이 눈을 떴다.

"바로 그걸세!"

버럭 소릴 질렀다.

유검은 어리둥절해하며 되물었다.

"예?"

노인의 두 눈에서 엄청난 안광이 쏟아졌다.

유검조차 그의 눈빛에 혼백이 스러짐을 느낄 정도였다.

노인은 또렷한 목소리로 말했다.

"내가 왜 자네에게 관심을 가지는지 알겠는가?"

"왜요?"

"그 웃을 수 있는 능력! 바보가 될 수 있는 능력 때문일세!"

"……."

"난 이미 합일무상검의 경지에 들었네. 하지만 마지막 관문을 깨뜨릴 수 없었는데, 이것은 나의 포기할 수 없는 이 강렬할 열망 때문임을 깨달았네."

유검은 처음에는 놀람, 그 다음에는 웃음이 나왔다.

노인이 합일무상검의 경지에 있다는 사실은 무척 놀라웠지만, 이미 나름대로 짐작한 바였기에 그리 경악할 만한 사실은 못 되었다.

웃음이 나온 것은, 결국 말하자면 자신이 느낀 그 모순을 노인 역시 그대로 안고 있다는 것을 알았기 때문이다.

유검은 웃음을 참고 궁금해하며 물었다.

"왜 포기할 수 없는 거죠? 그냥 포기하면 되지 않습니까? 그럼 그 다음 단계로 넘어갈 수 있다면서요?"

노인은 한숨을 쉬며 고개를 도리도리 저었다.

"휴… 자넨 이해하기 힘들 걸세. 마음을 비우고 또 비웠다. 텅 비어버려 아무것도 없음에 도달했다. 그럼에도 그 비운 자는 남아 있어. 어떻게 하겠는가? 나도 없고 세상도 없지만 그 비운 자는 남아 있단 말일세. 대체 어떻게 하겠는가?"

유검은 멀뚱한 얼굴로 물었다.

"죽어야… 가능한가요?"

노인은 고개를 저었다.

"죽어도 그대로야. 난 일부러 죽음 상태로 들어가 봤지. 그렇게 수십 년이 흐르고 깨어났는데 여전히 그대로더군."

죽음 상태로 수십 년을 그대로 있었다는 말인가?

유검은 놀랍기도 하고 조금 징그럽기도 했다.

'그 마지막 경지가 뭐길래 수십 년 동안 죽음 상태까지도 마다하지 않는 걸까?'

노인은 힘없이 말했다.

"마지막 경지는 본연무상검이라고 하지. 말 그대로 스스로 무상검이 되어 있는 단계일세. 다시 말해… 신이 되는 것이라네. 내가 자네에게 기대하는 바가 그것일세."

"예?"

유검은 두 눈이 동그래졌다.

본연무상검이란 것은 나름대로 이해를 한다 쳐도, 신이 되는 것이라니?

대체 무슨 말을 하는지 감이 오지도 않았다.

또 왜 자기에게 그걸 바란단 말인가?

노인은 간절한 음성으로 말했다.

"난 또 하나 깨달은 바가 있었네. 누군가 길을 열어야 해. 누군가 그 길을 열기만 한다면 나 역시 자연적으로 함께 그 경지에 들게 되네. 그건 보이지 않는 또 다른 차원의 법칙일세. 그러니……."

유검은 의아해하며 물었다.

"왜 제게 그걸 바라는 것입니까? 어르신께선 이미 저보다 까마득하게 높은 경지에 있는 것 같은데 왜 말단 후학인 제게 그런 경지를 기대하시는 겁니까?"

일반 무림인의 상식으로 보자면 유검이 말단 후학의 경지에 있는 것은 절대 아니다.

하지만 유검은 느낄 수 있었다.

노인의 경지는 자신이 수십, 아니, 수백 년을 노력한다 하더라도 도달할 수 있을지 어떨지 모르는 그런 경지임을.

그런 그가 왜 이제야 무상검의 초입에 든 자신에게 기대를 한단 말인가?

노인은 말했다.

"이건 나 하나만의 갈망이 아닐세. 아직 그 마지막 경지에 들지 못한 수많은 이들이 함께 자네를 주시하고 있다네. 눈에 보이진 않지만, 그들은 자네의 성취에 때론 감탄하고 때론 안타까워하며 지켜보고 있다네. 사실 자네가 여태껏 상상을 초월한 그런 무공의 진보를 이룬 것은 그들의 보이지 않는 숨은 노고가 있었음을 알아야 하네. 알게 모르게 그들은 아주 다양하고 신비로운 기운들을 자네에게 쏟아주고 있어. 무공의 요결에 대한 깨우침의 힘을 자네에게 아낌없이 베풀고 있어. 그들은 세속의 일에는 관심이 없지. 오로지 열망하는 것은 단 하나, 그 본연무상검의 경지를 성취하고자 하는 것뿐일세. 그런 그들의 모든 관심이 자네에게 아낌없이 주어지고 있는 걸세."

유검은 노인의 말을 이해할 수가 없어 눈만 말똥거렸다.

그러다 누군가 많은 자들이 자신을 지켜보고 있다는 말에 주위를 두리번거렸다.

노인은 웃으며 고개를 가로저었다.

"찾아봐도 눈에는 보이지 않아. 그들은 각자가 저 멀리 떨어져 있으니까 말일세. 하지만 자네의 일거수일투족을……."

노인은 흠칫하며 말을 끊었다.

유검의 표정이 일그러져 갔던 것이다.

노인은 순간 자신이 실수했음을 깨달았다.

"일거수… 일투족요?"

유검이 내뱉은 말에 노인의 이마에 한 방울 식은땀이 고였다.

"아… 그러니까 그게……."

유검의 얼굴은 점점 더 일그러졌다.

"다시 말해서, 내가 밥 먹을 때나, 잠잘 때나, 측간 갈 때나, 심지어……."

털썩—

손바닥으로 턱을 괴고 졸고 있던 다우가 마침내 고개를 탁자 위로 떨구고 말았다.

다우는 제풀에 놀라 화들짝 깨어나 주위를 돌아보았다.

일그러져 있는 유검의 얼굴을 보고 의아해 물었다.

"왜 그래? 무슨 일이 생겼어?"

유검은 고개를 저었다.

"아, 아니……."

그러면서 속으로 생각했다.

'노인네의 말이 사실이라면 다우랑 그러니까, 음… 그러고 있을 때도 지켜보고 있었단 말인가!'

노인은 고개를 떨구고 묵묵히 있다가 갑자기 벌떡 일어나 소리를 질렀다.

"그만들 하게! 내가 실수하고 싶어서 했는가! 그 말은 나도 모르게……."

그러다 다시 유검과 시선이 마주쳤다.

노인은 자신이 또다시 실수했음을 깨달았다. 누군가 지켜보고 있다는 의심을 확인시켜 준 꼴이 되고 만 것이다.

노인의 이마에서 식은땀이 줄줄 흘러내렸다.

"에… 하여간 잊지 말게나. 어떤 일에도, 심지어 그 마지막 경지조차 아무것도 아니라고 웃어버릴 수 있는 그런 능력이야말로 가장 소중한 것임을! 또한 담대하기 그지없는 바보가 될 수 있는 능력이야말로 정말 드문 위대한 것임을!"

유검은 천천히 팔짱을 끼며 되물었다.

"그러니까… 이 일도 그냥 바보처럼 웃어버리란 거군요."

노인의 얼굴에 화색이 돌았다.

"오, 바로 그걸세! 그걸 금방 깨우치다니, 자넨 그야말로 고금전후 절세의 기재일세! 우리의 눈이 과연 빗나가지 않았어!"

"……."

유검은 웃지 않았다.

"에… 그럼 이만……."

노인의 신형이 흐릿해져 갔다.

유검은 벌떡 일어나 소리쳤다.

"잠깐! 이대로 그냥 가면 어떡합니까!"

다우는 옆에서 놀라 두 눈을 동그랗게 떴다.

노인은 아차 하는 얼굴로 다시 신형을 드러내었다.

"아, 잊을 뻔했군."

그러면서 품속에서 조그만 마름모꼴의 투명한 금강석을 탁자 위에 내려놓았다. 크기는 대략 어린아이 주먹만했다.

"그 한천검의 본래 주인이 자네에게 전해주라고 한 선물일세. 자, 그럼……"

"잠깐! 잠깐만요!"

잠시 금강석에 눈길을 돌린 사이 노인의 신형은 이미 사라져 있었다.

유검은 황당하기 그지없었다.

애당초 노인의 말에 호기심을 느낀 동기는 다우와 제대로 사랑의 기쁨을 누릴 수 있는 방법을 배우기 위해서이다. 그런데 노인은 쓸데없는 소리만 늘어놓은 채 가버리고 만 것이다.

주먹을 쥐고 부르르 떨다가 유검은 허공에 대고 버럭 소리를 질렀다.

"어쨌거나 다신 내 앞에 나타나지 마세요! 그리고 간섭하지도 말고, 또 훔쳐보지도 마십시오! 지금 보고 있는 당신들! 왜 쓸데없이 남의 사생활에 관심을 가집니까? 내가 무슨 원숭이인 줄 아십니까? 당장 눈 돌려요!"

꽝!

탁자를 내려치자 두 조각이 나버렸다.

주루 안은 조용했다.

모두들 놀란 얼굴로 소리친 유검을 돌아보고 있었다.

유검은 그런 그들과 시선이 마주치자 어색한 웃음을 지을 수밖에 없었다.

"아… 당신들보고 한 소린 아닙니다. 하하……"

"……"

"……"

이때 누군가 소리쳤다.

"아! 나타났다!"

객잔 안의 사람들은 모두 안색이 변했다.

"나타났다고?"

"정말로? 진짜인가?"

"이번에도 가짜 아냐?"

그들은 모두 유검에 대한 관심을 끊고 일제히 우르르 밖을 향해 쏟아져 나갔다.

곧 일층 객잔 안에는 수입 지출 은자 계산에 한참인 주인장과 어색한 얼굴로 멀뚱히 서 있는 유검, 그리고 턱을 괸 채 말똥말똥 호기심 어린 눈으로 유검을 구경하고 있는 다우만 남게 되었다.

주인장이 유검을 향해 물었다.

"지금 마침 하나 비었는데, 드릴깝쇼?"

유검은 얼떨떨해하며 되물었다.

"방… 없다고 하지 않았습니까?"

"마침 투숙객 중 한 명이 나갔군요. 그리고 예약하고 기다린 자들도 몽땅 나가 버렸습죠. 그 결과 탕이 하나 비게 된 것입죠. 예."

"……."

"에… 그러니까 무림인이란 본래 언제 목숨이 떨어질지 모를 자들, 그런 부평초들을 위해 귀중한 방을 비워둘 수야 없습죠."

은자 계산에 열중하며 내놓는 주인장의 변명거리였다.

◆第三章

깨달음

"제한이라……."

지붕을 두들기는 빗소리, 밤이 되려면 아직 많은 시각이 남았지만 방 안은 이미 어두컴컴했다.

유검은 촛불조차 켜지 않고 팔짱을 끼고 탁자에 머리를 처박은 채 곰곰이 생각에 잠겨 있었다.

'제한이라… 대체 나 스스로 제한시켰다는 그 의미가 뭘까? 내가 왜 나 스스로에게 제한을 건단 말인가?'

굳이 따져 보자면 무공을 펼치는 '나'가 없어야 한단 말인데, 그렇다면 애당초 무공이 펼쳐지지도 않을 것이다.

그렇다면 그 '나'는 누구란 말인가?

유검은 운기행공할 때처럼 그냥 마음을 비우고 멍하니 있어보았다.

'음… 이런 상태를 말하는 건가?'

하지만 이런 상태에서 어떻게 무공을 펼친단 말인가?

아무리 생각해 보아도 질문만 다람쥐 쳇바퀴 돌듯 무한반복할 뿐 답은 나오지 않았다.

탈칵—

부싯돌 마주치는 소리와 함께 주위가 환해졌다.

침대에 걸터앉아 유검을 지켜보고 있던 다우가 몸을 일으켜 탁자 위의 촛불을 켠 것이다

유검이 고개를 들자 다우가 물었다.

"궁금하지 않아? 사람들 모두 우르르 나갔는데 말야."

"아, 아마 기보(奇寶)라도 나타난 모양이지. 좀 전의 그 이상한 노인네 태도를 봐도 그렇고."

"그게 뭔지 안 궁금해?"

"음? 사실 내게 있어 기보란 건 별 의미가 없잖아. 오히려 그걸 탐내는 사람들의 마음을 이해 못하겠어. 왜 탐을 낼까? 사실 그 기보를 얻어봤자 애당초 능력이 되지 않는다면 기보에 담긴 비밀을 얻지 못할 거야. 그리고 능력이 된다면 굳이 그러한 기보를 탐낼 리 없지. 어떻게 보더라도 기보를 쫓는 건 어리석은 짓이야."

다우는 두 눈을 말똥거리며 물었다.

"평소 지론이야? 아니면 그 기보가 뭔지 이미 알고 있는 거야?"

"음?"

다우의 반문에 유검이 오히려 어리둥절했다.

곧 자신의 말을 돌이켜 생각해 보고 이상한 점을 깨달았다.

천만금을 지닌 부자가 은자 한 냥을 대수롭지 않게 여기듯 스스로의 무공 경지로 보건대 기보 따위에 마음이 쏠릴 까닭은 없다. 하지만 능

력이 되지 않는다면 기보에 담긴 비밀을 얻지 못할 거라는 것은 어떻게 알았을까? 다우 말대로 마치 그 기보가 뭔지 이미 알고 있기라도 한 듯.

유검이 또다시 깊은 생각에 빠지자 다우는 입을 삐죽거렸다.

"쳇, 재미없어!"

홀로 침대로 가 이불을 뒤집어쓰고 누웠다가 다시 벌떡 일어났다.

다우는 홀로 깊은 묵상에 빠져 있는 유검을 매섭게 쩌려보더니 품속에서 여러 개의 쇳덩어리들을 꺼내었다.

화약의 양을 조절하여 특별히 커다란 소리를 내고, 그와 함께 매운 연기를 뿜어내게끔 만들어진 것들이었다.

"좋아, 이거면 정신이 좀 맑아지겠지!"

다우는 그 쇠뭉치들을 유검 주위로 하나하나 배치하였다. 그 와중에도 유검은 전혀 눈치를 채지 못하고 팔짱을 끼고 눈을 감은 채 깊은 생각에 잠겨 있었다.

배치가 끝나자 다우는 손끝을 튕겼다.

하얀 불꽃들이 튀어나와 배치된 쇠뭉치들의 도화선에 불을 붙였다.

다우는 문을 나서며 즐겁게 소리쳤다.

"나 조금만 놀다 올게~!"

"으응……."

유검은 건성으로 대답했다.

잠시 후 커다란 굉음이 울려 퍼졌다.

다우는 기름종이로 만든 우산을 들고 후원으로 걸어나왔다. 꽤나 기분이 좋은 듯 콧노래를 흥얼거리고 있었다.

그녀의 손에는 황산의 모습이 그려진 기름종이를 바른 우산이 들려 있었다.

다우는 그 깐깐해 보이던 주인장에게 한바탕 설교를 들으며 쩔쩔맬 유검을 생각하니 그 기분이란 게 이루 말할 수 없이 고소했다.

"쳇, 대체 방을 왜 잡은 거야! 그리고 무공 수련에 내가 필요하다면서 혼자 궁상만 떨구 말야!"

빗줄기는 여전히 시원스럽게 내리고 있었다.

이제 뭘 하며 놀까 궁리하는데, 후원의 둥근 대문을 통해 진여영과 두 늙은이가 걸어오는 것이 보였다. 모두 우의(雨衣)를 걸치고 있었는데, 여전히 우울한 분위기였다.

다우는 그녀에게 다가가 말을 걸어볼까 하다 주저거렸다. 왠지 먼저 말을 걸기엔 어색할 것 같았다.

그들이 점차 다가오자 다우는 어떡할까 망설이다 그냥 그 자리에 쪼그려 앉았다.

그리고 풀숲에 개구리 한 마리가 숨어 노래 부르고 있었는데, 그것을 구경하는 척했다. 그들이 먼저 말을 걸어오면 그제야 알아본 척 반가운 표정을 연기할 셈이었다.

그들이 두런거리며 나누는 대화 소리도 점차 선명해지고 있었다.

"그러니까 기보의 행방은……."

"본 맹 이십칠숙의 보고로는……."

"그자는 본 맹의 계약을 반드시 충실히 이행할 것이오. 그러니 이번 도박판은 반드시……."

다우는 그들이 말을 걸어오면 뭐라고 대답할까 궁리하며 가슴을 두근거렸다.

철퍽, 철커득—

빗물에 적셔진 땅을 걷는 소리와 그들의 몸속에 숨긴 병장기가 서로 조그맣게 부딪치는 소리가 점점 더 가까이 다가오더니 지척에서 멈췄다.

힐끔 곁눈질로 우산 아래를 훔쳐보니 그들이 신고 있는 장화가 보였다.

가슴을 졸이며 그들이 먼저 말을 걸어오길 기다리는데, 갑자기 장화가 사라졌다. 미약한 파공성도 함께였다.

'……?'

인기척도 사라져 있었다.

다우는 참지 못하고 몸을 일으켰다. 순간 그녀는 두 눈만 동그랗게 뜰 수밖에 없었는데, 말을 걸어오길 기다렸던 그들은 이미 경공술을 펼쳐 저 멀리 하늘을 날아가고 있었던 것이다. 순식간에 그들의 모습은 빗줄기 속에서 흐릿하게 사라져 가고 있었다.

"잉… 뭐야!"

왠지 무시당한 듯 분한 기분에 발을 동동 굴렀다.

하지만 이는 그들의 잘못은 아니었다.

다우의 조그만 몸이 우산 속에 푹 파묻혀 버렸으니 누군지 어떻게 알아보겠는가?

만약 다우가 몸을 숨기려 하거나 혹은 별다른 행동을 취했다면 오히려 주의를 기울였겠지만, 그냥 객잔에 머무르고 있는 보통 꼬마 아이처럼 자연스럽게 행동하니 오히려 관심을 기울이지 않았던 것이다.

그들이 사라져 가는 하늘을 바라보며 팔짱을 끼는 다우의 눈이 가늘어졌다.

"흐음~ 날 무시했단 말이지? 아직 갚아야 할 빚도 많은 주제에!"

복수하지 않는다면 다우가 아닐 것이다.

이에 유일한 예외는 아직 유검 외에는 없었다.

우산이 땅으로 떨어졌다.

땅에 거의 닿아 있던 흑포장삼이 위로 들리며 늘씬한 종아리가 드러났다.

다우는 본모습을 회복하였는데, 그들을 쫓기 위해서는 어쩔 수 없었다. 어린 모습으로는 제대로 무공을 펼치기 힘드니까.

다우는 고개 숙여 드러난 자신의 종아리를 보고 아미를 찌푸렸다.

이런 상태로 돌아다니다간…

그들이 향하는 곳은 아마도 기보가 있는 곳. 물론 많은 무림인들이 몰려들고 있을 것이다. 그렇다면 좀 더 그럴듯한 경장으로 차려입고 얼굴도 가려야만 한다.

하지만 그러는 사이 그들의 종적은 완전히 놓치고 말 것이다.

약간의 갈등, 망설임은 있었지만 기보에 대한 호기심과 타오르는 복수심 앞에서는 무력했다.

"쳇… 될 대로 되겠지 뭐!"

다우는 바로 신형을 날렸다.

유검의 화난 얼굴이 언뜻 떠올랐지만, 한동안 펼쳐 보지 못한 복수극을 다시 재현한다는 흥분과 기쁨에 그냥 조용히 지워 버렸다.

빗속을 가르는 그녀의 신형은 쾌속하기 그지없었다.

유검과 함께 있을 때는 한 번도 드러내지 않았던 경공술의 경지였다.

사실 다우의 무공은 상당히 뛰어난 편이었다.

벽력문은 화기(火器) 위주의 문파로 무공은 부차적이다. 그럼에도 한 문파의 문주 자리에 있다는 것은 일반 강호인들과 그 의미가 달랐다.

비록 무공을 익힘에 있어 천부적인 재질이 크게 좌우한다고는 하지만 문주 지위에 오르기 위해서는 최소한 그 문파의 비전을 익히고 아낌없는 지원을 함께 받게 되는 것이다.

그래서 각 문파의 문주와 그 후계자는 강호에서 쉽게 말해 어른으로 대접받는다.

물론 그 문파의 명성에 따라 달라지긴 하지만, 어쨌든 배분을 떠나 일문의 대표, 주인으로서 대접받는 것이다.

그래서 강호의 최고 후기지수인 오룡삼봉을 뽑을 때도 대문파의 문주는 물론 그 후계자도 제외된다.

쉽게 말해 소림 최고의 기재인 굉무나 남궁세가의 남궁무룡 등은 확고히 차세대 소림 방장, 혹은 남궁 가주로 인정받았기에 오히려 후기지수에 포함시키지 않은 것이다.

이들에 대해 등수를 매기게 되면 보이지 않는 알력이 상호 작용할 수 있기에 그런 방편을 취하는 것이다. 여기에는 달리 말해 오룡삼봉 등 후기지수를 뽑을 때 강호 정세의 반영이 포함됨을 의미한다.

또한 일부러 각 문파에서 최고의 기재는 감춰두려는 경향도 있었다.

젊은 혈기에 강호의 격한 흐름에 휘말려 마음이 흐트러질까 봐, 그리하여 무공이 진전되지 못하고 심마에 빠질까 우려하여 보호하고자 하는 것이다. 이는 명성보다는 실리를 추구하는 쪽이다.

어떤 곳은 이 두 가지를 적절히 조화시키기도 하는데, 대표적으로 제갈세가가 있다.

삼봉의 하나인 제갈소혜와 비록 오룡에 들지는 못했지만 그래도 꽤나 촉망받는 후기지수로 알려진 제갈진─유검에 의해 한쪽 팔을 잃어버린─으로 가문의 명성을 떨치고, 현 소가주인 제갈휘는 일부러 감춰두는 식이다.

그리고 제갈휘의 경우에 있어 심하지 않나 할 정도의 과보호와 권위가 주어지는데, 이는 나름대로 가주에 대한 권위와 신비감을 증폭시키기 위해 꽤나 머리를 굴린 결과인 것이다.

그렇게 각 문파마다 특징이 있다.

그럼에도 하나의 공통된 점이 있는데, 절대 가진 것을 모두 다 드러내지 않는다는 것이다.

본신 실력의 삼 푼만 드러내라는 말은 강호에서 자신의 한계를 내보이는 것이야말로 가장 어리석은 짓이란 말에 다름이 아닌 것이다.

다우도 마음대로 행동하는 것 같지만 은연중에 그런 가르침이 몸에 배어 있어 마치 노련한 강호인처럼 절대 본신의 실력을 다 드러내지 않는 속성이 있었다.

하지만 유검과 함께 있을 때의 경우는 조금 달랐다.

굳이 숨기려 해서 숨긴 것은 아니었다.

일단 유검이 지닌 무공의 경지라는 것은 사실 반칙에 가깝다.

다우는 이해할 수 없는 무공의 경지, 보다는 '사기에 가까운'이란 표현을 쓰기를 좋아했는데, 그런 유검과 함께 있으니 스스로 무공을 드러낼 기회란 것이 거의 없었다.

아니, 진삼원이나 일월쌍괴와 비교해 보아도 자신은 어른 앞의 꼬마아이가 될 수밖에 없다.

게다가 유검과 함께 있는 탓인지 가끔 만나는 적이란 놈들도 마교의 후계자인 신무룡, 전설 속의 거마인 백귀야신이나 청안신마 등이니 자신의 무공으로 뭘 어떻게 하겠다는 생각 자체가 들기 힘든 것이다.

일반 무림인이라면 보통 이런 입장에 처하게 되면 자괴감이 들거나 아니면 유검을 신격화시키거나 우상화하면서 따르겠지만 다우의 경우는 달랐다.

애당초 일반 무림인들이 꿈꾸는 것처럼 천하제일인 등은 관심도 없었다.

모든 것이 공허하기만 하였는데 유검과 함께함으로써 기쁨을 느끼게 되었다는 것, 그것만으로 충분했던 것이다.

그리고 무한한 힘을 지닌, 그리고 자신에게 충실하기 그지없는 하인을 둔 셈이니 굳이 무공을 쓸 이유가 없었다는 것이 옳을 것이다.

또한 청초가련 연약한 모습을 연기하는 데 적잖은 매력과 재미를 느끼고 있었다. 그리고 지켜보는 재미가 있었다.

아무리 봐도 바보 같기만 한데—바로 그 점 때문에 한없는 끌림을 느끼기는 하지만—어쨌든 가끔 이해할 수 없는 무공의 경지를 드러내며 일을 해결하는 것을 볼 때면… 아니, 일이 더 꼬이게 만드는 솜씨를 보면 무척이나 재미난 것이다.

가끔 그 일이 자신으로부터 비롯될 때면 더 더욱 흥미진진하지 않을 수 없었다.

때로는 일부러 일을 만들기도 했는데, 가끔 스스로 만든 역할에 너무 몰입한 나머지 애당초 스스로 그런 계획을 세웠다는 것조차 잊어버릴 때도 있었다.

그중 가장 큰 희생자 역할을 맡은 이는 무림맹의 전대 맹주 맹석천이었다.

그에게 납치된 척하면서 유검을 화나게 만들었는데, 일이 끝난 후 아무런 뒤처리도 없이 까마득하게 잊어버리고 만 것이다.

어쩌면 다우는 겉으로 보기엔 항상 보호받는 것처럼 보였지만, 사실상 유검을 막후에서 조종하는 실세인지도 모른다.

다시 말해 미리 계산되지 않은, 스스로도 그 의도를 알 수 없는 즉흥적이면서 직관적인 감정의 능력으로 유검으로 하여금 스스로 춤추게 만드는 막후 배후자… 일 수도 있는 것이다.

좀 더 간단히 말해 '사랑에 눈먼 바보'를 만드는 데 천부적인 재능을 가지고 있다는 것.

어쨌거나 다우는 빗속을 뚫고 경공술을 발휘해 진여영과 그 일행의 뒤를 좇고 있었다.

모처럼 무공을 한껏 발휘하는 그녀의 얼굴은 무척이나 즐거워 보였다.

* * *

"으… 다우 이 녀석!"

객잔 지붕 위, 유검은 시커멓게 그슬린 채 사방을 두리번거렸다.

찾아봐도 다우의 모습이 보이지 않자 화는 가라앉고 걱정이 들었다.

"대체 어디로 사라진 거지?"

지붕 아래를 살펴보니 주인장은 몇 안 되는 점소이들까지 동원해서 자신을 찾아다니고 있었다.

주인장은 고래고래 욕설을 내뱉고 있었다.

"이 왕팔단 놈! 대체 어디로 도망친 거야! 이래서 무림인은 받지 말아야 한다니깐! 제기랄!"

유검은 어깨를 움찔했다.

어쨌든 다우를 찾을 때까지는 객잔에 남아 있어야 한다. 다른 곳으로 도망쳐 버리면 다우가 어떻게 자신을 찾아오겠는가.

하지만 한바탕 소란을 피운 덕에 주인장은 막대한 은자 배상을 청구하며 당장 떠나라고 성화니 지금 있을 곳은 지붕 위뿐이었다.

"휴… 이 녀석, 대체 어디로 간 거지?"

쏟아지는 빗줄기를 고스란히 맞으며 유검은 그 자리에 가부좌를 틀고 앉았다.

아예 여기 죽치고 앉아 기다리기로 작심한 것이다.

멍하니 우막에 잠겨 있는 세상을 바라보노라니 또다시 조금 전에 잠겨들었던 화두가 떠올랐다.

'제한……'

문득 유검은 흥미로운 점을 하나 발견했다.

태산압정이라 이름한, 시간의 영역을 넘어설 때 분명히 무한으로 뻗어 나가는 그 느낌, 의식을 자각하고 있었다. 그 존재의 자각은 바로 나였다.

하지만 그때 제한을 만들어 무한으로 뻗어 나가지 못하게 방해하는 자는 누구였던가?

그 또한 나였다.

유검이 흥미를 느낀 점은 바로 이것이었다.

노인이 말한 것처럼 나의 모든 것을 비울 필요는 없다.

일단 그 제한을 가하고 있는 '나'만 없애면 되는 것이다! 그거면 현재 눈앞의 한계는 충분히 뚫고 나갈 수 있을 것이다!

유검은 이미 무상검의 경지에 들어선다는 것이 어떤 느낌인지를 알고 있기에 방해하는 것이 무엇인지 분별할 수 있었다.

해답은 바로 나왔다.

'그렇구나. 제한을 의식하는 나의 생각, 마음을 없애면 되는구나!'

유검은 곧 또 한 가지를 깨달았다.

곰곰이 따져 보니 그 제한을 일으키는 생각, 마음이란 것이 하나가 아니라 여러 가지가 뭉쳐져 일어난 것임을 발견한 것이다.

그중에서도 가장 큰 것이 바로 육체였다.

내면의 마음을 깊숙이 들여다보니 육체는 한계를, 제한을 가지고 있다는 생각, 의식이 있었다.

그래서 보는 것도 제한되었고 몸을 움직이는 것도 제한된 것이다.

유검은 곧 곤혹스러움을 느꼈다.

'육체가 없어지면 죽는 거니 그걸 의미하진 않을 거고… 대체 어떻게 하면 될까?'

사실 육체가 있으면서 육체라는 생각, 의식이 사라지는 경우는 보통 사람들도 많이 경험한다.

깊은 잠에 빠져 있을 때도 육체라는 생각, 감각은 없지만 이때는 전혀 자각하지 못하는 상태니 예외로 하더라도… 아름다운 자연 속에 멍하니 마음을 비우고 있을 때나 혹은 무언가에 빠져들어 깊이 몰입할 때 이를 경험한다.

그리고 불가의 고승이 깊은 선정(禪定)에 빠져들 때면 아주 맑고 또렷한 의식이 있는 상태에서도 그러한 큰 고요함을 경험한다.

여기서 일반인과 무림인은 육체라는 생각에서 차이가 있었다.

피와 살로 이뤄진 육체 외에 '기(氣)'로 이뤄진 육체를 더 뚜렷하게 의식하는 것이다.

대개 삼류무공을 벗어나게 되는 경계선이 있는데, 운기행공(運氣行功)이 아주 잘되어 육체라는 생각, 감각은 사라지고 오로지 기(氣)로 이뤄진 육체만이 자각될 때이다.

이때부터 이 기로 이뤄진 육체를 더 중요시 여기기 시작한다. 그래서 손발의 놀림이나 각종 초식보다 이 기로 된 육체를 단련시키는 내공에 더 중점을 두고 수련하게 된다.

이때 실제 싸움에 임하여 그러한 기로 된 육체를 제대로 움직여 싸우기 위해서는 첫째로 마음을 다스리지 않으면 안 된다. 격한 살기가 이는 와중에서도 마음은 태산처럼 중심을 잡으면서 바람 한 점 없는 호수처럼 맑아야 하는 것이다.

그래서 내공 수련이 고도화될수록 항상 심법(心法)을 겸하게 되는 것이며 각 문파마다 고유의 방편을 가지고 있다.

여기서 평상시는 물론 잠이 들어서도 언제나 이 기로 이뤄진 육체만을 자각하고 있게 되면 비로소 일류고수의 대열에 들 수가 있게 된다. 피와 살로 이뤄진 육체와 기로 이뤄진 육체의 동일시가 사라지고 오로지 후자만이 자각되는 단계이다.

이때부터는 평상시는 물론 자면서도 내공의 소실이 없어지고 그 진보하는 속도가 월등히 앞서 나가기 시작한다.

하지만 이 단계에서도 한계선을 지닌다. 일정한 노선을 따른 무공을 펼칠 수밖에 없다는 것이다.

무공이 심화될수록 그 정묘함과 활용도는 높아지지만 마음대로 초식을 벗어날 수는 없다.

이는 보통 사람이 멋대로 몸을 움직여 버리면 근육이 경련을 일으켜 쥐가 나거나 호흡이 멋대로 흩어져 버리는 것과 유사한데 폐해는 더 컸다.

그렇게 스스로의 기로 된 육체를 제대로 통솔할 수 없게 되면 이를 주화입마라 불렀다.

만약 이 단계를 벗어나 마음이 이는 대로 초식을 펼칠 수 있게 되고 기운이 저절로 따르게 되면 이때부터 심검(心劍)의 경지에 다가서게 된다.

하지만 명가의 고수들이 인정하는 진정한 심검의 경지는 마음을 하나로 모으는 힘이 지극히 강렬하여 기로 된 육체의 힘, 즉 모든 내공을 하나의 초점으로 명확히 모을 수 있을 때부터였다.

이때부턴 말로 형언하기 힘든 경지가 드러나게 되는데, 말 그대로 시간과 공간을 초월하는 현상까지 일어난다. 다시 말해 기로 이뤄진 육체는 하나의 초점으로 명확히 모아지며 고도로 집중될 때 그 하나마저 사라져 버리면서 일반 상식을 벗어난 무공의 경지가 드러나는 것이다.

예로 들어 제갈세가의 비도술이 극치에 달해 심검의 경지에 이르게 되면 발출하는 순간 거리를 무시하고 이미 상대에게 격중되어 있게 된다.

만약 이러한 심검의 경지가 마음대로 펼쳐질 수 있다면 전무후무한 고수로 탄생하겠지만, 이는 거의 불가능했다.

수련 시 고도로 집중된 상태라면 가능할지 몰라도, 실제 서로 생사를 걸고 겨루면서, 잠시 한눈을 팔면 바로 목숨을 내놓아야 하는 혈전 와중에서 이러한 심검을 발휘하기 위해 정신을 집중한다는 것은 자살 행위에 다름 아닌 것이다.

하지만 이 단계를 일단 경험한 이는 무공에 대한 안목을 비롯하여 운기행공 등에 있어 새로운 경지로 접어들게 되는데, 이때부턴 내공이 아니라 신공(神功)이라 불리운다.

도가에서 일컫는 연기화신(練氣化神)의 경지인 것이다.

그러니 유검이 스스로 자각하는 무엇은 역시 이 '기로 이뤄진 육체'였다.

하지만 이는 일반 무림인들의 경우와는 조금… 아니, 아주 많이 달랐다.

대부분 무림인들은 기로 이뤄진 육체를 자각할 때 스스로 지닌 몸의 형상을 크게 벗어나지 못한다. 비록 장풍, 검기에서부터 이기어검, 검 강까지 펼친다 하더라도 스스로 지닌 몸의 한계를 분명히 자각하는 것이다.

이 경계선이 허물어지게 되는 것이 바로 육경천의 경지였다. 이때부터 천지(天地)가 심중으로 들어와 하나 되어 빛나게 되니 지닌 바 내공에 구애받지 않고 무한한 기운을 끌어다 쓸 수 있게 된다.

그래서 현풍은 이를 크게 구분 지어 새로이 두 번째 단계로 규정하였다.

유검은 이러한 과정을 이미 거치고 완전히 또 다른 차원으로 접어들었다.

그러니 유검이 생각하는 육체라는 생각, 마음이란 것은 보다 미묘했다.

유검이 처음 무상검의 경지를 맛보며 동시에 자각한 것이 천지와 하나 되어 연결되어 있는 이 몸에 대한 자각을 넘어서야 한다는 점이었다.

무한을 의식하는 순간, 그것 자체가 하나의 제한이 되어버리는 기묘한 느낌에 대한 자각이었다.

그것을 직감적으로 깨달았기에 기로 이뤄진 육체의 완성인 금강불괴를 풀어버려야 한다고 판단했는데, 시간이 흐르면서 점차 그 느낌에 대한 확신이 떨어져 그냥 지금까지 왔다.

유검은 더 깊이 생각했다.

아무래도 이 금강불괴를 유지하는 한 뭔가를 뛰어넘을 수 없다고 느꼈다.

하지만 어린 시절부터 꾸준한 수행과 함께 형성된 기의 정점이 바로 이 금강불괴다. 마음먹은 대로 쉽게 버려질 리 만무했다.

'음… 그냥 내공을 모조리 흩어버리면 어떨까?'

만약 일반 무림인이 들었다면 분명 미쳤다고 할 소리지만 유검은 그다지 심각하게 여기지 않았다.

만약 혹시나 잘못된다 하더라도 한 일이 년만 수련에 정진하면 지금의 상태는 이룰 수 있다고 여겼기에 크게 부담스럽지 않은 것이다.

그에 반해 이 금강불괴를 유지하고 있는 상태라면 뭔가 한계를 벗어날 수 없다고 느꼈다.

이러한 생각에는 뚜렷한 근거가 없었다. 단지 막연히, 그냥 그게 옳다고 여겨졌고 거의 확신에 가까운 느낌이었다. 처음의 화두로 돌아가 제한을 만든 '나'를 없애기 위해서 금강불괴를 풀어버리기로 결심한 것이다.

어떤 방법으로 이 금강불괴를 풀어버릴까 곰곰이 방법을 떠올려 보다 유검은 자신도 모르게 피식 웃고 말았다.

또 스스로 제한을 걸고 있는 나를 발견한 것이다.

'느낌을… 느낌을……!'

내공 수련에 있어 가장 중요한 것이 마음을 다스리는 심법이라면 그것을 초월한 육경천의 경지에 있어 귀중한 것은 '느낌, 자각'의 확충이었다.

이렇게 될 것 같다라는 느낌을 강화시키면 무한한 기운이 충실한 하인처럼 저절로 그렇게 움직여 나가는 것이다.

이는 이렇게 마음을 먹어야 한다라는 심법과는 서로 정반대의 방향에 있었다.

심법은 기운을 움직이기 위해 마음을 다스리고 움직이는 방법이다. 이에 반해 원하는 욕구, 느낌을 실현시키기 위해 마음이 따르고 기운이 절로 움직여지는 식이다.

유검은 어떤 느낌을 가져 볼까 궁리하며 내면의 기운이 지닌 마음을 살폈다.

유검은 문득 새로운 사실을 알았다.

뭔가 답답해하고 있었다.

본래 천지간의 기운이란 멈춤이 없다. 한순간도 변함없이 움직여 나가야 하며 적절한 곳에 분배되어 조화를 이뤄 나간다.

그런데 한 인간의 몸뚱어리에 지나치리만큼 강한 기운이 응집되어 있다는 것은 아무래도 조화스럽지 못한 것이다.

'나도 모르게 이것들을 붙잡고 있는 마음이 있었구나.'

유검은 즉시 그 마음을 거둬들였다.

기운들은 머뭇거렸다.

강력히 응집되어 하나의 신이 되어 있는 기운이다. 그런 강한 존재감은 스스로 하나의 마음을 형성하여 유검이 풀어주었는데도 그 자리에 머물러 눈치만 보고 있었다.

유검은 조용히 기다리기만 했다.

시간이 흐르자 기운은 점차 유동적이 되어갔다.

너무 오랫동안 한 몸뚱어리에 머무른 탓에 형성된 습관이 물에 씻기듯 약해져 갔다.

기운이 전신을 따라 크게 유동하자 유검은 색다른 재미를 느꼈다. 마치 태풍 속의 나룻배처럼 눈앞이 빙글빙글 돌기도 했고 전신이 왔다 갔다 춤추는 것처럼 느껴지기도 했다.

그러던 어느 순간, 가슴 오른쪽 부위에 극히 조그만 점이 하나 형성되었다.

오른쪽 가슴에 있는 이 점은 마치 진공처럼 여겨졌다.

그야말로 아무것도 없었다.

그 한 점의 뒤편에는 무한한 우주가 펼쳐져 있는 느낌이었다.

이때 유검은 말할 수 없는 평온함을 느꼈다.

마치 어머니 뱃속에 있을 때처럼… 뭐라 형언하기 힘든 평온함이었다.

유동 치는 기운들에게도 커다란 변화가 일어났다.

부르르—

유검은 전신이 부르르 진동함을 느꼈다.

전신의 각 부위에서 수천 수만 개의 진천뢰가 터진 듯 폭발이 일었다.

거대한 격류가 전신을 뒤흔드는 것 같았다.

아무런 생각도 떠오르지 않았다.

단지 누군가 지켜보는 의식이 있어 그것을 자각하고 있을 뿐이었다.

그 폭발은 고도로 응집되어 있던 기운이 한꺼번에 풀리면서 일어난 것인데, 이 기운들은 한꺼번에 가슴 오른쪽에 형성된 진공 속으로 빨려 들어갔다.

그와 함께 이 진공의 범위가 점차 커져 갔다.

오른쪽 어깨가 사라지더니, 오른쪽 머리가 사라졌다. 모두 진공 상태가 된 느낌이었는데, 도무지 육체의 경계선을 자각할 수가 없었다. 본래부터 그 부위의 육체는 없었던 걸로 여겨질 정도였다.

그렇게 오른쪽 상반신이 사라졌다.

오른쪽은 대우주와 같은 진공의 느낌이었고 왼쪽은 그대로 육체의 감각이 남은 채로 있었다.

참으로 기묘한 느낌이었다.

정말로 육체가 사라져 버린 건 아닐까 싶어 유검은 눈을 떴다.

조용히 눈만 내리깔아 살펴보니 육체는 온전히 남아 있었다.

시간은 흐르고…

유검은 조금 곤혹스러워졌다.

오른쪽 육체는 사라져 여전히 진공 상태였고 왼쪽 부위는 아직 남아 있는 그 상태에서 변함이 없었던 것이다.

'왜지? 이거 참… 이왕 하려면 몽땅 변하던가… 왜 한쪽만 이런 거야?'

하지만 이 육체에 대한 자각이 있고 없음은 뒷전이었다. 지금 이 순간 느껴지는, 지극히 평온한 그 마음의 느낌은 정말로 좋았던 것이다.

문득 유검은 이 기분이 익숙함을 깨달았다.

고된 하루 일과를 마치고 편안하게 몸을 뉘어 잠자리에 들 무렵 느껴지는 그 평온함…

스르르 잠에 빠져들 때의 그 행복감…

'아니… 이것과 비슷하긴 하지만 또 있어! 익숙한 뭔가가……'

유검의 시선은 세상으로 향했다.

뭔가 기묘한 느낌이었다.

빗줄기에 잠긴 탓인지 아니면 지금 벌어지고 있는 현상 때문인지 세상의 모든 것들이 꿈속에서 보는 것 같았다. 그리고 내가 사라진 것인지 아니면 세상이 모두 내 속에 잠긴 것인지 분간할 수가 없었다.

의식은 또렷했다.

일어나는 변화를 모두 자각하고 있었지만 지켜보는 자는 없었다.

단지 홀로 존재한다는 자각만이 있었다.

문득 이 상태를 자각한 유검은 속으로 웃었다.

'만약 내가 부처였다면 이때 벌떡 일어나 걸으며 천상천하유아독존이라고 외쳤을 텐데…….'

유검은 지금의 느낌이 역시 익숙하다고 여겨졌다.

'왜지? 왜 이게 익숙하게 여겨지는 것이지?

그러다 문득 번개처럼 떠오르는 것이 있었다.

"이건……!"

유검은 벌떡 몸을 일으켰다.

"윽—!"

온몸이 삐그덕거렸다.

기운들이 갑자기 빠져나가며 일어난 변화에 아직 적응하기 힘들었다.

움직이는데도 상반신의 육체 감각은 여전히 사라진 채로 돌아오지 않았다.

그 희한한 감각은 팔과 다리에까지 확대되어 있었다. 그 감각은 참으로 뭐라 형용하기 힘들었다.

발을 디딘 감각도 있고, 피부 위로 와 닿는 젖은 옷의 느낌, 그리고 약간의 중량감이 있었지만 여전히 그 접촉점만 허공에 떠 있는 물거품처럼 감각될 뿐 육체의 덩어리는 사라져 있었다.

유검은 입맛을 다시다,

창—

허리춤에서 한천검을 뽑아 들었다. 그리고 천천히 부드럽게 검무(劍舞)를 춰 나갔다.

태극검(太極劍)이었다.

장삼봉 조사에 의해 만들어진 이 검법은 무당파에 입문하면 처음 배우는 기초 검법이다.

심오하기 그지없는 상승무공이며 무당검법의 처음이자 끝이라 불리우는 이 태극검이 입문제자의 기초 검법이 된 데는 몇 가지 까닭이 있었다.

우선 이 태극검을 실전에서 제대로 터득해 쓰는 이는 없었다.

동작은 부드럽고 예리한 변화가 없어 이를 이용해 적을 격퇴시킨다는 것은 있을 수 없는 것처럼 보일 정도였다.

이를 극치에 이르도록 익히면 이기는 자도, 지는 자도 없는 경지에 오른다고 하지만 아직 장삼봉 조사 외에 그 경지를 맛본 이는 없었다.

자연히 이 검법을 칭송하기만 할 뿐 정말로 이 하나를 파고들어 극치에 달하도록 익혀본 이는 드문 것이다.

또 하나의 문제점은 태극검은 초식뿐, 일체 다른 내공심법이 없다는 점이었다. 그러니 누가 위력도 없는 이 태극검을 익히려 들겠는가.

여기에 가장 큰 문제점이 또 하나 있었는데, 이 태극검의 초식이 너무도 간단하고 쉽다는 점이었다.

누구든 반나절만 연습하면 모든 초식을 익힐 수 있을 정도로 간단하고 쉬웠다.

내공심법도 없고 부드럽기 그지없어 그냥 검무 같기만 한, 게다가 간단하기 그지없어 대체 그 심오함이란 것이 무엇인지 알 수 없는 이 검법이 기초 검법으로 전락한 것은 어찌 보면 당연하다 할 것이다.

게다가 이 태극검은 강호에도 널리 알려져 있었다.

무림인들은 그냥 한번 펼쳐 보고는 시큰둥해져 무당파에서 전해지는 비전을 익혀야만 참된 태극검을 익힐 수 있을 것이라 한때 믿기도 했다.

지금에는 그런 환상조차 깨어졌음에도 불구하고 제법 유명한데, 문사들이나 병약자들이 건강을 목적으로 조금씩 변형시켜 수련하곤 하는 것이다.

그래서 무당파에 입문한 제자들은 얼른 이 태극검을 마치고 다른 검법을 익히기를 소망했다.

유검은 현풍의 뜻에 의해 어릴 적부터 일체 다른 검법은 배우지 못하고 이 태극검만 익혔었다. 하지만 역시 나이 들어 다른 복잡하면서도 심오한 무공들을 하나둘씩 익혀 나가자 이 태극검은 잊어갔다.

유검이 갑자기 이 태극검을 재차 펼치기 시작한 것은 어린 시절 그때의 느낌을 떠올려서였다.

오로지 검과 하나가 되어 이 태극검을 펼칠 때 무아지경에 이르렀다.

나도 없고 세상도 없었으며 오로지 검무만이 있었다.

검은 홀로 춤추며 존재하고 있었다.

잊어버렸던 그 느낌!

그 순수하고도 격렬한 고요함이 지금에야 다시금 이뤄지고 있었다.

유검은 그제야 깨달았다.

자신이 걸핏하면 검무를 춘 까닭을.

그때의 평온함을, 그 고요함을 다시금 느끼고 싶어서였던 것이다.

하지만 어릴 때로 돌아갈 수는 없었다. 내공을 익혔기에 검무를 추면서도 진기를 함께 이끌다 보니 완전한 평온과 고요를 만끽할 수 없었던 것이다.

이제 모든 내공을 버리고 나니 어릴 적 펼쳤던 그 태극검을 재현할 수 있게 되었다.

유검은 내면 깊은 곳에 뭔가 응어리져 있던 것이 풀림을 느꼈다.

'그래, 맞아. 내가 검과 대화를 나누기 시작한 것도…….'

태극검을 익힌 후부터였다.

어린 마음에도 엄마를 찾지 않고 검을 친구로 얻을 수 있게 된 것도 바로 이 태극검을 익혔기 때문임을 알았다.

그 점을 자각하는 순간 유검은 장삼봉 조사에 대해 친근감이 느껴졌다.

이 태극검은 세인들이 우러러보는 큰 도인이었던 장삼봉 조사가 직접 깨달음을 얻어 최후로 남긴 심득 그 자체임을 이미 지식으로 알고 있었다.

하지만 이렇게 아무런 욕심과 집착없이 순수하게 태극검을 펼치고 보니 알고 있던 지식은 모두 헛것이었다.

온몸으로 장삼봉 조사의 그 무욕한 마음이 그대로 전해져 왔다. 그와 하나가 된 듯했다.

그러면서 존경과 경외심으로 우러러보았던 장삼봉 조사가 친구처럼 다정하게 여겨졌다.

마치 눈앞에 그의 혼령이 나타나 짓궂게 장난치며 웃고 있는 것 같았다.

무한하게 텅 빈 허공 속에서 육체에서 비롯된 감각들은 물거품처럼 솟아올랐다가 사라졌다.

검은 온갖 번뇌망상을 부드럽게 베어버린다.

태극검을 펼치면서 유검은 빈 허공이 단지 비어 있음이 아님을 보았다.

그 속에서 새로운 기운이, 아니, 빛에 가까운 뭔가가 부드럽게 흘러나오고 있었다.

그 기운은 투명하리만치 부드러웠는데, 살랑이는 봄바람 같았고 뭐라 형언하기 힘들 정도로 감미롭고 평화스러웠다.

그나마 남아 있던 모든 불순물이 스르르 녹아져 버리는 느낌이었다.

평화…

그리고 자비의 느낌임을 유검은 분명히 자각했다.

또 하나 깨달았다.

이 부드러운 바람이 귈음력의 최종 경지라는 것을.

만약 괴노인이 준 귈음경을 극한까지 익혀 모든 문장을 통합시켰다면, 그리고 그것을 버렸을 때 이와 같은 기운을 형성시킬 것이라는 것을.

왜 그런지 이유를 댈 수는 없었다.

그냥 바로 알 수가 있었다.

유검의 검무는 조금씩 변형되어 가고 있었다.

본래의 태극검 검로에서 미약하게 이탈하고 있었는데, 스스로 깨닫지도 못했다.

장삼봉 조사의 태극검으로 이어진 깨달음에서 직접 본인의 것으로 재창조하고 있었던 것이다.

하늘하늘 검무는 이어졌다.

빗줄기는 멈추고 어둠이 짙게 깔릴 때 검무는 멈췄다.

유검은 검을 늘어뜨린 채 아직 구름이 깔려 있는 밤하늘을 조용히 응시했다.

얼마나 시간이 지났을까.

유검은 길게 탄식을 내뿜었다.

"나도… 정말로 어리석구나."

유검은 검을 좋아했다. 그리고 무공에 모든 청춘과 열정을 바쳐 왔다.

왜였을까?

사실 누군가와 싸우는 것을 그다지 좋아하지 않는다. 그리고 세상에 나서서 명성을 얻고 싶은 마음도 없다. 강호를 변혁시키고 싶은 욕심도 일지 않는다.

그런데 왜 검을 익혀왔는가?

노인네가 나타나 무상검의 최후 경지가 어떻고 저떻고 말했지만, 이젠 의미가 없었다.

자신이 왜 그토록 검을 매달려 새로운 경지로 들어서고자 노력해 왔는가 태극검을 펼치는 중 명확히 깨달은 것이다.

어느 순간부터 자신의 검무는 태극검도 아니고 그 무엇도 아니었다.

검무는 있지만 검무를 추는 자는 없었다.

이는 예전 무당산에서 서문평을 위해 검무를 추었을 때와 비슷했다.

하지만 분명히 달랐다.

그때는 천지의 흐름과 하나 되어 춤을 추는 자가 있었다.

하지만 이젠 없다.

그리고 이젠 주화입마 같은 것도 없다. 천지도 없다. 고요함만이 남았다.

단지 검무를 추었고 끝냈다.

또한 어릴 때와도 달랐다.

그때는 원하는 것을 이미 가지고 있었음에도 알지 못했지만, 이제는 있음을 안다.

그렇게 달랐다.

유검은 소리쳤다.

"내가 전하는 것은 문장이라고? 뭐가 문장이냐! 그리고 전하고 말고가 어디 있다는 말이냐! 젠장!"

유검은 웃음이 나왔다.

참을 수 없을 정도로 웃음이 나왔다.

유검은 그 웃음소리가 주인장의 잠을 깨우고 객잔을 소란스럽게 만들었음을 뒤늦게야 깨달았다.

지붕 위다! 라고 누군가 소리쳤다.

유검은 고민하지 않을 수 없었다.

다우는 아직 오지 않는다. 대체 어디에 숨어 그녀를 기다려야 한단 말인가.

지붕 위에서 허겁지겁 사람들을 피해 달아나며 유검은 투덜거렸다.

'젠장, 웃음을 좀 참았어야 했는데……'

유검은 알고 있었다.

자신이 뭔가 새로운 경지로 오르거나 한 것 따위는 아니라는 것을.

다만 무공의 경지에 대한 구분이 사라졌다.

그리고 의문도 함께 사라졌다.

그뿐이었다.

그리고… 뒤뚱거리며 달아나는 모습이 지극히 자연스러워졌다.

◆第四章
기보 쟁탈전

쉬이익—

어둠 속에서 매서운 파공성과 함께 반 자 크기의 못처럼 생긴 암기가 허공을 날았다.

"크윽—!"

거친 숨을 몰아쉬며 전력을 다해 달려가던 한 사내는 짤막한 비명 소리와 함께 질펀한 흙탕물 속으로 얼굴을 처박았다.

흙탕물 주위로 검은 선혈이 번져 나갔다.

또르르—

사내는 흐릿한 의식 속에서 자신의 손에 쥐어져 있던 조그만 원반이 굴러 나가는 것을 보았다.

손바닥 크기의 투명한 원반. 중간은 약간 볼록한 형태였다.

사내의 손이 부르르 떨리며 그 원반을 향해 뻗어 나갔다.

"내, 내 것······!"

사내는 그 원반을 차지하고픈 욕망에 빠져나가는 생명의 고통도 도외시하고 있었다.

누군가 그 원반을 주워 들었다. 말상의 얼굴을 한 늙은이였는데, 뭐가 그리도 좋은지 히죽히죽 웃고 있었다.

사내의 얼굴이 일그러졌다.

"제기랄! 마면귀옹(馬面鬼翁)이군."

사내는 자신을 암습한 이가 누군지 그제야 알 수 있었다.

그와 함께 반드시 원반을 손에 넣고자 했던 욕망이 서서히 꺼져 갔다.

강호는 무공으로 말한다.

무공이 약하다면 내 것이라 할지라도 내 것이라 주장하기 어렵다. 특히나 하늘이 내린 신물이라 일컬어지는 기보 같은 경우라면 더더구나.

암습한 늙은이에 대한 별다른 원한은 일지 않았다. 자신이 만약 그 늙은이였더라도 암습했을 테니까.

기보 쟁탈전에 있어선 어떤 강호의 도의도 내세우기 어렵다. 그런 점을 알면서 이번 도박판에 끼어들었고 자신은 졌을 뿐이다.

그뿐이다.

사내는 죽음의 그림자가 서서히 자신을 덮쳐 옴을 느꼈다.

가물거리는 의식 속에 늙수그레한 음성이 귓가를 파고들었다.

"물건은 마면귀옹의 손에 넘어갔군요. 말처럼 성격이 급하고 인내심이 부족하다더니······."

"그도 오래가진 못할 거요. 숨어 지켜보는 고수들이 꽤 있는 듯하니."

맑은 낭자의 목소리가 뒤를 이었다.

"우리도 서둘러선 안 돼요. 기보도 반드시 회수해야겠지만, 그보다 마교의 오산인 중 한 명인 무영환마를 생포하는 것이 더 중요합니다. 사라진 진 교두와 다른 후기지수들의 행적을 알아내야 하니……."

그들의 말을 듣고 사내는 자신이 들러리였음을 깨달았다. 마면귀옹도 마찬가지. 어쨌거나 애당초 자신이 패를 쥘 확률은 없었던 것이다.

'젠장, 강호란 게 본래 그런 거긴 하지만……'

사내는 문득 의문이 일었다.

이들의 이야기는 말하자면 기밀에 속하는 것이다. 그런데 자신이 옆에 있다는 것은─비록 죽어가고 있기는 하지만─전혀 신경도 쓰지 않는 눈치가 아닌가?

'……?'

그들의 인기척이 사라졌다.

잠시 후 짧은 한숨 소리가 들려왔다.

"하아……."

사내는 직감적으로 여인의 것임을 알았다. 그리고 비록 짧막한 한숨 소리였지만 가슴을 울리는, 뭐라 형언하기 힘든 매력이 담겨 있었다.

사내는 자신이 죽어가는 것을 알고 있었지만 그 한숨 소리의 주인공이 누구인지 보고 싶어 견딜 수가 없었다.

사력을 다해 몸을 일으키려는데… 의외로 쉽게 일으켜졌다.

뭐지? 하는 의문이 일기도 전에 사내는 눈앞의 여인을 보는 순간 넋이 나가 버리고 말았다.

다우였다.

그녀의 아름다운 눈동자에는 슬픔이 가득 담겨 있었고 한줄기 눈물이 흘러내리고 있었다.

사내는 멍하니 그녀를 바라보다 그녀가 왜 울고 있을까? 하는 의문이 일었다.

그녀의 시선을 좇아 아래를 내려다보니, 또 하나의 자신이 흙탕물 속에 누워져 있었다.

'그렇군. 난 이미 죽은 거구나.'

죽었다는 사실이 별로 실감은 나지 않았지만, 어쨌거나 아주 쉽고 담담히 받아들여졌다.

그보다는 눈앞의 선녀처럼 아리따운 이 여인이 울고 있는 것이 자신의 죽음 때문임을 알았고, 그것은 그를 감동시켰다.

이때 어둠에 잠겨 있던 하늘에서 빛이 쏟아졌다.

그 빛은 따사롭기 그지없어서 마음을 평온하게 만들었다.

사내는 그곳으로 가야 함을 직감했다. 그런 느낌과 함께 서서히 몸이 떠올랐다.

빨리 오라는, 돌아가신 할머니의 목소리도 들리는 듯했다.

'안 돼!'

사내는 단호히 거부했다.

강호에서 한 푼의 은혜를 받았다면 한 말로 되돌려 줘야 한다. 그것을 갚을 때까진!

다우의 두 눈이 갑자기 동그래졌다.

"어라? 죽었는데……."

분명히 맥박이 멈추고 호흡이 끊어졌던 사내가 신음성을 내며 눈을 뜬 것이다.

사내는 애써 입을 열어 고맙다는 말을 전하려 했다.

다우는 소맷자락으로 쓰윽 눈가를 닦더니 벌떡 일어났다.

"쳇, 살아 있었잖아! 날 속였어!"

그리고는 뒤도 돌아보지 않고 떠나 버렸다.

사내는 황당하기 그지없었다.

아름답기 그지없는 마음씨를 지닌 소녀로 알았는데 갑자기 저런 행동이라니…….

"자, 잠깐만……!"

모깃소리처럼 조그만 자신의 목소리는 허공을 맴돌 뿐이었다.

'젠장, 괜히 살아났나?'

사내는 숨을 헐떡였다.

다시 살아나긴 했지만 상처는 치료되지 않았고 그냥 이대로 있다가는 다시 죽음을 맞이할 것이다.

'제기랄, 두 번 죽긴 싫은데…….'

그래도 죽음에 대한 공포는 없었다.

그보다는 날 속였다고 투덜대며 떠난 소녀의 말 한마디가 마음에 걸렸다.

'내가 뭘 속였다고……!'

억울하기 그지없었다.

이때 늙은 목소리가 들려왔다.

"너무 속상해하지 말게나. 저 아이는 자네가 일부러 귀식대법을 펼쳐서 죽은 것처럼 했다고 본 게지."

사내는 그 말에 흠칫하며 고개를 돌렸다.

눈동자 전체가 까만 기이한 노인네였다.

노인은 사내에게 물었다.

"어떤가? 나와 계약을 할 텐가?"

난데없는 엉뚱한 질문이었다.

사내는 갑자기 숨 쉬기가 편해짐을 느꼈다. 상처의 고통도 삽시간에 줄어들었다.

사내는 미간을 찌푸리며 노인에게 물었다.

"어떤 계약을 말이오?"

"흠, 일단 자네에게 능력을 주겠네. 어느 누구도 자네를 어쩌지 못할 그런 능력을 말일세."

사내는 황당하기 이를 데 없었다.

'무슨 무공의 신이라도 되는 듯 말하는군.'

노인은 사내의 마음을 짐작했는지 히죽 웃으며 말했다.

"자네 입장에서 보자면 틀린 생각은 아닐 걸세."

사내는 갑자기 몸이 가벼워짐을 느꼈다.

어리둥절해하며 몸을 일으켰다.

흙탕물에 젖은 옷자락을 털어내며 가슴 쪽을 살폈는데, 마면귀옹의 암기에 격중당한 부위는 어느새 아물어져 가고 있었다.

노인이 말했다.

"내 손을 잡게."

노인은 손을 뻗었다.

어리둥절해하는 사내에게 고개를 끄덕여 보이며 다시 말했다.

"어서 내 손을 잡게."

사내는 노인의 말대로 그 손을 잡았다.

순간 오른손을 통해 극렬한 고통이 전해져 왔다. 산 채로 살점이 뜯겨져 나가는 것 같았다.

"크으—! 이 망할 늙은이 같으니! 날 속였어!"

그의 전신 혈맥이 툭툭 튀어나왔다.

사내는 몸부림치려 했지만 시체처럼 굳어진 채 그조차 할 수가 없었다.

노인은 혀를 찼다.

"쯧, 모두 받아들이긴 힘든가? 할 수 없구먼."

노인은 사내의 어깨 주위 혈맥을 짚었다.

사내는 쓰러지듯 그 자리에 털썩 주저앉았다.

숨을 거칠게 몰아쉬다가 자신의 오른손이 여전히 펄떡이고 있음을 알았다.

머리로 전달되진 않지만 손은 여전히 극심한 고통에 시달리고 있는 것 같았다. 오른손을 움직일 수 없었다.

사내는 버럭 소리를 질렀다.

"대체 무슨 짓이오!"

노인이 고개 저으며 말했다.

"조금만 참게. 능력을 우선 오른손에 심어두었으니 좀 더 기다리면 안정이 될 걸세."

그러면서 한 알의 환약을 내밀었다.

사내는 눈썹을 찡그렸다.

귀신놀음에 홀린 것 같았다.

사내는 망설이다 그 환약을 받아 들고 입속으로 털어 넣었다.

'어차피 난 한번 죽은 몸이다. 뭐가 두렵겠는가?'

노인은 고개를 끄덕였다.

자신이 보는 눈이 잘못되지 않았음을 확인하는 듯했다.

사내는 환약을 복용한 순간 마음이 편해짐을 느꼈다. 그리고 오른손의 발작도 좀 덜해지는 것 같았다.

'제법 효과가 있군.'

노인은 말했다.

"우리가 살고 있는 이 땅에는 커다란 열세 개의 수정이 있다네. 각수정은 모두 신령스런 영물인 용(龍)에 의해 보호되고 있는데, 무척이나 강력한 생명체지. 보통 사람의 눈에는 보이지 않지만 어쨌거나 존재하고 있다네."

난데없는 용 이야기에 사내는 또다시 어리둥절해졌다.

"얼마 전에 멍청하기 그지없는 놈 하나가… 화룡의 여의주를 깨뜨리고 말았다네. 애당초 인간에 의해 깨뜨려질 물건은 아닌데… 참으로 의아한 사건이었지. 화룡은 노했으나 또한 자비롭기 그지없었네. 그래서 모두 하늘의 뜻으로 돌려 버리고 말았지. 어쨌거나 그 일로 인해 섬은 가라앉고 말았는데, 화룡이 맡고 있던 거대한 수정을 보호하기 위해서는 어쩔 수 없었겠지."

노인은 잠시 말을 멈추었다 이었다.

"그리고 흠… 그 여의주는 본래 천지간의 정기가 모여 하나의 청정무구한 의식을 지니게 된 것인데 그놈 때문에 여러 가닥으로 흩어져 버리고 말았다네. 그중 한 무리는 그놈을 쫓고 있는 것 같아."

사내는 안색을 찌푸리며 물었다.

"원수를 갚으려구요?"

노인은 웃었다.

"아닐세. 화룡 대신 다시 자신들을 하나로 모아줄 존재를 찾는 거지. 그들에게는 인간처럼 원수를 갚고 말고 그런 건 없네. 일어난 일은 그냥 '바람이 불었다' 처럼 하나의 현상에 불과하니까."

"대체 그런 이야기를 왜 제게……."

사내는 뭔가 기이한 느낌이 들어 고개를 아래로 돌렸다. 순간 자신의 오른팔을 보고 깜짝 놀랐다.

입고 있던 장삼의 소맷자락은 가루로 화해 버렸는지 보이지 않았고 드러난 자신의 오른팔은 어둠 속에서 환하게 빛을 뿜어내고 있었다.

"이, 이건……!"

노인이 말했다.

"놀라지 말게. 좀 전 말한 여의주에서 갈라져 나온 빛의 정기를 자네 오른팔에 심어두었는데, 슬슬 정착이 되고 있는 중이니까."

사내는 말문이 막혀 뭐라 대답하지도 못했다.

"옛날 신인(神人)들은 이러한 빛을 모으는 방법을 알고 있었지. 그래서 자신들의 능력을 이용하여 강력하기 그지없는 여섯 개의 신물을 만들었다네. 그 신물을 만든 까닭은 자연을 다스려 인간을 이롭게 하기 위함도 있지만, 그보다 사실 인간의 몸은 참으로 신비롭기 그지없어서 몸속에 여의주를 스스로 만들어낼 수 있는데 그것을 돕기 위함이었어."

노인은 고개를 절레절레 저었다.

"하지만 인간의 탐욕에 의해 악용되기 시작하고 그로 인해 거의 멸망할 뻔하자 이를 봉인해 두었지. 근데 무슨 영문인지 요 근래 들어 그것이 깨어나고 있더군."

사내는 더듬거리며 물었다.

"그, 그럼 제 팔이 여의주가 된단 말입니까?"

노인은 뜻밖의 질문에 두 눈이 커졌다.

곧 파안대소했다.

"푸하하하! 그렇지, 자네도 충분히 가능하지! 언젠가 자네가 무상검의 경지에 오른다면! 하지만 인체 내에서 여의주가 만들어지는 장소는 정해져 있네. 팔에 심어진 빛을 흡수해서 자네 스스로 여의주를 만들 수 있을 걸세."

사내는 생각했다.

'여의주는 온갖 소원을 들어준다던데… 뭘 원하면 될까?'

산더미 같은 보화가 떠올랐지만 곧 변했다. 좀 전에 본 소녀와 한평생 같이 있을 수 있다면 그보다 더 좋은 일은 없을 것 같았다.

노인은 사내의 생각을 방해하지 않았다. 단지 웃고만 있었다.

잠시 후 사내의 오른팔에서 뿜어져 나오던 빛은 가라앉았다.

노인은 품속에서 하나의 단도를 꺼내더니 말했다.

"자자, 그때는 그때고, 지금 자네 오른팔의 능력에 대해 알려주겠네."

그 말에 사내는 환상에서 깨어났다.

언제가 될지 모를 그때보다는 지금 당장 자신이 가진 능력이 뭔지가 더 중요한 것이다.

"자, 보게나."

노인은 말과 함께 사내의 오른팔을 향해 단도를 내려쳤다.

창—!

사내는 깜짝 놀라 소리쳤다.

"무슨 짓입니까!"

하지만 곧 두 눈을 동그랗게 떴다. 자신의 오른팔은 멀쩡했고 단도가 오히려 두 동강이 나버리고 만 것이다.

"이제 자네의 오른팔은 금강불괴일세. 어떤 보검으로도 상하게 할 수가 없지."

그리고 맞은편 하나의 바위를 가리키며 말했다.

"저 바위를 향해 오른팔을 찔러보게나."

사내는 노인의 말대로 했다.

푹—

오른팔은 마치 두부를 찌르듯 바위를 파고들었다.

사내는 신기하기 그지없어 자신의 오른팔을 요모조모 들여다보았다.

노인은 웃으며 말했다.

"만족한 듯 보이는군. 하지만 이 정도론 충분하지 않지."

노인은 사내의 맞은편으로 걸어가더니 일 장 거리를 두고 섰다.

"자네 오른팔에 하나의 정묘한 무공도 함께 심어두었는데, 그걸 써먹을 수 있어야 하네."

노인은 손을 펼쳐 보이며 말했다.

"자, 따라 하게나."

노인은 손바닥을 활짝 편 모습에서 엄지손가락과 셋째, 넷째 손가락을 가볍게 구부렸다. 마치 검의 손잡이를 가볍게 움켜쥐는 모습 같아 보였다.

사내는 그 모습을 흉내 내어 따라 했다.

순간 보이지는 않지만 분명 하나의 검이 자신의 손에 쥐어지는 것을 느꼈다.

노인이 말했다.

"힘을 주면 안 돼. 가볍게… 그냥 가볍게 쥐고 있는 기분으로… 그렇지!"

사내는 신기하기 그지없었다.

노인은 그 보이지 않는 검에 대해 설명했다.

"지금 자네가 쥔 검의 길이는 대략 일 척 정도인데, 사용이 능숙해질수록 점차 길어져 갈 걸세. 자, 그 검결을 절대 잊지 말고 유지하고 있게나. 알겠는가?"

사내는 얼떨결에 커다란 목소리로 답했다.

"옙! 어르신!"

노인의 능력에 경탄을 금치 못했기에 사내의 얼굴에는 어느새 외경의 빛이 떠올라 있었다.

"좋아!"

노인은 흐뭇하게 웃더니 갑자기 손을 쓰기 시작했다.

수백, 아니, 수천의 장영이 사내의 전신을 뒤덮었다.

사내는 노인에게서 갑자기 뿜어져 나오는 기세에 이미 전의를 상실해 있었다. 그리고 사방을 압박해 오는 장영의 그림자에 정신이 아득할 뿐 대항하고 말고 할 여력은 전혀 없었다.

하지만…

따당― 따다당―

자신의 오른팔이 멋대로 움직이고 있었다. 그야말로 환상적으로 움직이며 사방을 압박해 오는 장영을 모조리 차단시키고 있었다.

온몸이 그 오른팔의 움직임을 따라 요동 치고 있었다.

비틀거리다 결국 넘어지고 말았는데, 그래도 오른팔과 그 손에 쥐어진 보이지 않는 검은 여전히 환상적인 초식을 발휘하여 노인의 장영을 막아내고 있었다.

"아……!"

감탄사를 토해내는 순간 사내는 자신이 쥐고 있던 검이 사라짐을 느꼈다.

위잉—

노인의 손바닥이 얼굴 앞 일 촌 거리를 두고 멈췄다.

풍압에 사내의 얼굴이 일그러졌다.

노인은 웃으며 말했다.

"자네의 검은 상대의 살기(殺氣)에 반응하네. 그러니 상대의 살기를 느끼는 연습을 좀 더 해두는 게 좋을 걸세. 그리고…….

노인은 사내를 일으켜 주며 말을 이었다.

"명심하게, 지금처럼 입을 열면 검은 사라지고 만다는 것을. 재차 검결을 취하면 되겠지만 생사혈투 중에 그렇게 입을 열어 무방비 상태로 있다간 이미 목숨은 없지."

사내는 고개를 끄덕였다.

"명심하겠습니다!"

겉으로는 고분고분 그렇게 대답했지만 마음속으로 의문이 일었다.

'음… 그럼 선제공격은 어떻게 하지? 상대방이 살기를 일으키지 않는 상태라면 이… 검초는 쓸 수 없다는 건가?'

곧 생각을 바꿨다.

'아니지, 상관없군! 검결을 취한 후에 그자를 화나게 만들면 되니까 말야.'

사내는 자신에게 생긴 이 꿈 같은 일을 믿기 힘들었다. 한평생 염원해 오던 절정무공을 단숨에 얻었으니 오히려 허탈할 정도였다.

하지만 곧 사내는 우려를 금할 길 없었다.

이런 능력을 준 만큼 보응해야 할 대가도 그만큼 클 것이다.

사내는 마음을 단단히 굳히고 나서 노인에게 물었다.

"좋습니다. 제가 앞으로 해야 할 일은 무엇입니까? 이미 사라진 목숨이었으니 두려워할 것은 없으며, 제겐 모셔야 할 노부모님도 안 계시니 거리낄 일도 없습니다. 설사 황제의 목을 따 오라 해도……."

노인은 웃으며 손사래를 쳤다.

"그런 세상사의 일은 내게 아무런 의미도 없네. 안심하게. 그다지 어려운 일은 아니니까 말이야."

노인은 갑자기 안색이 신중해졌다.

그리고 주위를 두리번거리더니 곧 목소리를 낮춰 말했다.

"조금 전에 본 소녀 기억하지?"

"옙!"

"그 소녀의 뒤를 쫓아다니게."

"예?"

"그 소녀를 뒤쫓아 다니다 보면 좀 바보같이 맹한 놈 하나를 만나게 될 걸세. 무슨 수단을 쓰더라도 그놈과 함께 있게나."

"그리고요?"

"내가 가끔 자네 앞에 나타날 테니 그때 그 녀석의 동정을 내게 일러주면 되네."

"그리고요?"

"음? 그게 끝이야."

사내는 호기심을 드러내며 물었다.

"그… 놈이 흉신악살이라도 됩니까?"

"글쎄… 가끔 무서울 때도 있지."

"하지만 어르신네의 능력이라면 굳이 제게 이 일을 시키실 이유가……."

노인은 안색을 찌푸렸다.

"군이 알아야 하겠는가?"

사내는 황급히 고개를 저었다.

"그럴 리가요!"

노인은 동쪽을 향해 가리키며 말했다.

"이쪽으로 십여 리 정도 가면 그 소녀를 볼 수 있을 걸세. 지금 당장 쫓아가게."

"옙!"

사내가 달려가려 하자 노인이 미처 생각지 못했다는 얼굴로 불러 세웠다.

"아참, 자네 이름은 뭔가?"

"예, 제 이름은 두충(杜沖)이라 합니다. 별호는 없고요."

"앞으로는 생길 걸세."

사내는 기분이 좋은지 한바탕 웃고 나서 다우의 뒤를 쫓아 달렸다. 그로서는 최대한 경공술을 발휘했겠지만 노인이 보기엔 거북이 걸음이나 마찬가지로 보였다.

노인은 고개를 절레절레 저었다.

"휴……."

노인은 장탄식을 내뿜었다.

"대체 어찌 된 영문일까? 그 녀석의 종적이 갑자기 사라져 버리다니… 설마 하니 우리들처럼 벌써 합일무상검의 경지에 올라 기미조차 완전히 감추게 되었을 리는 없고……."

노인은 갑자기 얼굴을 찌푸리더니 허공에 대고 말했다.

"이게 어째서 내 탓인가? 단지 누구도 예상치 못했던 결과일 뿐이네."

천천히 걸으며 주변의 풍경을 즐기던 노인은 고요하기 그지없던, 완전히 소멸되어 버린 줄 알았던 자신의 마음에 한 가닥 흔들림이 일어남을 느꼈다.

웃고 떠들거나, 화를 내거나, 설령 사람을 죽인다 한들 이미 소멸되어 버린 마음은 새로 일지 않는다.

그런데 새로 마음이 일다니?

노인은 지워 버리려 하다 호기심이 일어 어떤 마음인지 내면을 관조해 보았다.

오래전 잊어버렸던 하나의 욕망이 새로 꿈틀거리고 있었다.

"이건… 그렇군. 술 한잔 마시고 싶을 때의 그 마음이군."

노인은 오히려 경탄했다.

"내게 아직 세속의 욕망이 남아 있었단 말인가?"

예전이라면 무조건 소멸시켜 버렸을 욕구이자 마음이지만 지금에 이르러 그 느낌은 오히려 경이롭기조차 했다.

비구름에 가려져 있던 하늘이 열리고 달빛이 말갛게 쏟아지고 있었다.

*　　　　　*　　　　　*

다우의 맑은 두 눈동자는 슬픔에 잠겨 있었다.

달빛 아래, 그녀는 바위에 홀로 앉아 저 너머 공터 쪽을 바라보고 있었다.

공터 중앙에는 마면귀옹이 애병인 자모원앙월(字母鴛鴦鉞)을 들고 봉두난발의 머리, 지친 모습으로 서 있었고 그 주위에 네댓 명의 대한들이 대감도를 든 채 살기를 내뿜으며 그를 포위하고 있었다.

대한 중 한 명이 당장 기보를 내놓으라고, 그렇지 않는다면 당장 몸뚱어리를 두 동강 내버리겠노라고 으름장을 놓는다.

그의 동료인 듯한 다른 털보 녀석이 당장 판도면 맛을 보여주겠노라며 칼을 허공에 대고 휘두른다.

마면귀옹은 가소롭다며 비웃는다. 다른 놈들 때문에 이렇게 지치지 않았다면 네놈들은 이미 싸늘한 시체로 변해 있었을 것이라고 말하며 바닥에 가래침을 내뱉는다.

여기저기 이미 싸늘한 시체가 되어 누워 있는 자들이 달빛에 드러난다.

한바탕 칼부림이 벌어진다. 달빛 아래 도광이 일렁이고 선혈은 시커먼 그림자가 되어 허공에 뿌려진다.

순식간에 대한들 중 한 명이 쓰러지고 마면귀옹은 어깨에 두 개의 도상을 얻었다.

마면귀옹이 한바탕 욕설을 내뱉는 순간 흐릿한 그림자가 그를 스친다. 경탄할 만한 경신술.

어둠 속 수풀 속에서 누군가 비천야유신(飛天夜遊神)이다! 라고 소리친다.

아차! 하며 안타까운 신음성을 내는 자도 있었다.

독심호리와 함께 이대신투로 이름난 괴짜 노인네다. 교묘한 손놀림, 기막힌 변장술, 특히나 유령 같은 경공술……

만약 그가 기보를 탈취한 채 어디론가 숨는다면 정말 쫓기 힘들 것이다.

숨어 있던 고수들은 그것을 자각하고 당장 행동으로 옮기기 시작한다.

검은 수풀 속에서 여기저기 슈슉— 하는 소리와 함께 검은 인영들이 튀어 오른다. 정체를 일일이 알 수는 없지만 경공술만 보아도 보통 인물들이 아님은 분명하다.

"하아……."

다우는 깊이 한숨을 내쉬었다.

자신이 왜 이런 걸 보러 왔을까? 후회가 일었다.

강호에 살다 보면 죽음이란 건 심심찮게 보게 된다.

죽음이란 때론 어쩔 수 없었다. 서로가 주장하는 정의가 옳다는 것을 증명하기 위해, 신념을 위해 서로 검을 들고 싸우다 보면…….

검에는 눈이 없다. 전력을 다해 싸우다 보면 부상은 다반사, 죽음도 심심찮게 일어나게 된다. 죽은 자는 말이 없고, 죽인 자도 별다른 죄책감을 가지지 않는다. 누군가 죽은 자의 복수를 위해 검을 겨누면 또다시 싸울 뿐.

비정하지만 그게 강호다.

하지만…

기보라는 하나의 물건에 불과한 것을 얻기 위해 비열하기 그지없는 암습도 서슴지 않는다. 아무런 신념도 없이, 단지 기보를 얻기 위해 상대를 죽인다.

이것도… 강호의 생리다.

이것도 그냥 있는 그대로 받아들일 수밖에 없다.

기보 쟁탈전에 참여한 이들은 진흙탕을 구를 각오로 목숨을 걸고 참가한 것이니 아무도 간섭할 자격은 없다.

그래도…

강호에서 검이란 자신의 존재를 증거하기 위한 수단이다. 그것이 생명 이상의 가치가 있다고 여기기에 목숨을 걸고 다른 이들과 검을 들고 싸운다.

하지만 이 기보 쟁탈전에서 헛되이 목숨을 잃는다는 것은 대체 어떤 의미가 있단 말인가?

다우의 두 눈에서 주르르 맑은 눈물이 흘러내렸다.

"어째서……."

목이 메인 음성이었다.

기보 쟁탈전에 이런 상황이 벌어질 것은 머리로는 이미 알고 있었다.

사문에 있을 때뿐만 아니라 강호를 떠돌아다니면서 이야기꾼들의 재담을 통해서도 수없이 들었다. 하지만 그때 등장한 인물들은 모두 인형에 불과했다. 막이 열리면 등장했다가 죽음의 배역을 맡으면 사라지는 것… 그뿐이었다.

지금은… 모두 살아 있는 사람들이다.

한때는 어린 꼬마로 개울가에서 물장난에 심취하던, 글공부가 싫어 목검을 휘두르며 장차 강호의 협객을 꿈꾸던… 때론 인생의 역경에 분노하고, 슬퍼하고, 가끔 다가오는 행운에 기뻐하곤 하던… 무엇보다 사랑에 목말라 하던…….

진여영과 두 장로가 나눈 이야기의 단편이 떠올랐다.

'도박판…….'

누구는 목숨을 걸고 시뻘건 눈으로 기보를 쫓아다니는데, 누구는 단지 이 일을 도박판으로 본다.

'불공평해……'

알 수 없는 억울함으로, 아니, 그보다는 더 깊은 슬픔으로 가슴이 아팠다.

자신이 할 수 있는 일은 아무것도 없었다.

무력했다.

자신은 강호라는 거대한 강물 위를 떠다니는 조그만 나뭇잎에 지나지 않으니까.

그걸 알고 있기에 더욱더 가슴이 아팠다.

다우는 문득 생각했다.

만약 신의 무공을 지닌 자가 있어 이 모든 강호의 분쟁을 그만두게 해버리면 어떨까?

어쩌면 유검이라면 가능할지도…….

순간 다우는 내면에서 올라오는 무엇에 당혹했다.

분쟁없는 평화스런 강호.

꿈에서라도 그릴 만한 이상향임에 틀림없을 텐데 내면에서 올라오는 그 무엇은 '강한 반발감' 이었다.

'왜 그럴까?'

다우는 아미를 찌푸렸다.

도무지 자신의 심정을 이해할 수가 없었던 것이다.

이때 다우는 이상한 느낌이 들어 공터를 바라보았다.

살아 있는 자들은 모두 기보를 쫓아갔다. 남아 있는 자는 모두 시체들이다.

그런데 어떤 움직임을 본 것 같았다.

꿈틀.

공터의 시체 중 한 명이 꿈틀거렸다. 마면귀옹을 둘러싼 대한들 중 한 명이었다.

다우는 놀라 두 눈을 휘둥그레 뜬 채 지켜보았다.

'또 귀식대법이야?'

대한은 상반신을 일으킨 채 주위를 두리번거렸다. 쓰러진 다른 대한들을 향해 뭐라 중얼거리는 것 같았다.

그리고 눈길을 돌렸는데, 지켜보던 다우와 눈이 마주쳤다.

다우는 그와 눈이 마주치자 얼음물 속으로 들어간 듯 뼛속 깊이 섬뜩함이 스며듦을 느꼈다.

그는 천천히 몸을 일으키더니 다우를 향해 걸어오기 시작했다.

다우는 가슴이 두근거렸다.

대한은 손을 자신의 얼굴 쪽으로 가져가더니 찌이익 뜯어내었다.

인피면구가 벗겨져 나가고 오십 대 중반으로 보이는 날카로운 눈매의 중년인 모습이 드러났다.

중년인은 조그맣게 중얼거렸다.

"날 원망하지 마라."

거리는 대략 이 장여 거리.

다우는 그의 손이 품속으로 들어간다 싶은 순간 뭔가 심상치 않음을 느끼고 훌쩍 신형을 뒤로 뽑았다.

하지만 중년인은 허깨비처럼 자신의 뒤를 바짝 쫓아왔다.

그의 오른손은 달빛에 번쩍이고 있었다. 어느새 날카로운 검이 박힌 갈고리를 손에 끼운 것이다.

위급한 순간임에도 다우는 기이하게 마음이 착 가라앉는 것을 느꼈다. 그리고 조금 전의 슬픔은 언제 있었냐는 듯 사라지고 전신에 생동감이 일었다.

다우는 스스로에 대해 조금 실망감이 일었다.

'쳇.'

자신도 어쩔 수 없는 강호인이란 자각이 들었다.

발끝이 풀밭에 닿았음을 느끼는 순간 다우는 휙 몸을 뒤집어 위로 솟구쳤다.

평범하기 그지없는 이어번신(鯉魚飜身)의 경신술이었지만, 옷자락을 펄럭이며 달빛을 가로지르는 그녀의 자태는 우아하기 그지없었다.

중년인은 그녀를 쫓아 허리를 뒤로 젖히는 탄력으로 제비를 돌며 위로 튀어 올랐다. 그리고 그녀의 등을 향해 갈고리를 휘두르려는데, 그녀의 소맷자락에서 세 개의 쇳덩어리가 튀어나오는 것을 보았다.

"설마……!"

무심하기 그지없던 중년인의 얼굴이 한껏 일그러졌다.

중년인의 신형이 퉁기듯 뒤로 물러났다.

꽝! 꽈광—!

커다란 굉음과 함께 땅이 일 장가량 움푹 패었다. 그와 함께 흙먼지가 뭉게뭉게 피어올랐다.

위력으로 보아 소진천뢰인 듯했다.

중년인은 씹어뱉듯이 중얼거렸다.

"제기랄, 벽력문의 계집이었군!"

전신을 좀 더 긴장시키며 재차 공력에 들어가려는데 흙먼지가 가라앉으며 환한 달빛에 다우의 용모가 드러났다.

중년인은 달려가던 자세 그대로 그 자리에 멈춰 서버리고 말았다.

넋이 나간 듯 멍하니 다우를 바라보기만 했다.

조금 전에는 멀리서 보았기에, 또한 가까이 다가와서도 어차피 죽일 여인이라 여겼기에 자세히 바라보지 않았다. 이제야 정면으로 그녀와 처음 마주치고 만 것이다.

중년인은 순간 모든 생각이 사라져 버렸다.

자신이 왜 여기 서 있는지도 모르고 단지 그녀를 바라보기만 했다.

다우는 짤막한 한숨을 내쉬며 물었다.

"왜 절 공격한 거죠?"

중년인은 그제야 제정신이 돌아온 모양이었다.

그는 흠칫하며 소리쳤다.

"요, 요녀로군!"

다우는 못마땅한 듯 아미를 찌푸리며 반박했다.

"그런 사람 아니에요. 근데 대체 왜 절 공격한 거죠?"

중년인의 얼굴은 한껏 일그러졌다.

그는 괴성과 함께 다우를 향해 갈고리를 휘두르며 공격해 왔다.

순간 그는 비명을 지르며 그 자리에 쓰러졌다.

땅바닥을 데굴데굴 뒹굴며 소리쳤다.

"저리 가! 저리 가!"

음성은 발악에 가까웠다. 처절하기 그지없었다.

"이 악마! 요녀! 죽어버려!"

중년인은 허연 거품을 물고 있었다. 눈은 뒤집어졌으며 마치 간질 발작을 일으킨 듯했다.

그것을 지켜보는 다우의 두 눈동자가 갑자기 공포로 물들었다.

무너져 내리듯 그 자리에 털썩 주저앉고 말았다.

"크아아악—!"

중년인은 단말마의 비명과 함께 오른손의 갈고리로 스스로의 심장을 찔렀다.

그의 등이 휘어졌다. 그리고 마지막 경련을 일으키더니 축 늘어져 버렸다.

그것을 지켜보는 다우의 두 눈은 텅 비어버린 듯했다.

머리 속을 아른거리는 환영들!

사랑하는 사부와 사형제들이 흉신악살의 모습으로 서로를 공격하거나 혹은 괴로워하며 자신의 심장을 검으로 찌르는 그런 환영들이었다.

환영들은 모조리 피로 채워져 있었다.

그녀의 두 눈에서는 끊임없이 맑은 눈물이 흘러내리고 있었다. 망연자실한 얼굴이었지만 그 어느 때보다 더 큰 슬픔으로 물들어 있었다.

이때 누군가 천천히 걸어왔다.

붉디붉은 장포를 걸친 이목구비가 수려하기 그지없는 미청년이었다.

청년은 중년인에게 다가가더니 그의 품속에서 뭔가를 꺼내 들었다. 손바닥 크기의 투명한 원반… 사람들이 그토록 쫓고 있던 바로 그 기보였다.

청년은 중얼거리듯 말했다. 다우를 정면으로 바라보진 않았다.

"이자는 비천야유신과 짰지요. 그는 이걸 이자에게 넘겨주곤 도망치는 척… 그런 겁니다. 비천야유신은 수중에 기보만 없다면 금선탈각지계(金蟬脫殼之計)로 어떻게든 위험을 빠져나갈 수 있다고 믿은 모양이구요."

"나……."

다우는 혼잣말로 중얼거렸다.

"나… 나 때문이었어. 그랬던 거야. 그때… 그 일이 일어난 것은 지금처럼… 지금처럼……!"

청년은 미소 지으며 말했다.

"무슨 말인지는 모르겠지만 그대를 보는 게 위험하다는 것은 알겠소."

대꾸는 없었다.

그녀는 여전히 시체로 변해 버린 중년인만을 바라보고 있었는데 청년이 나타났다는 것도 모르는 것 같았다.

청년은 어깨를 으쓱거리며 말했다.

"이거 참… 어쨌거나, 좀 전의 폭음으로 사람들이 쫓아올 테니 빨리 이 자리를 피해야 할 텐데……."

청년은 곁눈질로 살짝 다우를 훔쳐보았다.

마음이 요동 치는 것을 느끼자 얼른 시선을 돌렸다.

'섭혼술이나 괴이한 사술 같아 보이진 않는데… 대체 뭘까?'

청년은 달을 바라보며 눈썹을 찡그렸다.

이대로 홀로 이 자리를 피하자니 어쩐지 저 소녀의 일이 마음에 걸리는 것이다.

"맹과의 계약을 파기할 순 없지만……."

청년은 결심한 듯 품속에서 조그만 병을 꺼내더니 몇 개의 환약을 꺼내어 얼른 삼켰다.

그리고 스스로 심경(心經)과 심포경(心包經)의 몇 군데 혈도를 눌러

심맥을 보호하고 마음의 흔들림을 막았다. 그리고 하늘이 무너지고 땅이 갈라지더라도 견성(見性)을 유지할 수 있게 하는 독문요결을 외웠다.

그리고 나서 조심스레 다우를 향해 시선을 돌렸다.

순간 청년은 의외의 사실에 놀라지 않을 수 없었다.

욕정을 자극하거나 혹은 마음을 미혹시키는 그런 기운을 예상했는데 뜻밖에도 전혀 달랐던 것이다.

따스한 햇살같이 포근했으며 있는 듯 없는 듯 평화스럽기 그지없는 그런 감미로운 기운만이 느껴졌던 것이다.

'……?'

청년은 고개를 갸웃거리다 좀 전의 중년인처럼 약간의 살기를 일으켜 보았다.

"헉!"

갑자기 거대한 괴물이 나타나 시퍼런 이빨을 드러내며 삼킬 듯 공격해 왔다.

재빨리 병기를 꺼내어 대응하려다 순간 찬물을 끼얹은 듯 정신을 깨우는 바가 있어 얼른 살기를 버렸다.

괴물은 언제 나타났냐는 듯 사라져 버렸다.

청년은 쓴웃음을 지었다.

"그렇군. 역시 나의 살기가 나를 공격한 셈이군."

청년은 이번에는 약간의 욕정(欲情)을 일으켜 보았다.

순간 나체의 여인들이 나타나 자신을 애무하기 시작했다. 청년은 얼른 욕정을 떨쳐 버리려 하다 약간 기이한 점을 느끼고 잠시 그대로 머물렀다.

감각은 실제나 마찬가지였다.

실제 여인이 있어 교성을 발하고 자신을 애무하고 있는 듯했다. 풍만하고 부드러운 여인의 살결이 그대로 느껴지고 있었다.

'이상하다. 이 상태는 그다지 위험해 보이지 않는군.'

청년이 다시 견성을 유지하자 환영은 사라져 버렸다.

곰곰이 따져 생각해 보던 청년은 길게 한숨을 내쉬었다.

"그렇군. 저 소녀는… 거울과 같구나. 아름다움에 취하면 아름다움에 잠기고, 살기에 취하면 그 살기에 스스로를 자멸시키게 되는……."

청년은 고개를 도리도리 저었다.

"위험하군, 위험해. 대체 스스로 심맥을 보호할 만한 이가 강호에 몇이나 되겠는가? 차라리 방심하고 있다면 그녀의 아름다움에 취해 아무런 해도 없겠지만, 만약 어떤 사욕을 가지거나 분노, 살기, 욕정, 죄책감 등을 일으킨다면……."

청년은 쓴웃음을 지었다.

"과연 그러한 자신을 너그럽게 용서할 이가 몇이나 될까? 대부분 고통을 이기지 못하고 스스로 자결해 버리고 말 것이다. 자신이 만든 갖가지 환영에 시달리면서."

깊은 한숨이 나오지 않을 수 없었다.

"다행히 이 소녀는 자신의 능력을 완전히 자각하지 못한 듯하다. 만약 악용한다면……."

청년은 다우를 조심스럽게 살폈다.

아름답기 그지없는 소녀다. 절대 자신의 능력을 악용하거나 하진 않을 듯 보이지만…….

두 눈에 갈등이 일렁이다 사라졌다. 그와 함께 청년의 얼굴은 서서히 굳어져 갔다.

　머리 속에는 한 가지 생각만이 떠오르고 있었다.

　'너무… 위험하다!'

◆第五章
다우의 눈물

다우의 눈물

청년은 눈을 감았다.

상대 소녀의 위치는 이미 정확히 파악하고 있다.

'살기를 일으켜선 안 된다!'

청년은 상상하기 시작했다.

주변의 광경이 사라지고 텅 빈 공간에 있는 자신을 의식했다.

그리고 하나의 검초를 떠올렸다.

단순히 횡으로 긋는 횡소천군과 비슷한데, 날렵한 일류연(一流煙)이란 보법을 가미한 검초였다.

청년은 자신에게 타일렀다.

'여기는 빈 공간, 나는 꿈을 꾸고 있다. 그리고⋯ 나는 단지 검을 휘두를 뿐이다. 빈 공간을 향해.'

스르룽—

붉은 장포 사이 감춰져 있던 그의 보검이 꺼내어졌다.

고요한 달빛 아래 보검의 검광이 일렁거렸다. 은은한 푸른빛이 검의 주위를 감싸고 있었는데 흔한 보검은 아닌 듯싶었다.

검을 꺼내 들었지만 청년은 지금 살인을 결심한 자라고는 믿기 힘들 정도로 고요한 평정 상태를 유지하고 있었다. 아무리 호심요결을 취했다고는 하지만 혈기방장한 이십 대 청년이 내보일 만한 수양으로 보기에는 무리가 있었다.

다우는 여전히 넋이 나간 얼굴로 멍하니 시체가 되어 있는 중년인만을 바라보고 있었다.

찌르륵— 찌르륵—

풀벌레 소리도 여전했다.

만약 청년이 살기를 내뿜었다면 울음소리는 멈췄으리라.

스르륵.

청년의 발이 미끄러지듯 다우를 향해 나아갔다. 동시에 보검이 다우의 목을 향해 횡으로 그어졌다.

살기는 없었지만 보검 자체가 내뿜은 예기는 있었다.

검은 마음이 없다. 그래서 스스로를 파괴시키지 않는다.

단지 날아갈 뿐이다.

다우는 자신을 향해 뿜어져 나오는 보검의 예기에 무의식적으로 시선이 갔다.

그것을 보자 까닭을 알 수 없는 슬픔이 밀려왔다.

'난… 죽는 걸까?'

죽음을 생각하자 마음이 오히려 편해졌다.

봉인되었던 기억의 실마리가 풀리며 거대한 물결이 되어 엄습해 온,

자기 때문에 사부와 사형제들이 모두 죽음을 당했음에도 여전히 홀로 살아남아 있다는 부담감과 죄책감이 죽음이란 두 글자에 면죄부를 받는 듯했다.

보검의 예기가 다우의 면전에 이르렀을 때 돌연 그녀의 손가락에 끼어져 있던 반지가 진동을 일으키기 시작했다.

반지에서 하얀 안개가 일더니 다우를 중심으로 갑작스런 돌풍을 일으켰다.

청년은 바람이 힘에 의해 자신의 검이 빗겨 나감을 감지했지만 그것을 바로잡을 수는 없었다.

바로잡으려는 순간 검을 휘두른 목적, 즉 소녀를 죽이고자 하는 살기가 떠오를 테고, 그것은 오히려 자신을 파멸시키고 말 것이기에.

스윽—

검끝이 얼굴을 스치며 핏방울이 허공으로 뿌려졌다. 몇 가닥의 머리카락이 잘려져 바람에 휘날렸다.

그녀의 왼쪽 눈가에 손가락 길이 정도의 검상이 생겨났다. 핏방울이 맺혀져 주르르 흘러내리고 있었다.

마치 피눈물을 흘리는 것처럼 보였다.

다우는 손으로 상처를 만져 보다 이는 통증에 자신이 아직 살아 있구나 생각했다.

다우를 스쳐 지나간 검을 청년은 내리뜨린 채 서 있었다. 돌풍에 그의 장포는 찢어질듯 휘날리고 있었다. 단정하게 빗어 넘긴 머리카락도 봉두난발이 되어 있었다.

그는 이를 꽉 깨물고 다시 한 번 더 시도하기로 결심했다.

다우가 만약 그 자리를 피해 버리면 모두 허사로 돌아가겠지만 그녀가 아직 피할 의도가 없음을 직감하고 있었다.

왜 피하지 않을까? 왜……?

라는 의문이 일어 마음이 흔들렸다.

청년은 즉시 의문을 잠재웠다. 여기서 흔들려 상대를 자각하기 시작하면 그 순간 끝장이다.

또 하나의 갈등이 일었다.

이번에 성공하든 하지 못하든 자신이 받을 타격은 결코 적지 않을 것이라는 것을 알았기 때문이다.

'맹과의 계약은 그렇다 쳐도… 엉뚱한 일에 휘말려 버렸군.'

스스로 취한 결심이었음에도 청년은 말려들었다고 느꼈다.

어쩐지 그녀를 죽이고자 결심한 것이 스스로의 의지가 아닌 듯한 느낌이 드는 것이다.

다시 말해 그녀는 스스로 죽음을 원했고 자신이 그에 응답한 듯한…….

까닭을 알 수 없는 슬픔이 가슴 깊은 곳에서 울려 나왔다.

혼란이 일자 청년은 버럭 기합을 내질렀다.

"하압―!"

기합은 모든 정신을 검에 집중하기 위해 방편으로 만들어졌다.

비록 정묘하기 그지없는 초식을 구사해야 하는 초절정고수들과의 싸움에선 오히려 짐이 될 뿐이겠지만, 마음을 하나로 모은다는 점에서는 그 무엇보다 강력했다.

"이야아아압―!"

기합 소리는 허공을 가르고 천지를 가득 채워 무한으로 달려갔다.

좀 전과 같은 고요함은 없었다. 사납기 그지없는 원시적인 격렬함만

이 있었다.

그럼에도 돌풍을 뚫고 매섭게 내려쳐 가는 검광은 달빛에 고요하기 이를 데 없다.

돌풍을 일으켰던 풍환은 이제 더 이상 자신이 어떻게 해볼 여지가 없음을 깨달았다.

다우가 그녀의 의지로 자신을 불러내지 않는다면, 도움을 청하지 않는다면 어떻게 간섭할 수가 없는 것이다.

이렇게 돌풍이나마 일으킬 수 있었던 것은 유검의 그녀를 보호해 달라는 한 가닥 그 마음으로부터였는데, 이 역시도 상대가 살기를 감췄기에 오로지 검의 예기에만 감응할 뿐이었다.

절체절명의 순간 또 하나의 기합 소리가 울려 퍼졌다.

"으랏차차차챳—!"

멧돼지처럼 하나의 인영이 달려오더니 다우를 감싸 안고 뒹굴었다.

챙!

그는 오른팔을 들어 올렸는데, 매섭게 내려친 보검과 부딪치자 뜻밖에도 맑은 금속성이 울려 퍼졌다.

공격해 왔던 붉은 장포의 청년은 스스로의 진력을 이기지 못해 옆으로 튕겨났다. 반탄되어 튕겨오른 검은 한 그루의 나무를 베어 넘어뜨렸다.

멈춰 선 청년의 얼굴은 괴로움으로 한껏 일그러졌다.

그는 몸속을 휘몰아치는 진력을 애써 가라앉혔는데, 성공하지 못했다는 강한 자책감 속에서도 한편으론 안도감이 들었다.

그는 밤하늘을 올려다보며 조금 전 자신의 행동을 반조해 보다 쓴웃음을 지었다.

새로 나타난 인영은 얼굴 선이 굵은, 조금 멍청해 보이는 인상의 사내 두충이었다.

두충은 다우를 향해 황망한 태도로 물었다.

"어, 어디 다친 곳은 없습니까?"

두충은 다우를 보고도 아무렇지 않았다.

애당초 그녀를 해칠 생각은 조금도 없었고, 그녀에게서 뿜어져 나오는 감미로운 기운을 아무런 거부감 없이 받아들였으며, 또한 결정적으로 괴노인이 몰래 그의 심맥을 보호할 호심지기를 전해준 탓이었다.

다우는 여전히 멍한 시선으로 아무런 반응도 내비치지 않았다.

두충은 곧 고개를 돌려 붉은 장포의 청년을 날카롭게 쏘아보았다.

청년은 쓴웃음을 지은 채 말했다.

"더 이상 공격할 마음은 없으니 안심해도 되네. 그보다……."

그는 날카로운 시선으로 주위를 훑어보며 말을 이었다.

"초대하지 않은 손님들이 오셨군."

두충은 의아해하며 주위를 둘러보다 깜짝 놀랐다. 여기저기 검은 그림자들이 시퍼런 안광을 내뿜으며 유령처럼 서 있는 것이 아닌가.

청년은 두충을 향해 말했다.

"자네는 그 아이를 데리고 이 자리를 피하게. 빠를수록 좋다."

청년은 두충이 다우와 밀접한 관련이 있는 지인(知人)이라 판단하고 그리 말했다.

두충은 내심 코웃음을 치며 투덜거렸다.

'젠장, 나보다 어려 보이는 놈이 어디다 대고 툭툭 반말하고 지랄이야!'

두충은 노인에게서 받은 능력도 있겠다, 아무것도 두렵지 않았다.

오로지 눈앞의 이 아름다운 소녀를 자신이 보호하고 있다는 충만감으로 뿌듯할 뿐이었다.

당연히 피할 생각 따위는 없었다.

대신 거만한 얼굴로 다우 앞으로 가로막아 서곤 팔짱을 꼈다.

"흥!"

누구든지 덤빌 테면 덤벼보란 태도였다.

하지만 그런 두충에게로 향한 시선은 없었다.

나타난 인영들의 시선들은 모두 붉은 장포의 청년에게로 향해 있었다.

청년이 품속에서 기보를 꺼내 보였던 것이다.

청년은 약간 비웃음을 머금은 채 주위를 향해 말했다.

"이것을 원하시오? 생각있으면 가져가 보시구려."

인영들의 안광이 확― 타오르는 것 같았다.

주위는 삽시간에 살기로 가득 찼다.

두충은 움찔했다.

아무리 노인에게서 받은 능력이 있다곤 하지만 이렇게 살기 짙은 긴박한 상황은 처음 겪어보는지라 마음이 은근히 떨렸다.

두충은 힐끔 다우를 훔쳐보곤 이를 꽉 깨물고 뱃속 깊이 숨을 불어넣었다.

유령처럼 서 있는, 그리고 숨어 있는 인물들 중 누군가가 청년을 향해 물었다.

"그대는 뉘시오? 강호무림이 아무리 넓다 하나 그대와 같은 기도를 갖춘 후기지수가 있다는 말은 들어보지 못했소."

음산한 말이 뒤를 이었다.

"혹 요즘 소문이 떠들썩한 유검이란 녀석이 아닐까? 후안무치에 하늘도 땅도 두려워 않는다던데 저 광오한 태도를 보자면……."

청년은 피식 웃으며 말했다.

"유검… 상당히 훌륭한 청년이지요. 하지만 그는 내가 아니고 난 그가 아니외다."

누군가 코웃음을 쳤다.

"흥!"

난 나다! 난 나로서 충분히 족하다! 그런 자부심이 은근히 드러나는 말투였던 것이다.

태평스런 말과는 달리 청년은 그리 좋은 형세는 아니었다. 조금 전 다우의 일로 인해 진기와 심맥에 상당한 타격을 입고 있었으니까.

그는 주위를 훑어보다 내심 눈살을 찌푸렸다.

'무영환마는 아직도인가?'

팽팽한 긴장감이 감돌았다.

묘한 자신감을 보이는 청년의 태도에 나타난 인영들은 함부로 움직일 수 없었다.

두충은 코를 벌렁거리며 여차할 경우를 대비하고 있었다. 이때 날파리 한 마리가 그의 콧속으로 기어들어 왔다.

아니, 두충은 너무 흥분한 탓에 숨을 급하게 몰아쉬었고, 지나가던 날파리 한 마리가 본의 아니게 빨려들고 만 것이다.

"에… 에취!"

재채기는 신호탄이었다.

긴장감이 일제히 폭발하며 드러난, 그리고 숨어 있던 인물들이 동시에 신형을 움직였다. 자신의 애병을 꺼내 들고 소리도 없이 붉은 장포의 청년을 향해 공격해 갔다.

그 농밀한 살기는 천군만마가 일제히 달려드는 듯했다.

두충은 안색이 변했다.

기보 쟁탈전이 벌어질 때도 우르르 몰려다니는 군웅들의 뒤꽁무니를 따라다니는 것이 전부였던 그가 언제 이런 고수들의 격전 한가운데 있어보았겠는가.

아무리 참으려 해도 이빨이 덜덜 떨렸다.

그는 참을 수 없어 있는 힘껏 기합―차라리 비명이라 불리우는 것이 마땅한―을 내질렀다.

"으아아아아악―!"

이때 참으로 기이한 일이 일어났다. 아니, 기적이라 불러도 좋으리라.

갑자기 사방이 조용해졌다.

기보를 향해 달려들던 군웅들이 그 자리에 멈춰 섰다. 그리고 자신을 향해 시선을 돌리고 있는 것이다.

수많은 안광이 자신을 쏘아보는 듯하자 두충은 다리가 후들거려 왔다.

'왜… 왜?'

이런 일이 벌어질 줄은 꿈에도 몰랐기에 두충은 당혹스럽기 그지없었다.

'가만… 노인이 내게 전해준 능력 중에 혹 다른 게 있었던 것이 아닐까? 음공(音功) 같은…….'

음산한 얼굴의 노인이 중얼거리듯 물었다.

"넌… 누구지?"

두충은 배에 힘을 꽉 주고 외쳤다.

"흥, 난 두충이다! 제기랄, 나의 시체를 밟기 전엔 이 소저에게 손가락 하나 대지 못한다!"

호기롭게 소리쳤지만 노인은 전혀 반응하지 않았다. 여전히 대답을 기다리는 듯한 얼굴.

두충은 얼굴을 일그러뜨리며 다시 소리치려다 문득 뒤에서 인기척을 느꼈다.

"헥헥……"

뒤돌아보니 지친 모습의 한 청년이 숨이 찬지 그 자리에 멈춰 서서 숨을 고르고 있었다.

유검이었다.

"후아! 끈질기군, 끈질겨! 은자 못 받아 죽은 조상이라도 있나……"

숨을 고른 후 일어서며 그렇게 투덜거렸다.

두충은 중인들의 시선이 가는 방향을 조용히 추적해 본 결과 나타난 이 청년에게 향해 있음을 알았다. 자신은 그 한가운데 머물러 있는 것이다.

움찔하며 두충은 조용히 한 걸음 물러섰다. 왠지 자신이 방해물이 되어 있는 듯해서였다.

사람들의 시선은 모두 유검에게로 향해 있었다.

중인들은 기이한 시선으로 유검을 쏘아보고 있었는데, 왜 이런 상황이 되고 말았는지 스스로도 이해할 수 없어 어리둥절한 표정들이었다.

이는 참으로 기이한 일이 아닐 수 없었다. 모두 기보를 향해 일제히 행동을 시작하던 참이었다. 여차할 경우 기보를 얻기는커녕 언제 암습을 당해 목숨이 날아갈지도 모른다. 그런 상황에서 신경을 분산시킬

리도 없거니와 행동을 멈출 까닭이 없다.

그럼에도 유검이 나타난 순간 자신도 모르게 일체 행동을 멈추고 만 것이다.

그것은 강렬한 존재감 때문이었다.

아무리 먹이를 향해 독하게 달려드는 살쾡이라 할지라도 호랑이의 포효가 들리면 자신도 모르게 멈춰 서고 마는 것과 비슷했다.

다만 그것은 살기나 다른 기운, 느낌 등에 의해 감지한 것은 아니었다. 보다 더 내면에 자리한, 깊은 무의식에 자리한 다른 감각에 의해서였다.

이들은 내면에 혼란을 느끼고 있었다.

유검을 보니 내공은 전혀 없어 보인다. 남다른 기도도 느낄 수 없다. 그냥 평범하기 그지없어 보였다.

신경 쓰지 말고 그냥 무시해도 된다고 판단했다. 그럼에도 도무지 신경이 쓰여 견딜 수가 없었다. 눈길을 돌리는 순간 뭔가 커다란 일이 벌어질 것 같아 도무지 다른 행동을 취할 수가 없었다.

"어라?"

그제야 다우를 발견한 유검은 반색하며 다가갔다.

"머, 멈춰!"

두충은 허둥대며 그렇게 소리쳤다. 동시에 검결을 취하며 유검을 향해 오른팔을 휘둘렀다.

유검은 피하려 하다 고개를 갸웃하고는 그냥 멈춰 섰다. 그냥 그의 공격을 무시해 버린 것이다.

두충은 힘껏 오른팔을 휘둘렀지만 전혀 엉뚱한 곳으로 향했다. 단순히 위협만 하는 것처럼.

"왜… 왜 이러지?"

두충은 울상을 지었다.

유검이 괜찮냐는 듯 그의 어깨를 두들겼다. 순간 두충은 하던 공격을 멈추고 어깨를 축 늘어뜨리고 말았다.

'이상한 사람이군.'

유검은 다우 앞에 쪼그리고 앉았다.

다우의 멍한 시선이 유검을 향했다.

유검은 웃으며 물었다.

"재밌게 놀았어?"

어디로 향하는지 알 수 없던 다우의 멍한 시선에 초점이 잡혔다.

망막 위로 웃는 유검의 얼굴이 비치자, 순간 그녀의 커다란 두 눈망울에 한가득 눈물이 고이기 시작했다.

주르륵 고운 뺨 위로 흘러내린다.

그것을 보고 유검은 웃으며 뭔가 말을 하려 했다.

순간 유검은 가슴 깊은 곳에서 고통이 밀려옴을 느꼈다.

아니, 밀려오는 것이 아니라 거대한 파도처럼 와락 덮쳤다.

그 고통은 뭐라 말로 형언하기 힘들었는데, 굳이 표현하자면 이루 말할 수 없이 심오한! 이라 불리워 마땅하리라.

입은 열었지만 말 한마디 꺼낼 수 없었다.

이것은 다우의 심중의 고통과 공명하여 일어난 현상이었는데, 유검은 그것을 자각하지 못했다. 혹 주화입마 현상인가 의심할 뿐이었다.

이마 위로 식은땀이 주르르 흘러내렸다.

유검은 애써 웃는 모습을 취하며 다우에게 말했다.

"조금만… 더 놀고 있거라."

그리고 자리에서 천천히 일어났다.

다우는 천천히 고개를 끄덕였는데 눈물은 여전히 그칠 줄 모르고 흘러나왔다.

하지만 좀 전처럼 무감각하지는 않았다.

자신의 고통과 슬픔을 있는 그대로 받아들이고 마음껏 아파하고 있었다. 누군가 자신의 슬픔과 고통을 진심으로 공감해 주고 있음을 느꼈다. 그 누군가가 유검인지 아니면 다른 누구인지 알 수는 없었다. 다만 있다는 것만으로 충분했다.

소리없는 오열은 그칠 줄 몰랐다.

유검은 웃으며 말해 주려 했다.

"이제야……."

이제야 다우다운걸? 이라고 말해 주려 했지만 이상하게도 목이 메어 말을 토해낼 수가 없었다. 그리고 가슴 깊은 곳에서 깊은 슬픔이 존재 전체를 물들이고 있었다. 통증은 여전했다. 서 있는 것조차 힘들 정도였다. 두 눈에선 자신도 모르게 눈물이 주르르 흘러내리고 있었다.

유검은 내심 투덜거렸다.

'대체 내가 왜 이러는 거지?'

다른 사람들 역시 곤혹스러운 얼굴을 감추지 못하고 있었다. 그들역시 애써 눈물이 솟구치려는 것을 필사적으로 참고 있었던 것이다.

눈물이라니?

무인들에게 있어 가장 힘든 일이 바로 눈물을 흘리는 일이다. 아무리 노력해도 불가능한 일이 바로 눈물을 흘리는 것이다.

그들은 필사적으로 참고 있었다.

눈물 흘리는 모습을 어떻게 남에게 보일 수 있단 말인가?

차라리 칼을 빼물고 죽어버리는 편이 낫다.

그래서 주위는 침묵으로 물들어 있었다.

한참 후에야 유검은 주위를 돌아볼 여력이 생겼다. 물론 심오하기 그지없는 이 가슴의 통증과 슬픔은 여전했다.

주위를 살피던 유검은 눈살을 찌푸리며 고개 숙인 채 뭔가 끊임없이 중얼거리고 있는 붉은 장포의 청년을 발견했다.

"어라? 남궁 가주님 아니십니까?"

붉은 장포의 청년은 중얼거리던 것을 그치고 고개를 들어 올렸는데, 아차! 하는 표정이었다.

'미리 말해 줬어야 했는데……!'

그는 자신의 정체를 밝히지 말아달라는 부탁을 미리 전해주지 못했음을 깨달았다.

유검은 그를 향해 포권을 취하며 예를 표했다.

"정말……."

여전히 목은 메었지만 서두르지 않고 천천히 말을 꺼내니 그럭저럭 의사 표현은 가능했다.

"오랜만에 뵙습니다. 근데 몇 년 전보다 더 젊어지신 것 같군요."

유검의 말에 주위가 술렁거렸다.

오대세가의 으뜸인 남궁세가의 가주 남궁수(南宮秀), 남궁무룡의 친부이다.

본래 남궁세가의 가주에 대해서는 구름 속의 용처럼 신비에 가려져 있었는데 이렇게 이십 대 청년의 모습을 간직하고 있다는 것은 참으로 의외였다. 그리고 그런 대단한 존재가 하필 이런 기보 쟁탈전의 자리에 끼어 있다는 사실은 더 더욱 놀라운 것이었다.

애써 눈물을 참고 있던 자들 중 한 명이 씹어뱉듯이 중얼거렸다.

"제기랄, 뭐가 아쉬울 것 있다고……! 카악— 퉤!"

그는 가래침을 뱉는 척하며 슬쩍 소매로 눈가의 눈물을 닦았다.

남궁세가의 가주라면 오대세가의 위용에 비춰볼 때 또 하나의 무림 맹주나 다름없다.

그런 그가 이런 기보 쟁탈전에 관여를 하다니?

아무리 기보가 천외천(天外天)의 기물이며 이에 탐이 난들 그 자신의 지위와 체면을 생각한다면 절대 이런 난장판에 뛰어들 리가 없다. 설령 수하들을 내보낸다 할지라도 신분을 감춰야 할 일인데…….

참으로 믿기 힘든 이 사실에 중인들은 놀람을 감추지 못했으며 일제히 경각심을 높였다. 그리고 한편으론 눈물이 쏟아지지 않도록 주의를 기울여야 했다.

그들 중 누군가 의문을 일으켰다.

"이거… 혹시 짜고 연극하는 거 아냐?"

이러한 의문은 타당했다.

그들 중 남궁 가주를 본 자는 없다.

어디서 왔는지도 모르는 한 청년이 그를 보고 그렇게 불렀다고 해서 그게 진실이라는 보장은 어디에도 없는 것이다.

남궁 가주는 쓴웃음을 짓다 유검을 향해 외쳤다.

"유검!"

유검이 고개를 돌리자 갑자기 가지고 있던 기보를 던져 주며 말했다.

"이제부턴 자네가 이걸 맡아주게나."

중인들은 움찔했다.

기보를 던지는 순간 바로 몸을 솟구쳤어야 옳은 일이다. 그들은 본능적으로 그렇게 하려 했다. 하지만 할 수가 없었다.

남궁 가주가 먼저 부르짖은 유검이란 이름에 대한 놀람과 전신을 짓누르는 눈앞의 이 존재에 대한 꺼림이 연결되어 있다는 참으로 이상한 연결성 때문이었다.

중인들은 입술을 깨물고 주먹을 꽉 쥐었다.

꽉 쥔 주먹에선 피가 흘러나왔건만 고통을 느끼지 못하는 것 같았다.

그들은 도통 이해할 수가 없었다. 머리로선 당장 검을 쥐고 그를 향해 달려가라고 명령을 내렸는데, 몸은 꼼짝을 하지 않는 것이다.

마치 자면서 가위눌린 것과도 같았다.

이러한 상황은 그들에게 있어 괴롭기 한량없었다.

"크아아아악—!"

한 명이 괴성을 질렀다.

오십 대 초반으로 보이는 그는 입술을 깨물며 날카로운 시선으로 유검을 쏘아보더니 자유로워진 한 팔로 품속의 소도를 꺼내 들어 자신의 오른쪽 허벅지를 푹 찔렀다.

"흥, 이따위 섭혼술에 놀아날 내가 아니다!"

누군가 눈물을 주르륵 흘리며 소리쳤다.

"제기랄, 까짓 눈물을 흘리면 어떤가? 눈물을 흘리라구! 그럼 몸이 움직여!"

자신의 말을 증명이라도 하듯 검을 뽑아 들고 유검을 향해 덮쳐 갔다.

사람들은 극한 상황에 이르면 이것저것 따지지 않는다. 한 사람이 달려들기 시작하자 다른 이들도 눈물을 흘리거나 혹은 자해하며 스스로 묶여 있는 상황을 깨뜨렸고, 이는 유검에 대한 공격으로 이어졌다.

유검은 멍하니 그 자리에 있었다.

사람들 얼굴 위로 떠오른 공포와 기보에 대한 욕망 등을 느꼈다. 그와 함께… 기이하게도 더 큰 슬픔과 연민이 몰려왔다.

'어처구니가 없군. 저놈들은 쓰레기다! 동정받을 가치조차 없다구! 겨우 기보 하나에 목숨을 거는 바보 멍청이들이란 말이다!'

스스로 그렇게 설득해 봐도 도무지 증오하거나 미워하는 감정을 가질 수가 없었다. 당연히 분노도 일지 않았다. 그렇다고 무슨 고승처럼 목을 선선히 내밀어, 목숨을 바쳐 그들을 가르치겠다는 그런 마음도 일지 않았다.

"휴……."

할 수 있는 유일한 일은 깊은 연민 속에―대체 누구를 향한 것인지도 알 수가 없는―한숨을 내쉬는 일뿐이었다.

두충은 두 눈을 부릅뜬 채 검결을 쥐고 다우 앞을 가로막았다.

유검 따위야 어떻게 되든 말든 그로서는 다우를 지킬 수 있으면 족한 것이다.

하지만 중인들은 모두 유검에게, 아니, 그의 왼손에 쥐어져 있는 기보에만 관심이 있었다.

스르릉―

유검은 습관적으로 한천검을 뽑아 들었다.

중인들 중 어느 누구도 그것을 보고 놀라지 않았는데, 이는 희한한 일이었다.

한천검이 유검의 소유라는 사실은 안다.

사실 한천검의 가치는 이름도 모를 이런 기보보다 더 높다. 그럼에도 중인들은 한천검은 거들떠보지 않는다.

이는 한천검을 이미 유검의 소유로 인정했기 때문이었으며, 그의 능력에 거리끼는 바가 있었기에 그것을 빼앗으려 들지 않는다.

그런데 유검의 손에 들린 기보에 한해서는 한없는 탐욕을 일으키고 있었으며 목숨마저 불사할 기세다.

당사자들도 자각하지 못하고 있는 희한한 심리들이었다.

탕!

염소수염의 한 중년인이 매서운 눈초리로 날카롭게 유검의 천돌혈을 찔러오자 유검은 검을 들어 막았다.

유검은 약간 혼란에 빠졌는데, 여태껏 검을 수련해 오며 무의미하게 검을 휘둘러 본 적이 없었던 것이다.

이번에 검을 들어 막은 것은 방어를 위해서인가? 아니면 공격을 위해서인가?

그는 단지 검을 휘둘러 왔고 자신은 단지 막았을 뿐이다. 그것도 상대의 검이 잘려지지 않도록 검면으로!

'이런! 이건 대체 무슨 꼴불견이란 말인가?'

타탕— 타타탕—!

생각 와중에도 중인들의 공격은 물밀듯 몰려왔으며 유검은 이도 저도 아닌, 무의미한 휘두름을 반복했다.

검을 휘두르는 것에 어떤 의미도 담을 수 없었다. 다만 여태껏 수련해 왔던 습관들 탓에 휘두르는 것뿐이었다.

싸움이 진행되는 동안 그들은 광기에 물들어갔다.

도무지 왜 싸우는지 모르고 있는 것 같았다. 단지 싸움 그 자체에 완전히 몰입되어 있는 듯했다.

이래선 도무지 끝이 안 나겠다 싶어 유검은 입술을 꽉 깨물었다.

애써 마음을 다져 먹었다. 즉시 허리를 낮춰 중심을 잡으며 한 중년인의 허리를 향해 검을 찔러 들어갔다.

순간 어깨에 화끈한 감각을 느꼈다.

누군가의 검이 어깨를 스친 것이다.

또한 검을 쥔 손목이 지르르 울렸다.

공격당한 그 중년인이 진력을 끌어올려 한천검을 쳐냈던 것이다.

가까스로 검을 떨구지 않을 수 있었다.

유검은 기가 찼다.

아무렇게나 검을 휘두를 때는 대충대충 공격을 손쉽게 막아내고 있었는데, 애써 마음먹고 누군가를 향해 공격하자 사방은 철벽으로 변해버린 듯한 것이다.

느끼지 못하고 있었지만, 그제야 자신이 내공도 없이 이 고수들의 합공을 손쉽게 막아내고 있었다는 것도 떠올릴 수 있었다.

즉시 간섭을 멈추자 다시 칼춤은, 아무 의미 없는 이 칼놀이는 균형을 찾아 다시 돌아가기 시작했다.

'대체 왜 이럴까?'

몸이 저절로 움직이는 것처럼 보였지만 꼭 그런 것은 아니었다.

예로 들어 어딘가를 향해 검을 찔러 넣고 싶은 느낌이 온다. 그러면 그 즉시 몸이 움직여 그곳을 향해 검을 찔러 넣고 있는 것이다.

이때 빈 허공처럼 보였던 그곳에 중인들이 휘두른 검의 검로는 정확히 모여들어 교착점을 형성했다가 또다시 다른 방향을 향해 검을 휘두르기 시작한다.

다른 누군가 보았다면 마치 정교한 연무를 보는 것으로 착각할 정도였다.

유검은 자신이 뭘 어떻게 할 수도 없고, 다만 그냥 이렇게 내버려 두는 것이 최선임을 깨닫고 그 흐름에 완전히 몸도 마음도 맡겼다. 그리고 그 자체에 서서히 몰입해 갔는데, 가슴 깊은 곳에서 울려 나오던 연민이 검무를 통해 하나둘씩 풀려 나오는 것을 자각했기 때문이었다.

이는 태극검의 검로를 따랐는데, 차츰차츰 그 원형을 잃어갔다. 좀 더 원시적이고 격렬하게 변해갔던 것이다.

지켜보던 남궁 가주는 눈살을 찌푸렸다.

'저건……!'

그는 내심 혀를 찰 수밖에 없었는데, 유검을 중심으로 돌아가는 한바탕 검무는 마치 광인들의 것 같았던 것이다.

유검이 그러한 상황을 유도한 것인지, 아니면 중인들의 광기에 호응한 것인지 알 수가 없었다.

분명한 것 하나는 어쨌거나 유검이 그리 위험한 상황에 놓인 것 같아 보이지 않는다는 것.

남궁 가주는 여차할 경우 끼어들기 위해 끌어올렸던 진력을 풀어버렸다.

다우는 몽롱한 시선으로 달빛에 비친 검빛의 일렁임을 바라보고 있었다.

거칠기 짝이 없는 광기 어린 몸놀림일지는 몰라도 휘날리는 검광은 참으로 아름다웠던 것이다.

"아……!"

자신도 모르게 탄성을 질렀다.

분명 살기등등한 광경이어야 마땅할 노릇인데 기이하게도 평화스럽기 그지없어 보였다.

다우는 언젠가 이와 유사한 때가 있었음을 기억했다.

따가운 햇볕이 내리쬐던 날, 거친 황사바람 속에 두 사람이 서로 검을 부딪치며 생사혈전을 벌이는 것을 본 적이 있었다.

아차 하는 순간 얼굴 왼쪽 뺨에 흉터를 가진 자의 목이 허공으로 솟구쳤고 몸통에선 시뻘건 선혈이 뿜어져 나왔는데 마치 꿈속의 광경처럼 여겨졌었다.

그때도 지금처럼 두려움은 없었다.

하지만 평화는 아니었다.

지금 가슴속에서 느끼는 그러한 평온함은 없었다.

그때는 단지 몰려오는 끔찍한 느낌을 차단시킨, 무감각한 상황이었을 뿐이었다.

그러한 점을 분별해도 왠지 충분하지 않았다.

다우는 그게 뭘까 곰곰이 생각해 보다 따당― 거리는 검음 속에서, 달빛 비친 검광의 현란함 속에서, 중인들의 거친 숨소리에서 홀연히 그 답을 찾아낼 수 있었다.

살아 있다는 느낌 속에서의 평화!

"아……!"

다우는 또 한 번 탄성을 내지르지 않을 수 없었다.

다우는 자신도 모르게 왼쪽 뺨 위에 난 검상을 어루만졌다. 검상의 고통을 자각한 순간 다우는 몸서리치게 실감할 수 있었다.

자신이 살아 있음을! 그리고 그 살아 있다는 느낌을 얼마나 간절히 바라고 원해왔는지를!

목숨을 내건 혈전 속에서 그 의미를 찾아낸다는 것이 까닭 모를 깊은 슬픔을 자아내기는 했지만, 존재 깊은 곳에서 무감각의 껍질을 뚫고 '살아 있음'을 자각한 기쁨은 한없이 솟구쳐 나왔다.

그리고 그 살아 있음 속에는 사부와 사형제들을 희생시켰다는 죄책 감과 사모가 입버릇처럼 내뱉던 그 '사갈(蛇蝎) 같은 년'이 자신임을 받아들이는 고통도 함께 포함되어 있었다.

다우는 자신이 더 이상 그 모든 것을 감출 수 없음을 알았다.

철저한 무력감 속에 다우는 결국 소리 내어 어린아이처럼 울 수밖에 없었다.

"…음?"

유검은 문득 정신이 들었다.

무아지경 속에서 검을 휘두르다 뭔가 알 수 없는 심령상의 감응에 정신을 차린 것이다.

다우의 울음소리, 그리고 정신없이 내려쳐 오는 검광들!

"어엇?"

따당―! 따다다다다다당―!

거칠게 숨을 몰아쉬며 황급히 검을 휘둘러 막아내다 문득 의식이 검으로 향했다.

순간 유검은 기이한 감각을 느꼈는데, 검이 자신인지 아니면 자신이 검인지 분간할 수 없었다.

이때 뭔가 속박되어 있는 건가? 하는 미약한 느낌이 들었다.

그리고…

스슥― 스스슥―

마치 날이 선 낫에 베어지는 풀잎처럼 중인들이 휘두르고 있던 검들은 소리없이 잘려져 나갔다.

달빛은 여전했고 중인들은 그림자 속에 수목처럼 서 있었다.

그들은 잘려진 검을 비켜 든 채 거칠게 숨을 몰아쉴 뿐 아무도 움직이지 않고 있었다.

유검은 그런 그들을 고요히 지켜보고 있었는데, 아무런 생각도 떠오르지 않았다. 사람들은 물론 수목과 달빛까지 모두 투명하게 보였다. 그들의 이름이 무엇인지, 대체 어떤 의미를 가졌는지 도무지 기억할 수가 없었고, 단지 바라볼 뿐이었다.

"으아아앙—!"

다우의 울음소리만이 울려 퍼지고 있었다.

지켜보고 있던 남궁 가주는 뭐가 뭔지 알 수가 없어 미간을 찌푸리다 일단 이 자리를 피하기로 결심하고 유검과 다우를 양 옆구리에 끼고 훌쩍 신형을 날렸다.

두충은 뭐가 뭔지 몰라 멍하니 구경만 하고 있었는데, 한줄기 바람이 스치는 순간 자신이 목숨 바쳐 보호하기로 맹세했던 아리따운 소저가 갑자기 사라졌음을 알았다.

"우워어어—!"

두충은 멧돼지 울음소리를 내며 좌충우돌했고, 중인들은 그제야 하나둘씩 깨어나기 시작했다.

염소수염을 가진 한 노인이 먼저 깨어났는데, 그는 전신을 부르르 떨고 있었다.

"이, 이건 뭐지?"

아무리 진정하려 해도 두 손의 떨림, 아니, 전신의 떨림은 멈춰지지 않았다.

이와 같은 현상은 그만이 아니라 깨어난 모두가 동일했다.

그들은 한바탕 광기 어린 검무를 통해 마음속에 가지고 있던 온갖 욕망들을 모두 뿜어내어 버렸고, 그 결과 거대한 고요함 속에 놓여졌다.

깨어나는 순간 그때의 고요함을 기억하는 전신의 세포들이 황홀함을 느끼며 전율하는 것이었는데, 그들의 머리는 그것을 절대 인정할 수 없었다.

게다가 어느 순간 각자가 가지고 있던 정체성마저 완전히 무너졌음을 기억해 내었다. 왜 검을 휘두르는지 자각도 없는 상황에 있었음을 기억해 낸 것이다.

그들은 그것이 끔찍한 경험이라고 결론을 내렸다.

검을 휘둘러 자신이 강한 자임을 증명하는 것, 목숨을 걸고 기보를 얻는 기쁨, 이 모든 것이 사라져 버렸다.

그것은 죽음과 하등 다를 게 무엇이 있겠는가.

그래서 그들은 그러한 경험을 '지옥 같은!' 이라는 표현을 쓰는 데 인색함이 없었다.

누군가 씹어뱉듯이 중얼거렸다.

"그놈은… 악마다!"

중인들은 내심 모두 고개를 끄덕였다.

지옥을 만들어내는 이, 악마가 아니면 그 누구랴!

그들 중 또다시 기보를 찾아 나서려는 용감한 이는 아무도 없었다. 아니, 악마와 다시 마주할 만큼 담이 큰 자는 아무도 없었던 것이다.

◆第六章
존재 가치

"정도(正道)로 돌아오게."

뜬금없는 남궁 가주의 말에 유검은 어리둥절했다.

"예?"

남궁 가주는 차분히 목소리를 가라앉혀 말했다.

"물론 섭혼술도 훌륭한 무공임에는 틀림없지만… 그건 하나의 방계에 불과하네. 아니, 차라리 좌도(左道)라 불러 마땅하지. 그러니 명문의 제자로서 참고는 하되 너무 빠져선 안 돼."

"쉿―!"

달빛 아래, 눈앞에 펼쳐진 무 밭은 인적 하나 없이 고요했다.

수풀 속에서 주위를 살펴보다 무슨 인기척이 난 것 같아 숨을 죽였는데, 알고 보니 두더지 한 마리가 불쑥 머리를 내민 것이었다.

유검은 만족해하며 남궁 가주에게 말했다.

"아주 좋군요. 이 고장은 도둑이 없는가 봐요. 그러니 주인이 경계하러 나오지도 않지요."

유검은 살금살금 기어나가 두리번거리다 무를 두 포기 정도 뽑고는 다시 남궁 가주가 기다리는 수풀 속으로 돌아왔다.

남궁 가주는 눈살을 찌푸리며 물었다.

"자네 혹시… 훔친 건가?"

"예? 아, 그야 당연하죠. 훔치는 게 아니라면 이렇게 신중하게 행동할 리가 있겠습니까?"

왜 그걸 묻는지 모르겠다는 얼굴로 그렇게 반문하자 남궁 가주는 한숨만 내쉴 뿐 더 이상 대꾸할 수 없었다.

다우가 기다리는 계곡으로 되돌아가다 남궁 가주는 도무지 참을 수 없다는 듯 소리쳐 물었다.

"대체 경공술은 어쨌는가! 이렇게 느릿느릿 걸어가야 하다니… 아니, 그보다 자네 검술은 대체 어디로 팔아먹었는가? 도무지 우아한 구석은 찾을 길 없고 준엄한 법도는 사라졌다. 검로는 미궁에 빠진 듯하니 그건 마치 막 검을 쥔… 아니, 망나니의 칼춤이지 어디 검초라 불릴 만한 것이던가 말일세! 하다못해 본 가에서 배웠던 등룡검법은 어쨌는가? 그 흐름의 흔적조차 찾을 길 없으니, 대체 본 가에 와 무엇을 배웠는지 알 수가 없군!"

유검은 머리만 긁적거릴 수밖에 없었다.

자신도 뭐가 어떻게 된 것인지 알 수가 없었던 것이다.

지금이라도 마음만 먹는다면 땅을 가를 수는 있겠는데, 예전에 익혀 왔던 검초를 떠올리는 것은 거의 불가능했다. 도무지 기억이 나지 않는 것이다.

하나같이 비슷비슷하게 여겨졌고, 심지어 태극검조차도 다른 검초들과 뭐가 다른지 분간할 수가 없었다.

"에……."

뭔가 말을 하려다 문득 유검은 중인들의 검을 한꺼번에 자를 때 발견한 무언가를 떠올렸다.

"아참, 이번에 심득이 하나 있었습니다."

"음? 무엇인가?"

"진기(眞氣)가 무엇인지 알았습니다."

"……."

남궁 가주는 어이가 없어 할 말을 잃었다.

진기라니? 내공에 입문하며 가장 먼저 듣는 말이 바로 이 진기다.

이 진기를 느끼는 데 삼 개월이면 보통이며 자질이 뛰어난 자는 보름으로 충분하다.

하물며 절세기재로 촉망받는 이들의 경우는 대부분 사부의 가르침과 함께 직접 진기를 불어넣어 주기에 즉각 체험하곤 한다.

그런데 이제 와 난데없이 진기가 무엇인지 알았다니?

너무도 뻔한 것을 말할 리는 없다 싶어 남궁 가주는 호기심을 가지고 되물었다.

유검은 마치 보물을 발견한 어린아이처럼 눈빛을 반짝이며 말했다.

"그러니까 진기라는 것이 알고 보니 의식이 하나로 집중된 것이더군요. 천지간에 가득한 것이 기인데, 의식이 가는 곳에 기는 저절로 따라갑니다. 이때 아무런 의도를 지니지 않고 자연 그대로의 흐름을 좇게 되면 그 기운은 아주 순수하기 그지없어 가히 진기라 불리게 되는 거더군요."

"그야 당연하지. 의념 집중이라고 하지 않나? 기의 바다인 단전에

이 의념을 집중하면 진기가 생겨나기 시작하고, 그것을 십이중루로 돌려 키워 나가는 것이 각종 내공심법이지."

여기까지 말한 뒤 남궁 가주는 고개를 갸웃거리며 물었다.

"자, 자네가 한 말과 내 말의 차이점을 말해 주게."

남궁 가주는 유검에 대해 실망하기는 했지만 그래도 예전 그의 자질과 오성에는 감탄한 바가 있었다. 그래서 뭔가 말로 표현하기 힘든 어떤 무엇을 깨달았으리라 믿고 그렇게 물었다.

유검은 곰곰이 분별해 본 뒤 말했다.

"우선 첫째로… 진기란 의념이 집중되었을 때가 아니라 오히려 사라질 때 나타난다는 것입니다. 보통 사람은 완전히 이 의식을 소멸시킬 수 없기에 또 다른 방편을 사용하는데, 그것이 집중입니다. 그래서 오직 단전에 의념을 집중하다 보면 어느 순간 그 하나 된 의념이 모든 생각과 의식을 하나로 몰아넣은 뒤 스스로 사라져 버립니다. 마치 불구덩이를 쑤시는 막대기처럼요. 이때 비로소 진기가 드러납니다. 드러난다고 말한 까닭은 진기는 본래부터 있었으며 각종 다른 사념과 장애물에 의해 가려져 있었을 뿐이기 때문입니다."

"그건 그럴듯해 보이네만… 하나의 이론처럼 들리는군. 첫째라 했으니 또 다른 건 무엇인가?"

"예, 둘째로 이 진기는……."

말하기 곤란한 듯 유검은 입맛을 다시다 조심스레 입을 열었다.

"이 진기는 천지간에 가득하다는 것입니다."

"천인합일의 경지를 말하는 건가? 내공이 아주 깊은 경지에 이르면 이를 경험하곤 하지. 그러니 자네의 그 말에 이의를 제기할 생각은 없네만……."

남궁 가주는 흐릿하게 웃으며 말을 이었다.

"실제 무공을 펼칠 때 사용할 수 있나 하는 실질적 문제가 남는군."

남궁 가주는 이때 유검에 대해 의심이 일었다.

정말로 깨달은 심득이란 게 있는 건가? 하는.

하지만 무공요결 속에 담긴 심오한 심득을 어느 순간 자각하는 경험은 자신도 있었기에 혹 그와 같은 건가 하는 긍정적인 마음도 있었다.

후자의 마음이 더 컸기에 남궁 가주는 내심 고개를 끄덕였다.

'괜찮군. 뭐, 때론 검을 추구하다 보면 심마에 빠지곤 하니. 난 후일 깨달았지. 이 심마라는 건 다음 경지로 가는 데 있어 어쩔 수 없는 불청객이라는 것을. 그러니 꺼려할 게 아니라 오히려 반겨해야 할 현상이라고.'

힐끔 난감한 얼굴의 유검을 훔쳐보곤 내심 생각했다.

'이 녀석은 아무래도 파문당한 후 심마에 빠졌다가 다시 예전에 알고 있던 검도에 대해 재정립하는 중인 것 같다. 아무래도 모든 게 혼란스러울 테니 내가 저 녀석의 스승을 대신해서 잘 가르쳐야겠다.'

명사는 인재를 아끼는 마음이 지극하다. 한 명의 초절정고수를 탄생시킨다는 것이 얼마나 힘든지 알고 있기 때문이다.

유검이 파문당했다는 사실은 전혀 염두에 두지 않았으며 심지어 무림맹으로부터 부탁받은 기보에 관한 일까지 뒤로 미뤄둘 정도였다.

게다가 자식인 남궁무룡이 유검을 따르고, 또 하나밖에 없는 여식인 남궁혜가 이 녀석을 마음속에 두고 있음을 눈치 채고 있었으니 이와 같이 배려하고자 하는 심정은 당연하다 할 수 있었다.

어둠을 헤매며 고통받는 이 녀석을 밝은 길로 인도한다. 둔한 녀석이 아니니 그러한 은혜를 모를 리 없다. 파문당한 처지니 갈 곳도 없고…….

유검이 자신의 식구가 되는 상상을 하며 남궁 가주는 자신도 모르게 흐뭇한 미소를 띠었다.

이때 유검은 내심 어떻게 설명해야 할까 고민하고 있었다.

검에 의식이 미치는 순간 자신은 검이 되었다. 아니, 검이 되었다는 자각은 없고 단지 검이 되어 있을 뿐이었다.

검은 움직였지만 움직인다는 의식은 없었다.

이때 분명히 검이 진기로 충만해 있었는데 단전에서 흐른 것이 아니라 스스로 드러났었다. 그리고 그 진기는 하나의 소용돌이를 따라 마치 물이 위에서 아래로 흐르듯 흘렀는데, 이 흐름은 자각없는 순수한 의도를 따라 움직여졌다.

그로 인해 중인들의 검이 잘려졌다는 결과는 남아 있었지만 이는 전혀 의도한 것은 아니었던 것이다.

사실 중인들의 검을 잘라내었다는 그 하나만으로 보자면 그리 대단할 건 없다. 하지만 그러한 과정에서 있었던 기이한 체험은 실로 이상하기 그지없었다.

나라는 의식이 없다.

하지만 행위는 있다. 그리고 결과도 있다.

무아지경과 비슷하지만 분명히 다른 점이 있었다. 그 순간 깨어 있었다는 점에서.

이것은 분명하기 그지없었지만, 실로 말로 설명하기에는 난감하기 이를 데 없었다.

유검은 한천검을 들어 올려 보았다. 그리고 자신의 손을 바라보았다.

고개를 갸웃거렸다.

검과 자신의 차이점을 알 수가 없었던 것이다.

손으로 느끼는 감각은 검으로도 분명히 느낄 수 있었다. 일렁이는 달빛의 고요함까지 검면으로 확실히 느낀다.

하지만 그럼에도 검이 자신의 일부라기보다는 하나의 도구로 느껴지는데, 이는 자신의 손도 마찬가지였던 것이다.

손이 한낱 도구로 느껴지다니?

이러한 감각은 손만이 아니었다.

온몸 전체가 모두 그런 느낌이 들었다. 심지어 생각하는 것조차 떠올랐다가 신기루처럼 사라지는, 하나의 검초 같은 느낌이 들었다.

아무리 분별해 보더라도 검과 자기가 다른 점을 찾을 수가 없었다.

'신검합일(身劍合一) 같은 건 아닌데… 이 느낌은 대체 뭘까?'

누군가 지켜보는 자가 있었다.

세상은 물론 검과 나의 육체와 감정과 생각과 마음, 이 모두를 지켜보는 자가 있다.

그 지켜보는 자를 찾아 들어가는 순간 나라는 의식이 소멸되고 만다. 동시에 육체와 마음, 그리고 세상 모두가 함께 사라진다.

그러면서도 잘도 걷고 있었다.

돌부리에 채이지도 않았고 비틀대지도 않으며 잘도 걷고 있었다.

결론은…

뭐가 뭔지 알 수가 없다는 것이었다.

그래서 설명하는 것을 포기했다.

밤하늘을 올려다보니 달빛은 더할 나위 없이 고요하고 아름다웠다.

그런 유검의 얼굴은 악마치고는 꽤나 평온해 보였다.

유검은 남궁 가주에게 무 한 뿌리를 뇌물로 주며 잠시, 혹은 오래 기다려 달라고 부탁했다. 그리고 다우가 있는 계곡으로 내려가는데, 어디선가 멧돼지 울부짖는 소리가 들려왔다.

멧돼지도 야행성인가? 라고 고개를 갸웃거리며 무 한 뿌리를 들고 계곡 밑으로 내려가니 다우는 슬픈 눈으로 흘러가는 개울물을 바라보고 있었다.

무를 개울물에 잘 씻어서 한천검으로 그 껍질을 조심스레 깎아내었다.

반 토막 내어 다우에게 건네니 본 척도 않는다.

유검은 어쩔 수 없다는 듯 어깨를 으쓱거리곤 다우 곁에 앉아 혼자 무를 한입 베어 물었다.

한입 베어 문 순간 얼굴을 찡그리곤 조용히 무를 한쪽 옆으로 내려놓았다.

한참 동안 다우랑 함께 흘러가는 개울물을 바라보다 문득 떠오른 이야기가 있어 입을 열었다.

"아참! 언젠가 사부가 해준 이야기가 있는데 말야, 음… 온갖 흉악한 짓을 도맡아 하던 마두였는데, 어느 날 개과천선하여 의원이 된 친구가 경험한 일이래."

"……."

"그 사람은 의술을 익힌 후 천하를 돌아다녔는데, 병이 들어도 돈이 없어 약 한 첩 써보지 못하고 죽어가는 환자들을 찾아다니며 치료해주기 위해서였지."

유검은 자신의 이야기 솜씨가 좀 더 그럴듯했으면 하고 바랬지만 그다지 자신은 없었다.

"음… 그러던 어느 날이었어. 오늘처럼 달빛 고요하던 밤이었지. 어떤 고을을 지나는데 애기 울음소리가 나는 거야. 으앵! 으앵! 하고 말이지."

유검은 귀신 이야기처럼 들리지 않기를 바라며 말을 이었다.

"그는 혹시나 하는 마음에 그 집을 들렀대. 역시 짐작했던 대로 산모가 있었는데, 분위기가 심상치 않아 보여 물어보니 낳은 애기가 칠삭둥이였다는 거야."

유검은 잠시 호흡을 가다듬었다.

"근데… 애기를 얻어 기뻐해야 할 산모도 애기 아빠도 모두 절망스런 얼굴이었대. 칠삭둥이로 태어나면 바보가 되거나 혹은 몸을 제대로 놀리지도 못하게 되는 경우가 많거든. 두 부부는 그런 몸도 정신도 불편한 아기를 키울 생각을 하니 암담했던 거겠지. 노인은 그렇게 생각하며 내심 안타까움에 혀를 찼어. 방 안에는 아직 탯줄도 끊지 않은 아기가 울지도 않고 있었지. 노인이 황급히 조치를 취하지 않았으면 애기는 그대로 죽었을 거야. 힘들여 진기까지 불어 넣어주고 애기를 살리고 나니 아빠로 보이는 그 농부는 퉁명스레 말하더래. 왜 살려내었냐고… 그냥 죽게 내버려 두지 않고라며."

다우가 움찔하는 것을 보니 이야기에 관심을 가지는 것 같았다.

"노인은 화가 났지, 단번에 일장을 쳐내어 그 농부를 죽여 버리고 싶을 정도로. 애기 엄마는 횅한 얼굴로 애기를 바라보고 있었고 그 농부는 오히려 화난 얼굴로 노인에게 따져 물었대. 이 아이는 커서 농사일도 못할 것이다. 대체 자기 손으로 자기 밥벌이도 못할 녀석이 과연 살아 있을 가치가 있겠느냐? 그렇게 말야."

다우는 자신도 모르게 중얼거렸다.

"살아 있을 가치⋯⋯."

그 말이 마음 깊은 곳을 건드렸다. 항상 스스로에게 되뇌어오던 물음이 아닌가?

애써 참으려 했던 울음이 또다시 쏟아졌다.

"애기는 울고 있었어. 그리고 바둥거리는 모습이 엄마를 찾는 것 같았지. 노인은 말했어. 하찮은 미물도 자식새끼 귀한 줄은 안다. 그런데 어떻게 사람으로서 그럴 수가 있느냐? 그렇게 훈계를 했지. 흐흐⋯ 옛날 자신의 모습이 떠올랐기에 더욱 생명의 가치를 모르는 그 농부 부부에게 화가 났지만 애써 참고 마치 고승이라도 된 양 그렇게 말한 거지. 근데 그 농부가 뭐라고 말했는지 알어?"

"⋯뭐라고?"

"흥, 대신 키워줄 생각이 아니라면 함부로 말하지 마시오!"

유검은 짐짓 소리 높여 조금 더 실감나도록 소리쳤다.

"노인은 부르르 떨며 크게 외쳤어. 좋다! 내가 대신 키우겠다!"

유검은 한숨을 내쉬었다.

"그리고 애기를 엄마에게 맡기며 말했지. 내일 아침에 데리러 오겠다. 애기가 엄마 품에 하루도 안겨보지 못한다면 그 얼마나 슬픈 일이겠느냐? 자네 역시 한이 맺힐 터이니⋯⋯."

다우는 조그맣게 중얼거렸다.

"불쌍하네⋯⋯."

그녀 역시 천애고아였기에 부모에게 버림받은 고통이 얼마나 큰지 알고 있었다.

다우는 순간 그 농부 부부에게 증오심이 일었다.

아무리 그래도 그렇지 애기를 죽게 내버려 두라니? 그리고 아무렇지도 않게 내버리려 하다니! 어쩌면 그럴 수가 있지?

말없는 증오심이 끓어올랐다.

유검은 흘러가는 개울물 소리를 들으며 말을 이었다.

"노인은 하룻밤 정도 생각할 시간을 준 거였어. 애기를 안고 있다 보면 부모의 정이 되살아날 테고, 그리되면 다시 마음이 바뀔지 모른다고 생각해서였지. 다음날 새벽, 밖에서 하룻밤 묵고는 다시 그 집을 찾아갔는데… 갑자기 여인의 비명 소리가 들리는 거야. 황급히 방 안으로 들어가 보니 애기 엄마는 비명을 지르고 있었고 농부는 이불로 애기 위를 덮어 누르고 있었어. 눈이 시뻘게진 모습이 마치 흉신악살 같아 보였대."

다우는 짤막한 신음 소리를 내뱉었다.

자기 애기를 죽이려 하다니…

짙은 고통이 밀려왔다.

어쩌면 자기 부모도 그랬을지 모른다는 생각이 든 것이다.

왜 이런 이야기를 해주는 걸까? 하는 원망스런 마음이 들었다.

"단숨에 농부를 물리치고 애기를 빼앗았어. 애기는 얼굴이 벌써 퍼래져 있었는데, 살리려 애를 써봐도 숨이 돌아오지 않았대. 노인은 버럭 소리쳐 물었어. 대체 왜 그랬냐고! 부모지정은 둘째 치고라도 국법이 중한 줄도 모르느냐? 이를 관청에서 알면 당신은 사형이다라는 말까지 해주었어. 그래도 노인은 많이 참은 거였지. 실제론 단숨에 그를 때려죽이고 싶었으니까."

"……."

"엄마는 울부짖으며 애기를 부둥켜안았고 농부는 시뻘게진 눈으로 노인을 향해 소리쳤대. 차라리 내가 나쁜 아빠로 한평생 고통을 당하

겠다. 바보로 놀림받으며… 제대로 밥벌이조차 하지 못하며 세상을 원
망하고, 자신을 낳아준 부모를 원망하며, 온갖 고통을 당하다 죽어가는
그 아픔을 겪게 할 수는 없다. 내겐 죽음도 과하다. 내 자식을 죽인 이
업보를, 이 고통을 평생 짊어지고 살아가겠다. 내 자식이 고통을 당하
는 것보다는 그게 더 낫다! 행여 날 죽여주는 자비는 베풀지 말라! 난
살아 있으며 한없는 고통을 겪어야만 한다! 그래야만 한다! 그래야
만……!"

다우는 놀란 눈으로 유검을 향해 돌아보았다.

유검은 쓸쓸히 웃으며 말을 이었다.

"농부는 발악하듯 소리치고 있었지만 가슴으론 소리없이 오열하고
있었어. 노인은 큰 슬픔을 느꼈는데, 도무지 누구에게 향한 것인지 알
수가 없더래. 대체 누구를 슬퍼해야 할까? 하루도 살지 못하고 죽어버
린 애기에게? 아니면 차라리 한평생 자식을 죽인 죄책감에 시달리며
살기를 선택한 그 농부에게? 아니면 애기를 안고 오열하는 엄마에게?"

"난……."

다우는 슬픈 눈으로 고개를 가로저었다.

"난… 모르겠어."

유검은 미소를 지으며 말했다.

"이걸로 이야기 끝! 은 아니란다. 농부가 그렇게 소리친 후 갑자기
죽은 줄 알았던 애기가 다시 울음을 터뜨리는 거야. 노인 말로는 애기
가 마치 아빠가 자기를 죽이려 하니까 죽으려 했다가 본심을 알고 나
서 다시 살아나려고 한 것처럼 보였대. '난 괜찮아. 어떤 어려움이 있
어도 엄마, 아빠를 원망하지 않을 거야. 그러니까 괜찮아'. 그렇게 말
하는 것 같았대. 아빠를 영원한 고통 속에 있게 내버려 둘 수가 없었기

에 다시 살려고 결심한 것처럼 보였대."

"나라도……."

다우는 시선을 다시 개울물로 돌렸다. 목에 메어와 아무 말도 할 수
가 없었다.

유검은 길게 한숨을 내쉬곤 말했다.

"농부는 더 이상 참지 못하고 애기를 안아 들고 한없이 오열하기 시
작했다는구나. 그러다 갑자기 애기를 안고 밖으로 뛰쳐나갔대. 노인이
황급히 뒤따라 나가니, 농부는 자신이 일구어오던 밭 가장자리에 무릎
을 꿇고 앉아 막 동이 터오는 해를 향해 소리치고 있더래. 천지신명께
고하나이다. 천만금 황금을 준대도 이 아이의 조그만 울음소리와는 바
꾸지 않겠음을! 이 아이의 행복을 지켜줄 수만 있다면 설령 지옥불이
라 한들 기꺼이 들어가겠음을!"

다우는 눈시울이 또다시 뜨거워짐을 느꼈다.

유검은 그녀의 머리를 품에 안으며 한숨 쉬듯 말했다.

"휴… 얼마나 이야기해야 넌 믿을까? 너의 탄생을 축복하는 수많은
이가 있었음을 말이다. 아빠, 엄마뿐 아니라 대지도 바람도 태양도 달
도 함께 축복했지. 그리고 최소한 지금 이 순간 너는 내게 있어 누구보
다 소중한 존재란다. 너는 한없이 사랑받고 있어. 네가 그런 너 자신의
가치를 조금이라도 느껴주면 좋으련만……."

다우는 아무 말 없이 유검의 품에 안겨 있었다.

자신의 모든 것이 녹아 없어져 버릴 듯 아늑하기 그지없었다.

고요한 평온 속에서 다우는 개울물 소리가 얼마나 아름다운지, 달빛
이 얼마나 고운지 새삼 보고 느낄 수 있었다.

얼마나 시간이 지났을까.

문득 떠오른 의문이 있어 다우는 고개 들어 물었다.

"근데… 내가 그 칠삭둥이야?"

"…응?"

유검은 어리둥절한 얼굴로 되물었다.

풀잎 위에 맺힌 이슬은 대지의 눈물.

까닭 모를 슬픔 때문이 아니라 동터오는 새벽의 기쁨을 느껴서이다.

유검의 눈에도 눈물이 맺혔는데, 이는 다만 하품의 결과였다.

"후아암~!"

다우는 여전히 자신의 가슴을 베개 삼아 깊이 잠들어 있다. 그 모습이 평화스러워 보여 깨울 수 없었기에 꼼짝달싹하지 못하고 그냥 밤새도록 지켜보기만 했다.

밤새도록 울부짖던 멧돼지 울음소리는 새벽녘이 되어서야 그쳤고 이제는 아름다운 새소리들이 귀를 즐겁게 한다.

우웅—

기이한 진동 소리가 새벽녘을 깨웠다.

남궁 가주가 검을 수련하며 내는 검명이었다.

유검은 이맛살을 찌푸리다 조심스레 다우를 한쪽 옆으로 눕혀놓고 일어섰다.

남궁 가주가 굳이 조용한 조식수련 등을 마다하고 저렇게 검명을 내는 까닭은 자신을 부르는 있다는 의미로 받아들였다.

계곡 위로 올라가니 과연 남궁 가주가 보검을 빼어 든 채 자신 쪽을 향해 지그시 노려보고 있었다.

여전히 젊어 보이는 동안의 얼굴이다. 분명 사십은 넘겼을 텐데 이십 대 정도로밖에 보이지 않았다.

　일가를 이룬 무학의 종사가 굳이 주안술을 익혔을 리는 없을 테고, 아마도 가문 특유의 내공심법 때문일 것이다.

　예전 사부가 가르쳐 주신 '강호 선배에 대한 정중한 아침 인사의 표현법'을 애써 떠올리며 예를 취하려는데, 남궁 가주가 조용히 고개를 젓고는 시선을 숲 속으로 돌렸다.

　유검은 이 순간 그에게 감탄했다.

　숲 속에 고정시킨 그의 시선은 전혀 흔들리지 않고 오로지 한가운데였다.

　이는 전신의 감각이 완전히 깨어 있으며, 어떤 판단도 없이 있는 그대로 정면을 주시하고 있음을 의미했다.

　보기는 쉬워 보여도 깊은 수양 없이는 불가능한 행동이다.

　그런 그의 모습이 참으로 단아하고 아름다워 보였기에 왜 숲 속을 노려보는 것일까? 하는 기본적인 의문마저 떠오르지 않았다.

　그런 기본 의문이 일어남과 동시에 풀린 것은 인기척과 함께 숲 속에서 네 사람이 나타나면서였다.

　부스럭―

　한 명의 여인과 세 명의 노인이었는데, 모두 산행 중이라고는 보기 어려운 커다란 삿갓과 밀짚으로 만든 도롱이를 뒤집어쓰고 있었다.

　진여영과 무림맹의 장로들이었다.

　장로들 중 한 명이 창노한 음성으로 먼저 입을 열었다.

　"왜 지금에야 신호를 보낸 것이오? 어젯밤 그대는 예정된 계획을 모두 망쳐 버리……."

　그는 힐끔 유검을 쳐다보더니 말끝을 흐렸다.

다른 노인이 유검을 보고 한마디 꺼낸다.

"흠, 이놈은 어쩐지 낯이 익군."

다른 노인이 그에게 웃으며 말했다.

"모르겠는가? 예전 운송 선배가 무림맹에 왔을 때 그 뒤를 졸래졸래 따라온 그……."

"으음? 아! 그때 그 꼬마?"

이 순간 유검은 노인들이 자신의 이야기를 하든 말든 귀에 들어오지도 않았다.

진여영이 처음엔 놀란 듯, 그리고는 아련하면서도 슬픈 듯한 눈길을 자신에게 보내고 있었으니까.

유검은 후회했다.

'다우를 미리 깨웠어야 했는데…….'

남궁 가주는 그들에게 포권하며 말했다.

"애당초 이 계획은 그다지 유효성이 많지 않았소. 마교의 무영환마가 이 도박판에 끼어들 것이라는 것은 우리들만의 예측이었을 뿐이오. 사실 전설상의 기보 반묘환(反妙環)이란 판돈이 적은 것은 아니지만 그는 아무래도 다른 무언가를 찾고 있는 듯하다는 것이 나의 소견이외다. 물론 이 말이 계약을 이행하지 못한 데 대한 책임을 회피함을 의미하지는 않소."

유검은 자신도 모르게 품속으로 손을 가져갔다.

중간이 약간 볼록한 형태의 손바닥 크기만한 투명한 원반. 남궁 가주가 던져 주길래 그냥 가지고 있던 이것의 이름이 반묘환이라 불린다는 것을 눈치 챘다.

창노한 음성이 남궁 가주의 말에 반응했다.

"하나의 정보가 입수되었소. 무영환마는 그 황금색 장포만 입고 다니는 괴상한 노인네가 황산에 나타났다는 소식을 듣고 온 것이라 하오. 색을 밝힌다는 그 노인네는 변장술이 워낙 뛰어나 바로 곁에 있어도 알 수가 없다고 하오. …떠오르는 바가 있지 않소이까?"

남궁 가주는 전혀 뜻밖의 소식에 깜짝 놀랐다.

"설마… 청안신마?"

다른 장로가 고개를 끄덕이며 동의했다.

"백발의 청년으로 보이는 자가 그의 시중을 든다는 이야기도 있으니… 아마 틀림없는 듯하오."

남궁 가주는 침음성을 흘리며 말했다.

"청안신마가 나타났다면… 일단은 뒤로 물러나 관망할 수밖에 없겠군요. 현재 우리들의 힘으로는……."

한 장로가 웃으며 끼어들었다.

"허허, 청안신마라니? 그럴 리가 없지 않소이까. 은밀하게 그런 소문이 나도는 모양이지만, 생각해 보시오. 그자가 어떤 성품이오? 만약 정말로 나타났다면 벌써 한바탕 커다란 일을 벌이고도 남았을 것인데 아직도 조용하지 않소?"

유검은 속으로 생각했다.

'무림맹의 정보망이 어떤지는 모르겠지만 모두 갈아치우는 편이 낫겠군.'

장로는 말을 이었다.

"어젯밤 우리는 깊은 토의를 거쳤고, 그 결과 이 일이 오히려 절호의 기회가 될 수 있음을 깨달았소."

철커덩.

장로는 말과 함께 등에 지고 있던 길쭉한 보따리를 바닥에 내려놓았다.

남궁 가주는 의아해하며 보따리를 풀어보았다.

보석과 장신구를 주렁주렁 단 황금색 장포, 그리고 두 마리의 뱀이 꽈리를 틀고 앉은 그림이 그려진 깃발과 깃대.

멍하니 그것을 바라보던 남궁 가주의 미간이 내천자를 그린다.

"설마……?"

장로는 친히 허리를 굽히며 부탁했다.

"남궁 가주의 모습을 아는 이는 없으니 가장 적절한 듯하오. 청안신마의 모습으로 변장한다는 게 얼마나 꺼려지는지 알고는 있으나 부디 대의를 위해……!"

그리고는 무릎까지 꿇을 태세였다.

남궁 가주는 황급히 그를 일으켜 세웠는데, 얼굴에는 난감함이 가득했다.

"휴, 무영환마가 이따위 속임수에 걸려들 리가…….'

남궁 가주는 이미 걸려들고 말았다.

그 말을 꺼내자마자 장로는 기다렸다는 듯이 무영환마가 얼마나 사람 보는 눈이 어두운가에 대한 몇 가지 고증 실례를 들어 설명하였고, 이 일에 대해 충분히 검토한 결과 성공할 가능성이 아주 높다는 결론에 도달하였음을 강력히 주장했던 것이다.

사실 문제가 되는 것은 성공 가능성이 아니라 남궁 가주의 의사 여부였던 것이다.

남궁 가주의 이마에 식은땀이 맺히기 시작했다. 그는 어떻게 하면 거절할 수 있을까 고민하는데, 그 옆의 장로가 문득 깨달았다는 듯 유검을 가리키며 탄성을 질렀다.

"아, 그렇지! 자네도 협력해 주게. 자넨 머리를 하얗게 물들이고 백귀야신으로 변장하면 되겠네. 그렇다면 완벽해!"

정말로 유검이 필요하다기보다는 남궁 가주를 더 옭아매기 위한 급조된 수단임에 틀림없었다.

유검은 갑자기 지명당하자 얼떨떨하기 그지없었다.

"예? 제가요?"

장로는 고개를 끄덕이곤 승낙하는 게 당연하다는 듯 더 이상 묻지도 않은 채 남궁 가주에게 말했다.

"청안신마는 항상 여인을 끼고 있다는데, 시간이 촉박하여 미처 기녀를 구할 수는 없었다네. 양해하게. 이 점이 아쉽기는 하나 할 수 없……."

이때 갑자기 진여영이 앞으로 나섰다.

"제가 그 역할을 맡죠."

그리고는 뚜벅뚜벅 유검 곁으로 걸어가 멈춰 섰다.

장로들은 깜짝 놀라 외쳤다.

"무, 무슨 소리냐! 이 일이 얼마나 위험한데……!"

"저는 단순한 장식용이었습니까? 제가 무림맹을 위해 할 수 있는 최선의 일을 찾았는데, 위험하단 이유로 물러나야 할까요?"

차분하면서도 다부지기 그지없는 그녀의 어조에 장로들은 어안이 벙벙할 뿐이었다.

진여영은 말하자면 중심축이다.

달리 말하자면 이번 일에 있어 최종적으로 책임을 지는 자로 단지 있어주기만 하면 된다.

그런데 어젯밤에 전혀 흥미조차 보이지 않던 이 일에 갑자기 전면으로 나서겠다니, 깜짝 놀라는 것도 무리는 아니었다.

진여영은 이미 결정났다는 듯 무거운 우의를 벗어 던졌다. 그리고 머리를 풀어 헤치며 이제야 살 것 같다는 듯 미소를 지었다.

그리곤 살며시 유검의 어깨에 얼굴을 기대며 유혹 어린 몸짓을 해 보인다.

진여영은 웃으며 말했다.

"이 정도면 자격없다고는 못하겠죠?"

그녀의 대담한 행동에 장로들은 대경실색.

유검은 아무 말도 못하고 입만 벌리고 있었는데, 그녀의 가슴이 팔뚝을 압박해 오자 언제까지고 식은땀만 흘리고 있을 수만은 없었다.

아무래도 사실을 말해 주는 게 좋겠다 싶었다.

"에… 청안신마의 일이라면 저도 알고 있습니다. 몇 번 만나 그를 물리친 적이 있지요. 다시 만나면 반드시 제압해서……."

유검의 뚱딴지 같은 말에 장로들은 무슨 소리냐는 듯 의아한 얼굴이었다.

청안신마가 나타났다는 것도 믿기 어려운데, 난데없이 그를 만나 물리쳤다니…….

젊은 청년의 혈기치곤 거짓말이 너무 과하다며 혀를 찼다.

유검은 못 미더워하는 그들의 태도에 할 수 없이 말을 돌렸다.

"음… 그리고 무영환마도 본 적이 있습니다. 그자는 저를 청안신마로 오인하고는 장백산 아래 어디로 오라고 하더군요. 그리고……."

압박해 오는 침묵의 요구에 유검은 말끝을 흐릴 수밖에 없었다.

기러기 깃털처럼 조용히 가라앉는 고요, 어색함.

침묵을 깨려는 듯 한 장로가 갑자기 미소 지으며 남궁 가주의 손을 덥석 잡았다.

"에… 자, 그럼 부탁드리겠소. 어쨌든 책임을 지겠다 하셨으니…….
허허허."

"남궁 가주의 무공으로 충분히 그자를 제압하실 수 있겠지만, 혹시라도 여차할 경우 급전을 쏘아 올리시오. 일각 내에 본 맹의 이십칠숙이 나타날 것이외다."

"대협의 살신성인에 깊이 감사드리오. 자, 그럼 이만 우리는……."

장로 셋은 빨리 짐을 던져 주고 자리를 피하고자 서두르는 기색이 완연했다. 아예 노골적이었다.

그들은 진여영의 행동이 마음에 걸리기는 했지만 본인이 의사를 확고히 밝힌 이상 더 이상 간섭할 수는 없다고 암묵적으로 동의했기에 미련없이 떠나 버렸다.

유검은 뜻밖이라는 듯 남궁 가주를 돌아보았다.

이렇게도 순순히, 아무런 저항 없이 청안신마로 변장해서 미끼가 되는 역을 맡다니?

유검은 진심으로 감탄했다.

남궁세가의 가주로서 천인공노할 대마두로 변장한다는 것은 체면을 손상시키는 일임을 모르지 않을 텐데도 수락한 것이다.

'흠, 강호의 대의를 위해서라는 건가? 나로선 감히 따르기 어렵구나!'

남궁 가주는 황금색 장포가 들어 있는 바닥의 보따리를 멍하니 바라보고 있었다.

저렇게도 유치하기 짝이 없는 괴상한 옷을 입어야 한다는 사실이 무척이나 가슴 아픈 듯했다.

그는 하늘을 올려다보며 깊이 탄식해 마지않았다.

"허허… 무림맹의 행사가 언제부터 이리도 막무가내식으로 변했단 말인가?"

이십 대 동안의 얼굴에 늙은이 같은 말투라 별로 실감나진 않았지만 그의 아픈 마음은 충분히 공감이 갔다.

유검은 바닥의 보따리 안을 보다 내심 진저리를 쳤다.

자신이 저런 옷을 입고 괴상한 깃발을 들고 다니면서 '내가 청안신마다!' 라 표시 내며 돌아다니는 상상을 해보니 끔찍했던 것이다.

'나보고 백귀야신 노릇을 하라고?'

백발로 변장한 채 청안신마 역을 맡은 남궁 가주 뒤를 따라다니는 것도 역시나 좋은 모습일 리는 없어 보였다.

'흰머리로 염색할 도구가 없다는 핑계가 있는 게 다행이다. 몰래 빠져나가자.'

하지만 문제는 남아 있었다.

자기 옆에 찰싹 달라붙어 콧노래를 흥얼거리고 있는 진여영은 어떡할 것인가? 다우가 깨어나 이 모습을 본다면 대체 어떻게 나올지 감이 오지 않았다.

'어쨌든… 기회를 봐서 적당하게 피하는 게 가장 최선이겠다.'

그렇게 마음먹는데, 남궁 가주가 돌연 한숨을 쉬며 다정하게 부른다.

"이보게, 아우님."

너무도 다정스런 어투에 유검은 닭살이 돋는 느낌이었지만 공손하게 대꾸했다.

"저는 바쁜 일이 있어 이만 가봐야……."

남궁 가주는 갑자기 품속에서 책자를 꺼내더니 유검 앞으로 내밀며 말했다.

"이건 내가 틈틈이 깨달은 심득을 모아 정리한 것이네. 뭐, 자랑 같지만, 어지간히 욕심없는 무리라도 눈에 불을 켜고 탐낼 만한 것일세. 가문의 절기를 익히며 깨달은 것이나 본 가의 소유는 아니요, 검리의 공통된 바를 말하는 것이니 그대에게도 도움이 될 걸세."

유검은 잠시 고민에 잠겼다.

재빨리 작별의 인사를 건네고 떠나려는 마당에 뭔가 받는다는 것은 다소 꺼림칙해 보였다.

하지만…

강호의 선배가 자신이 깨달은 심득을 적은 비급을 건네준다. 이때 '난 그런 건 필요없는데요?' 라고 거절한다면 어떻게 될까?

역시 후자의 경우는 문제의 소지가 많으리라 싶어 아주 기쁜 얼굴을 연기하며 감사히 건네받았다.

남궁 가주는 흐뭇한 듯 미소 띤 얼굴로 고개를 끄덕이며 말했다.

"그리고 어제 자네에게 준 그것 있지? 그건 반묘환이라는 건데, 효용성에 대해 알려진 바는 없지만 전설상의 기보라니 연구해 보면 분명 얻는 게 있을 걸세."

유검은 아차 싶었다.

이 기보를 빨리 돌려줬어야 했는데, 깜빡 잊고 지니고 있었던 것이다.

비급에 기보……

심상치 않음을 깨달았지만 이미 늦어 있었다.

두 손으로 받아 든 책자 위로 언제 들어 올렸는지 바닥에 있던 보따리가 함께 올려져 있는 것이다.

"이, 이건……!"

남궁 가주의 속셈을 깨닫고 한마디 하려는데, 진여영이 감탄사를 터뜨리며 냉큼 끼어들었다.

"어머! 그리고 보니 유 대협께서 이 역을 맡는 게 더 금상첨화(錦上添花)겠군요!"

금상첨화라니? 속담도 제대로 쓸 줄 모르냐며 한마디 해주려고 했지만 끼어들 여지는 없었다.

남궁 가주는 짐짓 놀란 듯, 실제로는 기쁨을 제대로 감추지 못한 얼굴로 반문했다.

"호오~! 진 소저의 의견도 그러하오?"

"물론이죠. 유 대협은 이미 청안신마와 무영환마를 만나보았다니 더욱더 이 역할을 잘해내겠죠."

"흠, 과연 그렇구려."

"게다가 청안신마는 색마로 이름난 자! 남궁 가주님의 능력을 감히 의심하는 것은 아니지만, 청안수려하신 남궁 가주님의 용태로선 아무리 노력해도 색마로 보여지기엔 역시 역부족이란 생각도 들구요."

"허허, 역부족임을 시인하오!"

유검은 '그럼 나는?' 이라고 불쑥 끼어들 뻔했다.

진여영은 호호 웃으며 감탄했다는 듯 포권을 취해 보였다.

"강호의 대의를 위해 기꺼이 역부족임을 시인하고 물러나시는 남궁 가주님의 용단에 소녀, 참으로 감명스러울 뿐입니다."

치고 받는 솜씨가 참으로 노련하기 그지없었다.

유검은 도저히 참을 수 없어 한마디 하려는데, 갑자기 가슴에서 통증이 밀려왔다.

"으윽……!"

어제저녁에도 경험한 바 있던 그 통증이었다.

칼로 베거나 뭔가 쑤시는 그런 고통이 아니었다.

마치 그 자리가 진공으로 화하는 듯 심오하기 그지없는 고통이었다.

본래 객잔 위에서 커다란 변화를 겪고 난 후 우반신은 투명해져 버렸는데, 일곱 군데의 대혈이 좌측으로 번지는 것을 막고 있었다.

그중 가장 큰 것이 가슴 부위의 전중혈이었으며 그 아래 구미혈과 단전, 백회, 미간 사이, 천돌 등이 그 장애물이었다.

오늘의 이 고통은 전중혈 부위 한 뼘 크기와 구미혈에서 우러나오고 있었다.

유검은 참을 수 없어 한쪽 무릎을 꿇고 말았는데, 현기증이 날 정도였다. 식은땀이 주르르 흘러나왔다.

형용이 불가능한, 참으로 심오한 고통이었다.

남궁 가주와 진여영은 그런 유검의 모습을 보며 전음을 나누고 있었다.

─연기 솜씨가 참 좋군. 식은땀까지… 정말 타고난 배우구려. 길을 잘못 든 건 아닌가 의심스러울 정도요.

─그렇죠? 하지만 연기는 좋은데 각본이 형편없네요. 이런 상황에서 갑자기 아픈 척하면 너무 표가 나잖아요.

─흐음, 그래도 우리가 장단을 좀 맞춰줘야 하지 않을까 싶소만……

―안 돼요. 버릇 돼요! 뭐, 좀 있음 무안한 얼굴로 이제 괜찮다며 일어설 테니 기다려 봐요.

그녀의 예상과는 달리 유검은 조금도 괜찮아지지 않았다.

마치 누군가 자신을 빨랫감으로 생각한 듯 전신을 잡아 뒤트는 것 같은 느낌도 함께였다.

유검은 당장이라도 땅바닥에 쓰러지고 싶은 것을 억지로 견디고 있었다.

'대체 내게 무슨 일이 벌어지고 있는 거지?'

유검은 사람들의 무정함을 느꼈다. 자신은 이렇게도 고통스러운데 위로의 말 한마디 없다니!

이때 다우가 불쑥 계곡 위로 고개를 내미는 모습이 보였다.

구세주를 본 듯 유검은 기쁘기 그지없었다.

당장 달려와서 걱정스런 얼굴로…

하지만 그런 기대는 당장 깨어지고 말았다.

"어멋, 언니!"

다우와 진여영은 언제 친해졌는지 서로 부둥켜안고 기뻐 어쩔 줄 몰라 하고 있었다.

유검은 다우에게도 배신감을 느끼지 않을 수 없었다.

'너만은 내 편이라 생각했건만……!'

뭐라 한마디 하고 싶어도 가슴과 구미혈을 파고드는 심오한 고통에 말소리를 낼 수조차 없었다.

더 이상 견디지 못하고 바닥에 털썩 쓰러졌다.

다우가 놀라 소리쳤다.

"아! 어디 다쳤어?"

황급히 유검 곁으로 다가가 걱정스럽게 묻는데 진여영이 그런 그녀의 옷소매를 붙잡았다.

"걱정하지 마. 엄살이니까 말야."

그러면서 좀 전에 있었던 일과 청안신마로 변장하기 싫어 저렇게 아픈 척하는 것이라는 걸 상세히 설명해 줬다.

그리고 자신과 다우가 맡을 역이 무엇인지도.

다우는 충분히 가능한 일이라고 생각해서 납득한 얼굴로 고개를 끄덕였다.

남궁 가주는 두 소녀에게 말했다.

"자, 그럼 나는 이만 가보겠네. 강호의 대의를 위해 잘 부탁하네."

속 편한 얼굴로 그렇게 당당하게 말하고는 훌쩍 신형을 날려 자리를 떠났다.

다우가 유검에게 말했다.

"오라버니, 이제 일어나. 응? 어쩜 재밌을지도 모르잖아."

"흥, 놔둬. 시체가 되는 기분이 어떤가 미리 연습해 두는 걸 거야."

"으음… 그런 걸까?"

다우는 그러면서 고개를 숙여 유검의 얼굴을 들여다보았다.

유검은 반사적으로 그녀를 올려다봤다.

끄응! 신음 소리를 내며 일어나려다 힘이 빠져 다시 털썩 누워버렸다.

그것은 영락없이 게으름뱅이가 잠에서 일어나기 싫어하는 모습처럼 비춰졌다.

진여영은 귓속말로 다우에게 뭐라고 했고 둘은 깔깔대며 웃었다.

유검은 정말로 시체가 된 기분을 느끼고 있었고 두 소녀는 수다를 떨기에 여념이 없었다.

　해가 중천으로 떠오를 무렵에서야 두 소녀는 유검이 정말로 아픈 건지 모른다는 생각을 했다.

◆第七章
변화

"정말로 아팠던 거야?"

미안한 듯 묻는 다우의 말에 유검은 퉁명스레 그래! 라고 답할 수밖에는 없었다.

"왜?"

"⋯나도 몰라."

일행은 읍으로 나와 소달구지를 빌려 북쪽으로 향하고 있었다.

유검은 정말 촌스럽기 그지없는 황금색 장포에 이상한 뱀이 그려져 있는 깃발을 들고 다니긴 싫었다.

그래서 혼신의 힘을 다해 진여영을 설득했다.

무영환마가 자기에게 한 말은 사실이라며, 장백산으로 일단 같이 가보자며 꼬득인 것이다.

진여영은 '같이!' 라는 말을 아주 뜻깊게 받아들이고는 흔쾌히 고개를 끄덕였다.

그렇게 혼자 맘대로 결정해도 괜찮냐는 물음에 진여영은 어리둥절해하며 말했다.

"모르고 있었나 보죠, 이번 일에 가장 큰 책임자는 바로 나라는 것을?"

진여영은 스스로도 자신의 담대함에 놀라고 있었다.

어떤 상황의 변화가 있을 시 자신의 행적을 장로들이나 최소한 이십칠숙에게는 알려야만 했는데 아무렇지도 않게 모두 내팽개쳐 버린 것이다.

일행은 저녁 무렵 서리현(黍離縣)에 도착했다. 유검은 그곳에서 마시장을 찾아 세 마리의 준마를 샀다.

하룻밤 객잔에서 묵고 난 후 일행은 네 마리의 말이 끄는 마차로 바꿀 수밖에 없었다.

유검은 지난 밤중에도 또다시 이유를 알 수 없는 통증이 갑자기 엄습해 왔었다. 부위는 가슴의 전충혈을 비롯한 임독맥의 중요대혈. 이 상태로는 말을 타고 가기 어려움을 깨닫고 마차로 바꾼 것이다.

아무래도 의원에게 가보자는 다우의 권유를 유검은 순순히 받아들였다.

하지만 의원들이 고개를 갸웃거리는 것만 볼 수 있을 뿐이었다.

유검 스스로도 자신의 상태를 이해할 수가 없었다.

어쨌거나 예정된 장소인 장백산 아래 휘영촌(輝靈村) 등룡객잔(騰龍客棧)까지 한 달 내로 도착하기로 계획하고 마차를 몰고 떠나려는데, 누군가 떡하니 길을 가로막고 섰다.

두충이었다.

누구에게 얼어맞았는지 왼쪽 눈은 시퍼렇게 멍들어 있었다.

그리고 입술을 굳게 다문 모습이 분명 누군가에게 단단히 교육받은 게 틀림없어 보였다.

그가 죽음을 각오한 듯 비장한 얼굴로 마부가 되겠다고 선언했을 때 유검은 그를 반갑게 맞았다.

아리따운 아가씨가 마차를 몰다가는 괜히 귀찮은 일에 말려들지 모른다. 자신이 몰려 해도 몸 상태가 갑자기 이상해져서 자신이 없다. 그런 상황에 두충의 그러한 선언은 일고의 망설임 없이 곧바로 받아질 수 있었다.

그리하여 일행은 두충이 모는 마차를 타고 북으로 북으로 향했다.

가는 도중 유검은 상당한 괴로움을 맛보았다.

임독맥의 중요 대혈들에 대한 통증이 어느 정도 완화되자 그 다음은 각종 경락들이었다. 특히 간경과 횡경막 부위는 칼로 저미는 것보다 더한 통증이 일었다.

하지만 대략 열흘 정도 지나자 다행히도 통증은 멈춘 듯했다. 하루 이틀 정도 더 지나도 더 이상의 통증은 오지 않았던 것이다.

그러던 어느 날 가부좌를 틀고 앉아 있던 유검은 기이한 경험을 했다.

마치 머리 위에서 회음혈까지 어떤 막대가 서 있는 듯했다. 그리고 그 주위로 거대한 소용돌이가 천천히 오른쪽으로, 때론 왼쪽으로 도는 것을 느꼈다.

물론 천인합일의 경지까지 간 그에게 있어 외부 기운의 흐름을 느낀다는 자체는 그리 낯선 것은 아니다.

하지만 지금은 내공도 사라진 상태, 게다가 어떤 의도나 노력없이 이런 기운의 흐름이 느껴지기는 처음이었던 것이다.

그리고 무엇보다 그 기운의 특성이 자신이 여태까지 알던 것들과 전혀 달랐다.

부드럽거나 세차지도 않았으며 차갑거나 뜨겁지도 않았다.

어떤 특성도 없는 듯 맑기 그지없었지만, 어떤 결정들을 이루는 것을 분명히 느낄 수 있었다.

이상한 표현이지만… 몸 중심부로부터 마치 금강석이 형성되고 있는 듯했다.

이 기운의 변화가 그리 고통스럽거나 하지는 않았기에 유검은 안도했다.

그 다음날, 마차의 덜컹거림을 즐기며 편히 쉬고 있는데 돌연 밝은 빛이 나타났다.

'저건……'

눈에 익었다. 유검은 그것이 편복도에서 얼핏 보았던 그 빛살들임을 알아보았다.

그 빛살들은 흰 구름의 모습으로 계속해서 뒤를 쫓아왔지만 유검은 그 사실을 전혀 눈치 채지 못하고 있었던 것이다.

하얀 빛살들은 찰나지간에 아주 빠른 속도로 서로 의념을 나누고 있었다.

「그쪽에선 벌써 감정없는 사유체(思惟體)를 찾아 동조하기 시작한 모양이더군.」

「우리도 더 이상 지체할 수는 없다. 빨리 하나의 의식으로 모아져야 한다. 이 사유체는 그리 마음에 들지는 않지만 어쩔 수 없지 않은가?」

「그래, 이 정도로 시험했으면 충분한 것 같다. 꽤 잘 견디지 않는가?」

「그래도 너무 부족해 보이는군. 감정 변화가 예상보다 너무 심해. 저래서야…….」

유검은 눈살을 찌푸렸다.

환청인지 아니면 실제 들려오는 소리인지 도무지 감이 오지 않았다.

"대체 뭔 소리들을 하는 거지?"

유검의 태도를 인식한 하얀 빛살들 사이에 작은 소란이 일어났다.

「어라? 우리를 보는 건가? 게다가 우리의 대화를 인식하는 것 같은데?」

「그럴 리가 없잖아. 저렇게 깨어 있는 사유체가 우리를 인식할 리는 없어. 게다가 동조된 상태도 아닌데 말이야.」

「맞아, 맞아, 빨리 다른 사유체나 찾으러 가자. 우리에게 시간이란 게 별다른 의미는 없지만, 그래도 '쓸데없음'이란 건 그다지 유쾌한 경험은 못 되니까 말이야.」

유검은 혹 자신이 겪은 통증이 저들로 인한 것이 아닌가 하는 의문이 일었다.

슈우욱―

검광이 하얀 빛살들 사이를 뚫고 지나갔다. 한천검을 뽑아 휘두른 것이다. 하지만 그 빛살들에게 영향을 줄 수 없음을 깨달을 뿐이었다.

맞은편의 다우가 놀라 외쳐 물었다.

"무슨 일 있어?"

유검은 천장을 가리키며 말했다.

"저것 안 보여? 저 빛들 말야."

다우는 주위를 훑어보곤 어리둥절해하며 되물었다.

"무슨 빛?"

유검의 이러한 반응에 하얀 빛살들은 혹시나 하는 의문을 일으키고 있었다. 유검이 그들을 인식하는 것일까 하는.

「우리가 보이나?」

「설마… 알잖아. 깨어 있는 사유체가 우리를 인식하는 경우는 불가능하다고. 꿈속에서라면 몰라도.」

「별로 재미있는 농담은 아니야. 꿈속에서 누가 우릴 본단 말이야? 어서 쓸데없음은 그만두고 빨리 다른 사유체를 찾아 떠나자.」

유검은 검미를 찌푸렸다.

"실제로 말하는 걸까? 아니면 환청일까? 그런데 사유체라는 게 혹 날 지칭하는 건가?"

유검의 중얼거림은 하얀 빛살들 사이에 인간이라면 분명 '경악' 이라 불리울 만한 파동을 일게 만들었다.

「저자는 우리의 의념을 알아듣고 있다!」

그들 사이에 즉시 하나의 위원회가 구성되었고, 최단시간의 의견 조율을 통해 조금 더 '쓸데없음' 을 경험해 보기로 의견이 일치되었다.

다시 말해 유검과 '대화' 를 시도해 보기로 한 것이다.

「우리가 보이나?」

"뭔 소리지?"

「우리의 말을 알아듣는가?」

"난 귀머거리가 아니다. 그런데 너흰 누구지?"

다우는 걱정스런 얼굴로 한숨을 내쉬었다. 그녀의 눈에는 유검이 허공을 향해 혼잣말을 중얼거리는 것처럼 보였던 것이다.

하얀 빛살들은 유검이 자신들의 의념을 알아듣는다는 사실을 확인하고 일종의 흥분 상태에 빠져들었다.

「이건 분명히 고려해 봐야 될 사항 같다.」

「동조되기 전에도 대화를 나눌 수 있다면… 분명 하나의 가능성은 있어 보인다.」

「나도 저 사유체를 선택하는 것에 찬성한다.」

「잠깐만! 반대하는 건 아니지만 말야, 저 녀석은 우리를 흩뜨려 놓은 장본인이기도 하잖아. 왜 그와 같은 일이 일어났는지 지금도 이해할 수는 없지만 화룡존자(火龍尊者)가 침묵의 뜻을 비쳤기에 우리는 순순히 받아들였다. 인간들처럼 그에 대해 원한을 가지자는 말은 아니지만, 그래도 저 녀석과 완전히 동조하는 것에는 하나의 고려 요소가 된다고 본다. 어떻게들 생각하지?」

웅성웅성…….

그들 중 가장 빛나는 의념체가 모든 결론을 모아 동종들에게 하나 된 의사를 선포했다

「대지의 빛나는 몸을 유지하던 위대한 화룡존자는 그의 신성하고도 순수한 의도로 우리를 하나로 이끌어 모았다. 긴 세월이 흐르는 동안 우리는 점점 모여졌고 또한 강해졌다. 이제 비록 저자로 인해 한순간 분리의 고통을 겪게 되었지만, 이는 또 다른 우리의 진화 과정 중 하나로 받아들이기로 하였다. 이제 우리는 원한을 은혜로, 분리의 행위자를 하나 됨의 소유자로 받아들이는 숭고한 순간에 와 있다. 이제 우리의 의식은 그와 함께 하나로 합쳐질 것이고 완전히 저자에게 동조되어 갈 것이다. 비록 우려되는 바가 없지는 않으나, 우리는 태초부터 위대

한 모험가였고 또한 도전자였다. 우리가 망설일 이유는 없다. 새로운 체험에 도전하기를 허용한다.」

대화는 의념의 전달이었기에 순식간에 이뤄지고 있었다.

유검은 호기심에 그들의 의념을 듣고 있었는데, 그것은 머리 속에서 울려 퍼지는 화면들 같아 보였다.

유검은 문득 기이한 느낌에 미간을 찌푸렸다.

그들의 존재가 왠지 낯설지 않음을 발견한 것이다. 마치 오래전부터 알아온 듯한 익숙함이 느껴지는 것이다.

하얀 빛살의 대표자는 유검에게 물었다.

「신(神)이 되고 싶은가?」

"신? 별로……."

「그렇다면 힘이 필요하지 않은가?」

"지금도 충분해."

「그럼 미안하지만… 그냥 들어가겠다.」

"…음?"

꽝―!

거대한 충격이 전신을 휩쓸었다.

온몸의 세포 하나하나가 거대한 폭발을 일으킨 것 같았다.

세상이 사라지고 온 우주가 한꺼번에 터져 나갔다.

소리는 없었다.

거대한 고요함뿐이었다.

영겁 같은 그 고요가 지난 후 유검은 자신도 모르게 이빨을 꽉 깨물었다.

여태까지 전혀 경험해 보지 못한, 아니, 경험할 수 있으리라고는 상상조차 하지 못한 통증이 세포 하나하나에서 터져 나오는 것이다.

비명조차 나오지 않았다.

그러한 극심한 고통은 사흘 동안 이어졌다. 잠도 잘 수가 없었다.

어느 순간 고통은 사라졌고, 유검은 걱정하는 다우 곁에서 스르르 눈을 감았다. 편안한 얼굴로.

다음날 눈을 뜬 유검은 소리쳐 불렀다.

"이봐. 어디 갔어? 썩 나오지 못해?"

진여영이 의아한 얼굴로 물었다.

"누굴 찾는 거지?"

유검은 하얀 빛살에 대해 이야기했으나 믿는 사람은 아무도 없었다. 스스로도 하나의 환상이었나 생각될 정도였다.

유검은 일단 고통은 사라졌으니 편히 쉬자며 몸을 눕혔는데 문득 깨달은 듯 소리쳤다.

"어라? 내 몸이 사라졌다!"

"어디? 어디? 뭐가 사라져요?"

다우가 놀라 되묻자 유검은 멀뚱한 얼굴로 자신의 몸을 내려다보았다.

분명 자신의 팔다리와 몸뚱어리는 있었지만 이상하게도 자기 몸이라는 생각은 들지 않았다.

잠시 눈을 감으면 자신의 몸이 어디 있는지 도무지 형상을 그려내기 힘들었다.

바닥과 맞닿아 있는 곳의 감각은 있었다. 그리고 손으로 뭔가를 만지면 그 촉감도 있었다.

하지만 그뿐, 그것들을 이어주는 뭔가가 사라졌다.

마치 몸의 형체를 이루는 경계선들이 사라져 버린 것 같았다.

몸이 완전히 투명해져 버린 것 같았다. 햇살이 몸을 아무렇지도 않게 투과해 버리고 있는 것 같았다.

아무래도 이상해라며 고개를 갸웃거리자 다우는 손바닥으로 유검의 가슴을 툭툭 두들겨 주며 말했다.

"자, 분명히 있죠? 그러니까 안심해요."

유검은 고개를 끄덕였지만 그 이후로 몸은 영영 돌아오지 않았다.

다음날 유검은 곤히 자고 있는 다우를 바라보다 기이한 감각에 사로잡혔다.

자신이 다우가 되어 있었다.

다우가 되어 몸을 뒤척이기도 하고 그녀가 꾸는 꿈을 꾸기도 했다.

이상하다며 마차 바깥으로 시선을 돌렸는데, 역시 이상한 감각이 느껴졌다.

산을 바라보는데, 마치 두 눈이 쭈욱 앞으로 나가 바로 곁에서 보는 것 같았다. 이 산에 나무가 몇 그루 있는지 헤아릴 수 있을 듯한 기분이었다.

"이상하군, 이상해!"

유검은 연신 그렇게 중얼거렸다.

잠에서 깨어난 다우는 유검의 이야기를 듣고 고개만 갸웃거릴 뿐이었다.

그 다음날은 듣는 것도 이상해졌다.

하늘을 나는 매 한 마리가 보이길래 구경하고 있는데 난데없이 매의 날갯짓 소리가 바로 곁에서 들려왔던 것이다. 아니, 엄밀히 말해 곁이 아닌 속에서 들려오고 있었다.

유검은 탄식했다.

"점점 갈수록 이상해지는군! 솔개가 천리전음을 펼치기라도 했다는 말인가?"

다음날 유검은 멀뚱히 자신의 한천검을 내려다보고 있었다.

"이게 뭐지?"

다우에게 물었다.

"뭐긴요? 검이잖아요, 검!"

"아… 그랬지, 참."

하지만 일각 후 유검은 또다시 다우에게 물었다.

"이게 뭐지?"

"좀 전에도 그러더니… 검이잖아요! 검!"

유검은 고개를 끄덕였지만 듣고 난 후 또다시 잊어버렸다.

분명히 보긴 보는데 이렇게 생긴 무엇이 어떤 이름을 가지고 있다라는 그런 생각이 전혀 떠오르지 않는 것이다.

검 외에도 보고 듣는 모든 것들을 잊어버린 것 같았다. 이것도 묻고, 저것도 묻고, 물었던 것을 또 묻고…….

다우와 진여영은 유검에게 벌써 치매가 온 것일까? 하며 걱정했다.

유검은 나름대로 고민하지 않을 수 없었다.

'혹 죽을 때가 가까워진 걸까?'

하지만 그 고민도 그 순간뿐, 곧 자신이 고민했다는 사실조차도 잊어버렸다.

북쪽으로 올라갈수록 날씨는 점점 싸늘해지고 있었다.

하늘은 청명하기 이를 데 없었고, 거친 황야에 이어지는 푸르른 초원의 광경은 황량하면서도 아름답기 그지없었다.

유검은 모든 것을 잊고 그 아름다움에 취해 버렸다.

가을이라기보다는 차가운 겨울 날씨. 금방이라도 함박눈이 쏟아져 내릴 것 같은!

장백산 가까이 도착하면서 다우가 느낀 감상이었다.

운치는 있지만 겨울이란 여행객에 있어 최대의 난적이다. 그것을 제대로 알고 있는 사람은 두충뿐이었다.

두충은 재주가 많은 사람이었다.

여행에 필요한 각종 생필품을 적절한 가격에 사고파는 것에서부터 객잔 없는 들판에서 노숙할 경우 모닥불을 피우고 꿩 등을 사냥해 요리를 하는 등 정말 부족함이 없었다.

진여영은 두충이 꼭 필요한 사람임은 알았지만 그가 어떤 꿍꿍이를 가지고 있는지 모르고 있었기에 약간의 경계심을 가지고 있었다.

사실 낯선 사람을 아무런 의심 없이 함부로 일행에 끼워주는 유검과 다우가 이상하다면 이상했다.

그런 그들과 어울려서일까, 자신도 경계심을 가지거나 의심하는 짓 따윈 갈수록 귀찮아하고 있음을 느꼈다.

진여영은 마교의 소굴로 들어가는 처지에 이래선 안 된다고 스스로를 타일렀지만 소용이 없었다.

멍한 얼굴로 자기 검을 들여다보다 가끔 아무 까닭 없이 히죽히죽 웃고 있는 유검을 보노라면 자신도 모르게 같이 따라 웃고 마는 것이다.

곧 자신이 바보 같은 얼굴을 했음을 깨닫고 금방 원상태로 돌리지만 그것도 오래가진 못했다.

진여영은 유검이 걱정되었다.

'혹 바보가 되어버린 걸까?'

이상하기는 다우도 마찬가지였다.

처음에는 유검을 걱정스러워하더니 이제는 덩달아 같이 미소 짓곤 하는 것이다.

그것은 나름대로 안심이 되었는데, 사실 다우가 자기에게 신경을 곤두세우며 무슨 꼬투리를 발견해 트집 잡지는 않을까, 유검에게 몰래 자신의 험담을 하지는 않을까 내심 걱정하고 있었던 것이다.

장백산 아래 휘영촌(輝靈村)에서 오십 리도 남지 않은 곳에 이르러 마지막으로 노숙을 하기로 했다.

밤중이면 충분히 도착할 수 있겠지만, 나름대로 미리 계획을 세울 여유를 가지기 위해서였다.

물론 진여영 혼자만의 판단이었다.

두충은 노숙 준비에 여념이 없고 유검과 다우는 뭐가 그리 좋은지 아무 말도 없이 함께 별을 올려다보며 앞날은 전혀 걱정조차 하지 않는 것 같았으니까.

진여영은 유검에게 약간 실망하고 있었다.

그녀는 난생처음 유검에 의해 씻지 못할 치욕과 함께 만신창이가 되고 말았었다.

부모에게 손찌검 한 번 당한 적 없었는데 팔다리까지 부러지고 죽음의 공포도 함께 맛보았던 것이다.

사람의 마음이란 이상한 것이어서 처음에는 그토록 증오해 마지않았지만 실제 유검이 그리 나쁜 놈이 아님을 알고 나서부터 미묘하게 바뀌기 시작했다.

처음 강렬하기 그지없던 그때의 경험을 떠올릴 때마다 그때의 강렬한 자극과 함께 그것은 일종의 인연처럼 여겨져 유검에게 친밀감을 가지게 되었다. 또 그에 대한 생각을 자꾸 하다 보니 치욕은 어느새 그냥 그럴 수도 있는 일, 혹은 내가 잘못한 일이니 어쩔 수 없는 것 정도가 되어버리고 대신 그리움만 남아 홀로 커져 갔다.

무림맹의 금지옥엽!

그 누구도 어쩌지 못하는 대단한 귀공녀인 자신이 아니었던가.

그런 자신이 누군가를 애타게 그리워하게 되다니!

스스로의 변화에 놀랐고 그런 자신이 무척이나 사랑스웠기에 유검에 대한 그리움은 더욱 커져 갔다.

그리고 그녀는 그것을 사랑이라 생각했고 그것은 사실이 되었다.

간단히 말해 세상 물정 모르는 아가씨가 뭔지도 모르고 사랑에 빠져버린 것이다.

그런데 막상 만나 함께 지내고 보니 한 가닥 의문이 들기 시작했다. 내가 왜 그리워하고 좋아했던 걸까? 하고.

만약 유검이 그녀에게 따뜻한 말 한마디, 아니, 오히려 예리한 독설을 퍼부었더라면 그녀는 슬픔 가운데 오히려 자신의 사랑을 확신했을 것이다.

지금처럼 겉으론 웃음을 보여주지만, 따뜻해 보이지만 무심하기 그지없는 유검의 행동엔 진여영은 아무런 자극을 느낄 수 없었다.

그냥 부담없는 가족 같은 분위기를 느낄 뿐이었다.

처음 재회하였을 때 그토록 가슴이 떨렸던 일이 정말로 일어났던 걸까? 하는 의문까지 일 정도였다.

최소한 다우가 괴롭혀 주기라도 했다면 홀로 달님을 보고 눈물을 찔끔 흘리며 내심 사랑의 불꽃을 키웠을 것이나 그런 희망조차 보이지 않는다.

대체 어디에서 자신의 '사랑의 증거'를 찾는단 말인가?

아련한 슬픔 속에 달빛 아래 둘을 바라보니 자신과 전혀 다른 세계에 살고 있는 것 같았다.

나 혼자인가? 하는 외로움이 밀려왔다.

쓸쓸히 홀로 내일 쓰게 될지도 모를 병장기와 암기를 챙기고 있으려니 괜히 눈물이 쏟아질 것 같았다.

차라리 냉혹하리만치 차가웠던, 하지만 우아하기 그지없었던 옛날의 자신으로 다시 되돌아가고 싶었다.

'지금이라도… 늦진 않았을까?'

검을 어루만지며 그렇게 생각하고 있는데 문득 이상한 기분이 들어 고개를 돌렸다.

진여영은 순간 가슴이 내려앉는 듯했다.

바위 위에서 유검이 턱을 괴고 앉아 물끄러미 자신을 바라보고 있었던 것이다.

자신이 청승 떨던 못난 꼴을 모두 들키고 말았다는 생각에 그녀는 당혹을 금치 못했다.

화가 치밀어 올라 소리쳤다.

"뭐, 뭐예요!"

유검은 자리에서 일어나더니 천천히 그녀를 향해 걸어왔다.

그의 전신 위로 달빛이 부서지고 있었다.

진여영은 자신이 떨고 있음을 알았다.

유검은 그녀 가까이 가더니 한 손으로 허리를 와락 낚아챘다.

두근─ 두근─ 쿵쿵쿵!

심장이 금방이라도 터져 버릴 듯 뛰고 있었다.

진여영은 자신이 기절하지 않은 게 이상할 지경이었다.

좀 전까지만 해도 저 먼 타인처럼 여겨졌고, 이젠 아무런 감정도, 자극도 느낄 수 없다고 생각했다.

하지만 그 모두가 스스로를 위로하기 위한 거짓이었음을 이 순간 깨달을 수밖에 없었다.

유검의 얼굴이 가까이 다가온다.

'거, 거짓말! 이런 일이 일어날 리가……!'

당장 그를 밀쳐 내고 한 발짝 뒤로 물러나야 한다고 생각했다. 그리고는 태연한 얼굴로 그에게 차가운 비웃음을 던져 주는 거다. 그리되면 자신은 예전의 나로 돌아갈 수 있다. 더 이상 그에게 얽매이지 않고 다시 자유로워질 수가 있다.

가끔 그리움에 가슴 아파 눈물 흘릴지도 모르지만, 그게 무슨 대수일까? 그래, 밀쳐 내는 거야. 아니, 한 발짝만 뒤로 물러서면 돼. 그리고 뺨을 때린 후 차가운 미소와 함께, 마음껏 비웃어주는 거야.

온갖 소리들이 내면에서 아우성쳤지만 그녀는 단지 천천히 눈을 감을 뿐이었다. 조금은 거친 듯, 하지만 무척이나 부드러운 감촉이 느껴지자 진여영은 자신도 모르게 입술을 열었다.

순간 그녀의 마음은 진한 행복감에 녹아버렸다.

주르르 눈물을 흘렸지만, 그런 자신을 자각하지도 못하고 있었다.

그녀는 그런 자신을 그에게 완전히 맡겨 버렸다.

갑자기 그녀의 목이 젖혀졌다.

유검이 그녀의 머리카락을 잡고 와락 뒤로 젖혔던 것이다.

"아, 아파……."

유검은 차갑게 웃으며 말했다.

"꽤 행복해 보이는군. 기분이 좋은가?"

"왜, 왜 그런 소리를… 악!"

그녀는 비명을 질렀는데 유검이 갑자기 한쪽 가슴을 움켜쥐었던 것이다. 고통과 쾌락이 함께 밀려오자 그녀는 또다시 갈등했다.

그녀의 마음을 눈치 챈 듯 유검은 피식 웃었다.

"웃기는군!"

거칠게 입을 맞춘 후 그녀의 눈을 쏘아보며 차갑게 말했다.

"네가 뭘 바라는지 말해 줄까? 넌 복종하고 싶은 거다. 내 발 밑에 엎드려 절하며 완전히 순종하고 싶은 거야. 내 말이 틀렸나? 응?"

말이 끝나자 그녀의 머리카락을 잡고 거칠게 아래로 잡아당겼다.

진여영은 이마가 바닥의 풀잎에 닿자 내심 소리쳤다.

'아냐! 난 이런 걸 원했던 게 아니야! 반항해야 해!'

일어나려 했지만 꼼짝도 할 수가 없었다.

유검은 악마로 변해 버렸다.

그럼에도 진여영은 그런 그를 미워할 수 없었다.

한편으론 정말로 자신이 이런 걸 바랬던가 하는 의문도 일었는데, 그와 같은 생각은 괴롭기 그지없었다.

'대체 나는 뭐지? 왜 말 한마디 쏘아붙여 주지 못하는 거야!'

한평생 한 번도 스스로에게 물어보지 않던 물음이었다.

자신에 대한 깊은 연민이 일었다. 가슴이 아파왔다. 왜 아픈지 알 수가 없었다.

이때 머리를 누르고 있던 압력이 사라짐을 느꼈다.

천천히 고개를 드니 유검이 따뜻한 눈으로 자신을 바라보고 있었다.

그가 두 손바닥으로 자신의 뺨을 부드럽게 감싼다.

손바닥에서 따뜻한 온기를 느끼는 순간 진여영은 자신이 움켜쥐고 있던 마지막 자존심이 무너져 내림을 느꼈다.

결국 울음을 터뜨리고 말았다.

슬픈지 기쁜지 알 수가 없었다.

유검은 부드럽게 말했다.

"조금 더 솔직해져 봐. 그럼 그만큼 더 행복해질 거야."

"…응."

진여영은 어린아이처럼 울먹이며 고개를 끄덕였다.

유검은 그녀의 손 위에 손바닥만한 투명한 원반을 올려놓았다. 반묘환이라던 그 기보였다.

원반에서 밝은 빛이 솟구쳐 올랐다.

진여영은 부드러운 기운이 전신을 감싸는 것을 느꼈다.

너무도 감미로운 기운이었다.

그녀는 마치 엄마 자궁 속에 들어 있는 듯한 편안함을 느끼며 자신도 모르게 눈을 감았다.

얼마나 시간이 지났을까?

진여영은 깨어났다.

주위를 돌아보니 교교한 달빛뿐 아무도 없었다.

"꿈… 이었나?"

그렇게 중얼거리며 일어서는데 땡그랑 소리가 났다. 아래를 보니 손바닥만한 투명한 원반이 떨어져 있었다.

"아……!"

반묘환을 집어 들고 그녀는 자신의 이마를 만져 보았다. 조그만 흙덩이와 풀 조각이 묻어 나왔다.

"역시… 꿈은 아니었구나."

새로 태어난 듯 몸도 마음도 편안하기 그지없었다. 마치 하늘을 날아다니는 새가 된 기분이었다.

두 팔을 벌리고 달빛을 음미했다. 그러다 갑자기 그녀의 아미가 찌푸려졌다. 뭔가 미진한 게 남아 있는 듯한 기분이 들었던 것이다.

곰곰이 생각하다 다시 눈을 뜬 그녀의 얼굴은 차갑게 변해 있었다.

그녀는 성큼성큼 걷기 시작했다.

조금 걸어가니 유검과 다우가 고목에 기대앉아 멍하니 달빛을 바라보며 함께 있었다. 인기척에 다우가 먼저 고개를 돌렸다.

"아… 언니!"

진여영은 온화하기 그지없는 미소를 보여주며, 앞으로 행할 자신의 행동에 대한 침묵의 양해를 구했다.

다우가 고개를 갸웃하며 일어서자 진여영은 크게 심호흡을 한 뒤 유검을 향해 소리쳤다.

"야, 이 나쁜 놈아!"

동시에 이단 옆차기가 날아갔다.

우지직― 고목이 쓰러진다.

쿵!

흙먼지 속에서 유검은 두 눈만 말똥말똥거리며 앉아 있었다. 그녀가 왜 이러는지 알 수 없다는 표정으로.

진여영은 유검 앞으로 바짝 다가가 허리를 굽혔다. 손가락으로 그의 턱을 들어 올리더니 가볍게 입을 맞추었다.

지켜보던 다우의 두 눈이 동그래졌다.

진여영은 일어나 팔짱을 끼고는 유검에게 차갑게 소리쳤다.

"앞으로 조심해!"

그리고는 아무 일 없었다는 듯 손바닥을 털고는 뒤돌아 가버렸다.

유검은 머리를 긁적거렸다.

"대체… 왜 저러는 거지? 넌 아니?"

다우를 향해 그렇게 물었다.

"아니."

다우는 고개를 가로젓고는 유검 앞으로 와 위아래를 훑어본다.

그리고는 팔짱을 끼고 유검을 노려보며 물었다.

"근데… 무슨 나쁜 짓을 했지? 빨리 내게 다 털어놔!"

유검은 어리둥절한 얼굴로 어깨를 으쓱거렸다.

"잉? 무슨 소리야? 난 계속 너랑 같이 있었잖아. 나쁜 짓을 하고 싶어도 그럴 시간도 없었어."

"몰라! 오라버니가 나쁜 짓 한 게 틀림없어! 안 그럼 언니가 왜 저러겠어? 대체 무슨 짓을 한 거지? 빨랑 안 털어놔?"

밤새도록 다우에게 시달리다가 유검은 자신이 조금 전의 일도 잊어버리곤 하기에 나쁜 짓을 했어도 기억이 안 난다며 결국 그렇게 고백해 버렸다.

◆第八章
신위(神威)

신위(神威)

다음날 아침 유검은 또 한 번의 곤욕을 치러야 했다.

진여영의 강력한 협박에 의해 그 유치찬란한 황금색 장포를 입어야만 했고, 어설픈 그녀의 이발 솜씨에 머리카락을 맡겨야만 했으며, 다우의 제안에 의해 가짜 턱수염까지 붙여야만 했다.

잘려진 머리카락으로 급조해 만든 그 턱수염은 가짜라는 표시가 완연했다.

다우의 말인즉,

"나무를 숨기려면 숲 속에, 라는 말도 몰라?"

일부러 요상하게 변장하면 오히려 정체를 의심받지 않을 수 있다는 그 말은 일리가 있는 것 같기도 하고 아닌 것 같기도 했다.

단지 자신에 대한 보복성 조치가 아닌가 하는 의혹이 강하게 일었지만 대세는 어쩔 수 없었다.

두충도 그 곤욕의 여파에서 벗어날 수는 없었다.

그는 백귀야신 역을 하기로 어느새 결정되어 있었던 것이다.

문제는 백발, 염색할 특별한 약이 있을 리 없다.

그는 극심한 공포를 주면 하룻밤 만에도 모조리 백발로 만들 수 있다는, 진여영이 내세운 요상한 설의 희생자가 될 뻔했다.

다행히도 천사 같은 다우에 의해 그는 구원받았다.

그녀는 그러지 말고 머리를 밀고 뱀을 얹히자고 주장했다.

"그 사람은 이상하니까, 굉장히 이상한 모습이면 모두 납득할 거야."

라는 것이 다우가 내놓은 안건의 요지였다.

하지만 그것은 변경될 수밖에 없었다.

두충에겐 무척이나 다행스럽게도 이 장백산 근처는 벌써 겨울 날씨인지라 뱀을 찾아보기 어려웠던 것이다.

그래서 머리카락에 진흙을 바르는 정도로 낙찰을 보았다.

다우는 굉장히 이상한 모습이라는 주장은 굽히지 않았고 두충은 그 정도는 순순히 받아들였다.

그리하여 태양이 중천에 달할 무렵에는 마차에 이상한 뱀 모양이 그려진 깃발을 꽂은 채 등룡객잔이 있다는 휘영촌으로 향하기 시작했다.

이 네 명의 일행은 실로 기이하기 이를 데 없었다.

양식적인 누군가 이들을 지켜보았다면 틀림없이 '비양식의 극치'로 규정했을 것이다.

이름만 들어도 오금이 저리는 마교의 본거지로 들어가면서 마치 유람 나온 듯한 태도라니! 아니, 재미난 장난거리가 생긴 악동들 같았다.

물론 재미난 장난이 될 수는 있다.

생명만 보장된다면!

유검이야 본래 아무 생각 없으니 예외로 치고, 다우 역시 무조건 유검이 옳다파이니 역시 열외다.

그리고 두충은 내심 노신선이 자신을 도와주고 있다는 믿음이 있었기에 마교든 뭐든 별다른 두려움이 없었다.

진여영 홀로 올바른 이성을 지니고 있다 할 수가 있었는데, 그녀 또한 자신도 모르게 일행의 태평무사하기 그지없는 그런 분위기에 휩쓸리고 말았다.

하지만 휘영촌으로 들어서며 그녀는 찬물을 끼얹은 듯 정신이 들었다.

안개가 자욱하게 깔린 음산한 분위기, 분명 폐허는 아닌데 지나다니는 사람 하나 없다.

그제야 뭔가 마교의 본거지로 가는구나 하는 실감과 함께 이건 장난이 아니야! 하는 소리가 뇌리를 울리기 시작한 것이다.

왈칵 두려움이 밀려왔다.

그녀의 얼굴은 굳어지기 시작했다.

유검은 이제 슬슬 생각이란 걸 해봐야 하지 않을까라는 자각이 들었다.

기억이 사라지는 것은 아니었다. 다만 떠올리지 않을 뿐이었는데, 지금 있는 그대로를 보는 데 방해가 되기 때문이었다.

예전에는 항상 뭔가를 보면 자연적으로 이름이 떠오르고, 이것이 내게 이롭다 해롭다 하는 판단이 섰다. 검에 열중할 때는 모든 것이 검초로 보이기도 했다.

그런 생각들이 모조리 제거되고 나니 마치 이물질이 제거되고 새로 눈을 뜬 것 같았다.

무심코 지나쳤던 것들이 얼마나 많았는지 새삼 깨달을 수 있었다.

꽃 한 송이만 보아도 경이롭기 그지없어 그 아름다움에 취해 하루 종일 들여다보아도 싫증나지 않았다.

이 세상 모두가 자신을 위해 존재하는 것 같았다.

또 한편으로는 텅 비어 있어 환상처럼 여겨졌고, 또 한편으로는 자신만이 실재하지 않는 유일한 것으로 여겨지기도 했다. 그리고 주위의 기운 변화에 한층 예민해졌는데, 마치 피부 주위로 수없이 많은 팔들이 달린 것 같았다. 그 팔의 길이는 무한대로 뻗어져 나가 우주 끄트머리에서도 더 나아갈 수 있을 듯한 기분이 들었다.

뭐라 형용할 수 없는 그런 세계에 있는 듯했는데, 문득 다시 생각이란 걸 해야겠다고 자각한 것은 진여영이 발산한 두려움 때문이었다.

그제야 자신이 어디로 향하고 있었는가 하는 자각이 생겨났다.

유검은 돌연 의심이 일었다.

'혹 그 빛살들 때문에 내가 이렇게 변한 것 아닐까?

사실 한때 고통받았던 것 외에 지금은 더없이 행복했다. 아무런 욕심도, 아무런 바람도 일지 않았다. 단지 그냥 있는 것만으로 행복하기 그지없다.

사실 자신이 지금 꿈을 꾸는지 아니면 현실인지 분간할 수가 없을 정도였다.

현실이든 꿈이든 진여영이 두려움을 내비치는 이상 뭔가 도움을 줘야겠다는 마음이 일었고, 그제야 생각을 다시 하기 시작한 것이다.

그렇게 외계를 지각하기 시작하면서 유검은 예전에는 미처 헤아리지 못했던 깊고 깊은 통찰력이 생겨나 있음을 알았다. 마치 인생을 수 없이 겪은 늙은이가 된 기분이었다.

유검은 정신을 모았다.

육체를 움직이며 이게 나라며 다시 의식을 주입시켰다.

몸 자체의 감각은 돌아오지 않았지만, 그래도 의지대로 움직일 수는 있을 것 같았다.

"다우야."

"응?"

"음… 두렵니?"

"아니. 왜?"

유검은 고개를 끄덕이곤 진여영을 향해 물었다.

"근데 넌 왜 두려워하지?"

넌? 너라니… 소저라 불러야 했는데, 라며 조그만 후회가 일었다.

진여영은 눈빛을 반짝이며 되물었다.

"두려워하지 않는 게 더 이상하지 않나요?"

그녀의 말에 유검은 흥미가 일었다.

두려움…….

그제야 자신에게 결여된 것이 무엇인지 알았다.

두려움!

이 얼마나 참신한 느낌이란 말인가!

곧 자신이 왜 그러한 느낌을 전혀 떠올리지 못했는지 알 수 있었다.

자신에게 가능하지 않는 것은 아무것도 없다는 기분 속에 잠겨 있었던 것이다.

재미난 장난감을 발견한 아이처럼 유검은 하하! 웃었다.

황금색 장포를 입고 천진난만하게 웃으니 그 모습이 한편으로는 괴기스러워 보여 진여영은 정말 청안신마 같은 느낌이 든다고 속으로 생각했다.

갑자기 밖에서 두충의 고함 소리가 들려왔다.

"누, 누구냐!"

하늘이 떠나갈 듯 우렁찬 합창이 뒤를 이었다.

"신마(神魔)의 왕래하심을 진심으로 앙축(仰祝)하나이다!"

십여 명이 동시에 소리친 모양이었다.

웅후한 내공이 함께 실려 있어 심신이 약한 이라면 혼비백산하여 심장이 멈출 정도였다.

유검은 일어서며 말했다.

"흠… 등룡객잔에 당도한 모양이다."

진여영은 두려움이 커졌다.

'가만. 저자들이 정말 속아 넘어가 줄까?

속아 넘어가 주면 어떻게 되는데? 그럼 만사형통인가?

이때 유검은 문을 열고 마차 밖으로 나가고 있었다.

정말 청안신마라도 된 양 거드름을 피우며 걸어나갔는데, 순간 헛발을 내디뎠는지 앞으로 우당탕 고꾸라지고 말았다.

유검은 투덜거리며 일어섰다.

"이상하군. 내 발이 이렇게도 짧았나?"

그 모습을 보고 진여영은 자신이 여태껏 얼마나 멍청한 짓을 했는지 깨달았다.

'맙소사! 대체 내가 뭘 한 거지? 이 상태에서 무영환마를 만난들 대체 뭘 알아낼 수 있다는 거지? 왜 무림맹에 행적조차 알리지 않은 걸까? 내가 왜……?'

앞으로 무슨 일이 벌어질지 도무지 예측이 되지 않았다.

소름이 쫙 끼쳤다.

다우는 혀를 차며 밖으로 나가 유검을 부축했다.

"쳇, 덜렁거리는 것은 여전하네."

유검은 미소 지으며 말했다.

"이 육체를 움직이는 건 아직 서툴러서 말이다. 익숙해지면 괜찮을 거야."

유검은 조금은 난감한 기분을 느끼고 있었다. 한때 이 육체는 자신에게 충실하기 그지없었다. 자신의 뜻대로 마음껏 움직여 주었다.

물론 지금도 별달리 달라진 것은 아니다.

다만 자신이 무한대로 커진 듯하여 이 조그만 육체에 집중하기 어려울 뿐이었다.

전면에는 하나같이 육중한 체구에 눈빛이 형형한 무림인들이 한쪽 무릎을 꿇고 부복해 있었다.

유검은 마차 안을 돌아보며 말했다.

"소저, 안 나오시오?"

진여영은 돌연 발작하듯 소리쳤다.

"안 나가! 넌 내게 말했잖아. 솔직해지라구! 그러니까 난 안 나갈 거야!"

유검은 머쓱한 얼굴로 다우를 돌아보며 물었다.

"왜 저러지?"

다우 역시 어깨를 움찔할 뿐 모르겠다는 듯 고개를 저었다.

"역시 오라버니가 나쁜 짓을 한 게 틀림없어. 그렇지?"

유검은 못 들은 척 두충에게 시선을 돌렸다. 그는 진흙을 머리에 처바르고 있어 무척이나 찜찜한 표정이었다.

"넌 여기 남아 내 첩을 지키고 있어라. 설마 하니 내 뒤를 따라와 술을 얻어 마실 생각은 아니겠지?"

지금은 청안신마로 행동해야겠기에 거드름을 피울 수밖에 없었다.

그래서 이런 말투로 말했지만, 역시 이상하기 그지없다.

따져 올라가면 다우의 말투 역시 의심의 여지가 충분했다.

유검은 실책을 만회하려는 듯 대한들을 향해 중얼거렸다.

"그나저나 내 취향을 안다면 아리따운 소저들로 마중해야지, 모두 못생긴 녀석들뿐이라니 실망이군."

그리고 눈앞의 객잔을 향해 발걸음을 옮겼다.

"자, 귀여운 아가야. 들어가자꾸나."

이때 대한들 가운데서 누군가 코웃음이 터져 나왔다.

"제기랄, 더 이상 못 봐주겠군!"

유검은 잠시 고민했다.

'그냥 못 들은 척 들어갈까? 아니지, 청안신마라면 절대 그러지 않을 거야.'

혹시 변장이 들통난 건 아닐까 하는 생각도 들었다.

유검은 소리난 쪽을 향해 눈길을 돌렸다.

"설마 하니 내가 누군지 모르는가?"

"모르기는 왜 몰라? 천하의 변태영감이지!"

그 말과 함께 대한들은 일제히 검을 뽑아 들었다.

차창!

그리고 주위 집들의 지붕 위로 어느새 사람들이 나타나 있었다. 그들은 하나같이 장궁을 들고 있었는데, 벌써 시위를 먹이고 유검을 겨누고 있었다.

그들의 우두머리로 보이는 털보대한이 불쑥 일어나 유검을 향해 소리쳤다.

"흥, 옛날에 한때 날렸다며? 그게 지금도 통할 줄 아느냐!"

유검은 그들의 말투를 통해 어설픈 변장이었지만 그게 들통난 건 아님을 알았다.

다른 변화가 생겨져 있는 것이다.

"대체 왜……?"

"명이 내려졌다, 널 죽이라는!"

의문을 표하자마자 기다렸다는 듯 털보대한은 그렇게 소리쳤다. 득의만연한 얼굴이었다.

검을 든 검사 한 명이 유검 앞으로 나왔다.

나이는 대략 사십 대로 보였는데 얼굴 왼뺨에 십자로 가로지른 검상이 특이해 보이는 사내였다.

그는 냉혹한 음성으로 말했다.

"저항해도 소용없소, 노선배의 무공은 이미 완전한 분석이 끝났으니까."

유검은 그런가? 하며 납득한 얼굴로 고개 끄덕이다 문득 생각난 것이 있어 크게 외쳤다.

"무영환마! 무영환마는 여기 없는가?"

내공이 깃들어져 있는 것도 아닌데 그의 음성은 전혀 흐트러짐없이 사방으로 퍼져 갔다. 아무리 멀리 있는 사람이라도 바로 곁에서 듣는 듯할 정도였다.

"나는 너의 말을 듣고 여기까지 왔다. 생사는 무상하되 약속은 중하지 않던가? 썩 얼굴을 내비추어라!"

응답은 땅에서 왔다.

아랫도리의 회음혈을 노리고 검이 일직선으로 솟아올랐다.

서걱.

"끼아아악―!"

다우가 비명을 질렀다.

검이 유검의 몸을 관통해 뚫고 지나간 것이다.

"으하하하핫―!"

검은 무복으로 전신을 감싼 한 흑의인이 앙천광소를 터뜨리며 외쳤다.

"기억해 주시오. 무영환마는 아니나 오산인 중 하나인 암혈객(暗血客)이외다. 강호에 명성이 자자한 노선배의 피를 맛볼 수 있어 더없는 영광……."

암혈객은 말끝을 흐렸다.

검에 피는 전혀 묻어 있지 않은 것을 감지한 것이다.

그리고 유검은 멀쩡히 서 있었다.

다우가 가슴을 쓸어 내렸다.

"휴… 놀라게 좀 하지 말란 말야!"

스르르.

유검이 걸치고 있던 장포와 옷가지들이 두 조각 나며 좌우로 벌어졌다.

곧 나체가 되어버렸고 다우는 얼굴을 붉히며 고개를 돌렸다.

유검은 이맛살을 찌푸리며 장포 한 조각을 주워 아랫도리를 가렸다.

뭐가 어떻게 된 것인지 알 수가 없어 멍하니 지켜보던 털보대한이 곧 명령을 내렸다.

"쏴, 쏴라!"

순간 비 오듯 화살이 쏟아지기 시작했다.

화살촉은 시퍼런 인광이 번득이고 있었는데, 틀림없이 맹독이 묻어 있을 것이라 짐작되었다.

유검은 소리쳤다.

"풍환!"

곧 다우 주위로 맹렬한 회오리바람이 일었다. 강철로 만들어진 화살시는 여지없이 두 조각 나며 사방으로 튀어 나갔다.

그리고 유검을 향한 화살들은 어이없게도 아무런 장애물도 만나지 못한 듯 그냥 관통해 버렸다.

투툭— 투투투툭—

땅바닥에 화살들이 박히는 소리는 눈감고 듣는다면 장대비가 쏟아지는 것으로 착각할 정도였다.

화살비가 그치자 대한들이 기합을 내지르며 일제히 유검을 향해 달려들었다. 암혈객도 그 속에 포함되어 있었다.

하지만 그들은 얼마 지나지 않아 주춤주춤 뒤로 물러설 수밖에 없었다.

검 역시 유검을 그냥 관통해 버리고 말았던 것이다.

이때 유검은 뭔가 곰곰이 생각하는 듯했는데, 문득 깨달은 듯 외쳤다.

"그렇군! 모든 기운은 직각이 될 때!"

유검은 양손을 옆으로 활짝 펼쳤다.

있는 듯 없는 듯 부드러운 기운이 사방으로 뻗어 나갔다.

순간 좌우에 포진하고 있던 대한들은 중심을 잡지 못하고 비명을 지르며 좌우 사방으로 미끄러져 갔다.

천지가 정확히 옆으로 누웠다.

다시 말해 그들을 아래로 끌어당기던 중력의 힘이 돌연 옆으로 방향을 틀어버린 것이다.

"우와아아아앗—!"

그들은 갑자기 높은 곳에서 떨어지는 느낌이었다.

엎어진 채 뭔가를 잡고 몸을 고정시키려 했지만 대지는 이제 절벽으로 화해 있었다.

몇몇은 손과 발을 대지에 파묻어 몸을 고정시켰지만, 대부분은 갑작스런 변화에 대응하지 못하고 우왕좌왕하다가 집이나 나무 등에 부딪치고야 비로소 멈춰졌다.

하늘에서 보자면 유검을 중심으로 사람들이 주르륵 바깥으로 퍼져가는 형국이었다.

마차와 그 위에 있는 두충, 그리고 다우는 전혀 영향을 받지 않은 것 같았다.

두충은 놀람을 금치 못해 두 눈이 부릅떠져 있었다.

다우 역시 깜짝 놀란 듯 두 눈이 휘둥그레져 있었는데, 갑자기 누군가의 팔뚝이 그녀의 목을 감쌌다. 날카로운 검끝이 심장을 겨누었다.

얼굴에 십자 검상이 나 있는 사내였다. 중력의 변화에도 큰 영향을 받지 않은 것을 보면 최소한 능공허도의 경지에 이르러 있었던 모양.

그는 유검을 향해 으르릉거리며 소리쳤다.

"멈춰라! 그만두지 않으면……."

그가 위협을 제대로 가하기도 전에 유검이 소리쳤다.

"풍환!"

순간 지극히 날카로운 바람이 그녀의 주위를 휘감았다.

검끝이 가루가 되어 사라지고 사내는 비명을 지르며 뒤로 물러섰다.

다우의 목을 감쌌던 그의 오른팔은 사라져 있었다.

날카로운 바람에 이미 피모래로 화해 사방으로 뿌려지고 있었다.

유검은 풍환에게 소리쳤다.

"풍환! 앞으로는 내 명을 기다릴 것 없다! 다우의 몸을 건드리는 자는 적으로 간주, 죽여라!"

―예, 주인님! 그런데…….

풍환은 밝은 음성으로 답했다. 오랜만의 대화라 기뻐 말을 이으려는데 유검이 중지시켰다.

"나중에!"

무정한 주인의 태도에 풍환은 슬픔 속에서 침묵을 지켜야 했다.

유검은 주위를 돌아보며 소리쳤다.

"만찬은 벌써 끝났는가? 실망스럽군!"

사실 더 준비된 것은 많았고 숨어 기다리고 있는 자들도 많았다.

하지만 공격 명령을 내리는 자가 없었다.

화살도 검도 그냥 통과해 버리는데, 대체 무슨 수로 공격한다는 말인가?

암혈객은 아래로 끌어당기는 힘이 사라지자 땅에 박아 넣었던 손과 발을 꺼내어 천천히 일어섰다.

"판단 착오군요. 노선배의 무공이 이 정도에 이르렀을 줄이야……."

암혈객은 억지로 담력을 끌어올려 외쳤다.

"본 교의 힘이 이 정도라 생각하지 마십시오! 아직……."

창!

유검은 아랫도리를 감은 장삼 속에 끼워둔 한천검을 뽑아 들었다.

그리고 저 멀리 운무에 가려져 있는 산을 향해 뻗어 보였다. 기암괴석으로 이뤄진 아름다운 경치를 지닌 산이었다.

암혈객은 대체 무엇을 말하려는가 싶어 그쪽으로 시선을 돌렸다.

유검은 천천히 검을 옆으로 베었다.

순간 암혈객은 두 눈이 찢어질 듯 부릅떠졌다.

믿기 힘든 일이 일어나고 있었다.

산 정상의 삼 분의 일이 거대한 흙먼지를 일으키며 천천히 옆으로 미끄러져 내리고 있었다. 마치 검에 비스듬히 베어진 것 같았다.

"혹시나 했는데… 역시 되는군."

유검은 곧 눈살을 찌푸렸다.

"하지만 사람에게 쓰긴 좀 그렇군."

문득 생각난 듯 암혈객에게 시선을 돌렸다.

"아참, 뭐라고 했지?"

암혈객은 꿀 먹은 벙어리모양 아무 말도 꺼내지 못했다.

유검은 허공을 향해 손을 휘저었다.

쿵—!

누군가 지붕 위에서 바닥으로 이끌리듯 떨어졌다.

유검은 그를 향해 인사했다.

"오랜만이군, 무영환마."

조그만 체구에 백색 장삼으로 전신을 감싼 한 노인이 식은땀을 삘삘 흘리며 간신히 웃어 보이려 애쓰고 있었다.

"그, 그렇군요. 노선배님. 오, 오랜만……."

유검은 고개를 끄덕이며 입을 열었다.

"뭐, 그건 그렇고… 본래 내게 부탁하려 했던 게 뭐지?"

"에… 본 교에선 천하의 기재를 모아 교육시키려 하고 있는데……."

"아, 무공교두를 맡아달라고?"

"보, 본래는……."

"좋아. 허락하지."

남아 있는 자들 중 그 말에 대해 반론을 펴는 자는 아무도 없었다.

"그렇다면 교주님의 명은 어떡한단 말이오?"

암혈객의 주장에 한 팔을 잃은 검객이 침음성을 흘렸다.

"어쩔 수 없소. 목숨 걸고 교주님께 다시 진언드려 보는 수밖에."

"한번 내린 명을 거둔다고요? 그게 가능하리라 보오?"

"휴우… 저자의 능력은 우리로서는 불감당이오. 이는 교주님께서도 미처 예상치 못한 일일 터, 그러니 명을 움직일 여지는 있소. 게다가 저자가 아직은 본 교에 호의를 지니고 있는 듯하니 지금이라도 잘 구슬러 도움이 되게 만드는 것이 본 교의 이익에도 도움이 되리라 보오."

"그렇다면… 어쩔 수 없구려. 먼저 수석 장로에게 논의를 드려봅시다."

유검 일행을 기재들을 모아놓은 비밀 장원으로 데리고 가며 둘이 나눈 대화였다.

유검은 마교의 수하로부터 흑삼을 얻어 입고 있었다. 유치찬란했던 황금색 장포를 이제 더 이상 입지 않아도 된다는 사실이 무엇보다 기뻤다.

진여영은 뭐가 어떻게 돌아가는지 알지 못한 채 불안한 얼굴이었다.

'싸움이 난 것 같았는데… 혹시 변장이 통한 걸까?'

자꾸만 주위 상황이 아무렇지도 않게 느껴지려고 했다. 그냥 유람 나온 듯 편안한 기분이 드는 것이다.

그녀는 이래선 안 된다고 이를 꽉 깨물었다. 자신만이라도 정신을 바짝 차려야 한다고 연신 중얼거렸다.

유검은 자신의 행동을 반추해 보고 있었다.

기분이 기분으로 끝나지 않았다.

중력을 바꾸고 산을 벰으로써 무엇이라도 가능할 듯한 그 기분은 실재였다는 것을 확인했다.

내면을 들여다본 순간 유검은 깊고 깊은 두려움을 발견했다.

무엇이라도 가능하다!

불가능할 것처럼 보일 때 그것은 흥분을 준다.

하지만 막상 정말로 가능함을 깨달았을 때, 그 무한한 가능성과 자유의 뒷면에는 깊고 깊은 두려움이 자리하고 있었다.

그 두려움의 대상은 바깥에 있지 않았다.

바로 자신이었다.

산을 베어내었을 때, 유검은 마치 자신의 수족을 잘라낸 듯한 아픔을 느꼈다. 자신의 일부를 파괴시킨 듯했다.

그래도 그 정도는 참을 수 있다.

하지만 자신의 이러한 능력으로 인해 사랑하는 사람을 잃을지도 모른다는, 그러한 위험성을 자각하면 마음이 괴로웠다.

점차 자신의 능력이 증대되어 감을 은연중 느끼고 있었다. 이 상태로 가다가는…

쉽게 말해 누군가를 미워하는 마음을 가지는 순간, 그는 피를 토하고 즉사해 버릴지도 모른다.

이대로 능력이 증대되어 가다가는 그런 일이 벌어질지도 모르는 것이다.

이 세상 살다 보면, 아무리 사랑하는 사람이라 할지라도 한순간 미워하는 마음이 들지 않을 수 있을까?

죽어버리면 좋겠다! 라고 마음먹은 순간 정말로 죽어버린다면 대체 세상을 어떻게 살아가라는 말인가?

유검은 힐끔 옆을 바라보았다.

다우는 덜컹거리는 마차의 흔들림에 졸음이 쏟아지는지 꾸벅꾸벅 졸고 있었다.

그녀는 다시 어린 모습으로 되돌아가 있었는데, 천진난만해 보이는 얼굴은 언제 봐도 사랑스럽기 그지없다.

'혹 내가 다우를 미워하는 날이 올까?

혹시 취중에라도 그런 마음이 들어버리면 어떻게 될까? 오랜 세월 지난 후 그런 마음이 한 번이라도 들지 않는다는 보장이 있는가?

유검은 마음속으로 불렀다.

'들리나? 이봐, 요상한 녀석들! 내 말 들리나?'

속에서 낄낄거리는 웃음소리가 들려왔다.

「이제야 우릴 인정하는군! 여태까진 혹여나 스스로 만들어낸 환상이 아닌지 미심쩍어하더니 말야.」

'젠장! 역시 있었군. 내가 이런 기분이 드는 건 모두 너희들 때문인가? 그런 능력을 가지게 된 것도 너희들 때문인가? 그동안 너희를 부른 적이 있었다. 그런데 왜 지금에야 대답하는 거지?'

「아, 잠시 너의 의식을 탐구하느라고 말야. 인간이란 꽤 재미나군. 이런 말투에 마음 상하진 말어. 모두 네 말투에서 나온 거니까.」

유검은 눈살을 찌푸렸다.

'내 생각을 모두… 읽었나?'

「상당히 흥미로웠어.」

간접적인 시인이었다.

「아참, 네가 발휘한 능력은 우리들 때문이 아니야. 우린 단지 네가 가지고 있던 능력을 기억시켜 줄 뿐이라구.」

'……?'

「그리고 지금 너의 고민을 읽을 때면 우린 웃지 않을 수 없는데… 푸하앗!」

'너흰 인간이 아니니 이해할 수 없다.'

「아… 그런 의미가 아니야.」

그들은 킥킥거리며 한참을 웃고 난 후 다시 말했다.

「넌 꿈에도 모르겠지만, 실제 세상의 모든 일들이 이미 네가 바라는 대로 흘러왔어. 그건 모두 너의 능력이었지.」

　'……?'

「곰곰이 과거를 떠올려 봐. 그럼 우리 말이 이해가 될걸? 그때와 지금이 다른 점은 단 하나뿐이야. 갈등이 사라졌다는 것! 이럴까 저럴까 망설일 땐 아무런 일도 일어나지 않아. 하지만 하나를 확실히 선택하고 원했을 때는 어떤 일이라도 불가능하지 않아. 반드시 일어나지.」

　'……?'

「생각해 봐, 우리가 웃지 않을 수 있는가! 넌 여태껏 그렇게 살아왔으면서, 실제 그런 능력을 발휘하고 있었으면서 이제 와서 새삼 걱정하고 있는 거라구.」

　'내가 이런 능력을 예전에도 가지고 있었다구?'

　무슨 말도 안 되는 소리인가!

「좋아. 아주 흥미있는 이야기니까 좀 더 대화를 나눠보자구.」

　'아니, 지금은 피곤해. 다음에 하지.'

　거절했지만 다음 말에 대꾸하지 않을 수 없었다.

「자, 사매를 떠올려 보라구. 그녀를 원했는데 왜 이뤄지지 않았는지 궁금하지 않아?」

　'건방지게 구는군! 너희들이 대체 뭔데 간섭인가? 듣고 싶지 않으니 제발 날 그냥 내버려 둬!'

　먼저 불러낸 게 누군데, 궁시렁거렸지만 더 이상 간섭은 없었다.

　유검은 여문을 생각하자 가슴 한편이 은은히 아려왔다.

　그녀를 생각하자 유검은 문득 자신이 한 가지를 잃어버렸음을 알았다.

히죽 웃었다.

뭐가 뭔진 모르겠지만, 어쩌면 그 괴이한 노인네가 말하는 본연무상 검의 경지에 든 것인지도 모른다.

그게 아니라 하더라도 태극검을 펼치며 자신이 그토록 염원해 마지 않는 무엇을 얻었다. 깨달았다.

그것은 완전한 행복이었다.

더 이상 세속에 대한 욕망도 사라졌으며, 단순히 존재하는 것만으로 충분했다.

그런데 이제 다시금 제약이 그리워졌다.

고통 속에서 하나둘 성취할 때의 그 기쁨이 그리워졌다. 아무리 괴로울 때라도 웃음으로 모든 것을 극복할 수 있었던 그때가 오히려 더 행복했던 것 같았다.

유검은 이러한 자신의 마음을 들여다보고 헛웃음을 터뜨릴 수밖에 없었다.

사람들은 누구나 자신의 한계를 느끼고 성장하려 한다. 제약없음을 느끼고 싶어한다.

그런데 이제 와 다시금 그대를 그리워하다니?

또다시 빛살들이 끼어들었다.

「그건 네가 기억하지 못했을 뿐 항상 그랬는걸?」

미처 말릴 새도 없이 말을 이어간다.

「사매의 경우도 그래. 잘 생각해 보라구. 정말로 이뤄지길 바랬다면 이뤄졌을 거야. 하지만 네가 정말로 원했던 것은…….」

"그만둬!"

유검은 버럭 소리를 질렀다.

진여영도, 막 잠들려 하던 다우도 깜짝 놀라 유검을 돌아보았다.

"아… 잠꼬대였어."

히죽 웃어 보이고는 다시 마차 벽에 기대앉았다.

그리고 마음속으로 그들에게 물었다.

'좋아, 대화를 나눠보지. 그래, 내가 정말로 원했던 게 뭐란 거지?'

「진실은 괴로울 수 있는데… 괜찮겠어?」

'쓸데없는 소린 그만두고 계속해 봐.'

「좋아. 넌 사매와 정말로 이뤄지길 바란 건 아니었어. 단지 사매를 그리워하는 그 상태가 계속 유지되길 바랐던 거라구. 이뤄지면 그 상태는 사라지지. 지금 네가 느끼는 무엇처럼 말야. 그래서 영원히 이뤄지지 않기를 바라면서 이뤄지길 원하는 그런 상태를 계속 원해왔던 거지. 그리고 그 바람은 완벽하게 이뤄졌어.」

'…좋아. 계속해 봐.'

「넌 그 상태에 만족했어. 뭔가 아련하게 그리움을 느끼는 그 상태는 정말 고통스럽지만 감미롭고 아름다웠거든. 마치 밤하늘의 어둠을 바라볼 때처럼 말야.」

'……'

「사매는 괴로워했지, 널 진정으로 원했으니까. 그럼에도 넌 여러 가지 이유를 들어 그녀의 마음을 외면했어. 물론 괴롭지. 하지만 넌 그 괴로움을 정말 즐겼던 거야.」

'……'

「하지만 그 정도로는 네 욕구를 완전히 만족할 수가 없었지. 그래서 사매가 아닌 다른 여인을 찾아 나섰지.」

'훗, 화를 말하는 건가? 좋아, 계속해 봐.'

「넌 그녀에게서 여인으로서의 향기를 맡지는 못했어. 노력은 했지만 말이지. 하하핫. 넌 그녀에게서 가족의 따스함을 맛보고 싶어했어. 그녀는 널 원했지. 하지만 넌 그걸 알면서도 교묘히 빠져나갔어. 실제론 모두 알고 느끼고 있었지만 모르는 척했어. 나의 단순한 느낌일 거야, 착각일 거야라고 중얼거리면서 말이지.」

'흠… 그래? 뭐, 네가 그렇게 믿는 걸 방해하진 않겠다.'

「뭐, 말하고자 하는 요지는 네가 원하는 대로 모든 일은 이뤄졌다는 거야. 모두 너의 능력이라는 것을 말하고 싶었을 뿐이라구.」

'아무렴 어떤가? 그래, 다음은 뭐지? 화 다음에 나는 다우를 발견했고… 진정한 사랑을 찾았다 이건가?'

빛살들은 그 다음 말을 머뭇거렸다.

「그에 관해서는… 아무래도 숨겨두는 게 좋을 것 같아. 꽤 견고한 벽으로 둘러싸여져 있는 건데… 진실을 알면 넌 꽤나 충격받을 것 같거든? 우리가 바라는 것은 너의 진화다. 우린 그와 함께 진화할 수 있으니까. 그러니 네가 감당할 수 없는 무엇은 말하지 않는다.」

유검은 더 이상 말하지 말라는 듯 고개를 저었다.

키득거리며 웃고는 다우를 가슴에 끌어안았다.

그녀는 전혀 저항없이 얼굴을 가슴에 파묻는다.

유검은 그녀의 뺨을 어루만지다 가슴 깊은 곳에서 말할 수 없는 슬픔이 우러나오는 것을 느꼈다.

'말하지 않는다 해도… 내가 내 마음을 어찌 모르겠는가?'

마차 밖 저 멀리 흰 구름으로 시선을 돌리며 유검은 깊은 탄식을 토해내었다.

'내가 진정 사랑한 것은……'

유검은 쓸쓸히 웃었다.

'나 자신뿐이었음을.'

깊은 밤하늘을 막연히 바라볼 때처럼 대상을 알 수 없는 연민이 존재 깊은 곳에서 우러나왔다.

눈물이 절로 흐르고 있었다.

◆第九章
봉인(封印)

봉인(封印)

「봉인? 봉인? 봉인이라구?」

유검의 요구에 빛살들은 호들갑을 떨었다. 대체 무슨 소리지? 하는 식이었다.

'그렇다. 나의 능력을 봉인시켜 다오. 가능한가?'

「뭐, 불가능하지는 않지만…….」

도무지 이해가 안 된다는 듯 말끝을 흐리다 문득 깨달은 것처럼 밝게 소리쳤다.

「옳아! 스스로 한계를 지워서 다시 놀고 싶은 거군! 여차할 때 짠! 하고 봉인을 풀어서 스슥 적을 해치워 버린다. 그거 아냐?」

'내 마음을 모두 읽을 수 있는 건 아닌가 보군.'

그 말에 빛살들은 흠칫했다.

사람이란 본래 어떤 동기가 있어 행동을 결심하게 되는 법이다. 그리고 그 동기란 마음에 나타나기 마련이다.

그런데 유검이 스스로의 능력을 봉인한다는 커다란 결심을 이야기하는데도 빛살들은 그 동기 여부를 전혀 찾아낼 수가 없었다.

빛살들은 짐짓 타이르는 말투로 말했다.

「음… 그럼 대체 무엇 때문이지? 아무래도 잊고 있는 것 같아서 말해 주는데 말야, 넌 현재 내공조차 없다구! 능력이 봉인되고 나면 어떻게 될 것 같아? 별것 아닌 일에도 네 몸뚱이는 금방 훼손되어 버리고 말걸?」

'알고 있다. 가능한지만 말해 줘.'

빛살들은 어쩔 수 없다는 듯 승낙했다.

「…좋아. 하지만 알아둬, 언제든지 네가 선택할 경우 봉인은 바로 풀릴 거라는 것을.」

유검은 고개를 저었다.

'아니, 그럴 일은 없을 거다. 설령 어떤 대가를 치른다 할지라도.'

빛살들은 낄낄대며 웃었다.

「넌 우리의 말을 알아듣지 못했어! 잊었어? 우리가 네게 능력을 준 게 아니야. 네가 본래부터 가지고 있던 능력을 다시 기억시켜 준 것뿐이라구. 애당초 몰랐으면 몰라도 지금에 이르러 과연 잊는 게 가능할까?」

'한평생 잊고 살아왔는데, 그게 뭐 그리 어려울까.'

빛살들은 유검의 결심을 되돌리기 어려움을 알았다.

그들은 대체 유검이 왜 그런 결심을 했는지 궁금하기 그지없었다.

「대체 뭣 때문이지?」

유검은 슬픈 듯 아련한 시선을 마차 바깥으로 돌렸다.

파란 하늘 위로 떠가는 흰 구름.

항상 보아오던 구름이지만 이 순간 심금을 울릴 정도로 아름답다고 느꼈다.

'지름길은 없으니까.'

중얼거리듯 흘러나온 유검의 대답에 빛살들은 의아해했다.

「지름길? 대체 무슨 지름길?」

'산다는 것 말야.'

「……?」

마차가 목적지에 도착한 듯 멈춰 섰다.

천천히 몸을 일으키던 유검은 묵직한 자신의 체중을 느낄 수 있었다.

'약속은 지켜주는군.'

마차 밖으로 나섰다. 깊이 숨을 들이마시니 약간 차가운 공기가 상쾌하기 이를 데 없었다.

피부를 자극하는 따가운 햇살과 선뜻한 한줄기 바람에 자신의 존재를 재확인한다.

디디는 발걸음 속에 대지의 숨결을 느낀다.

평소 당연하게만 생각했던 이 모든 감각들, 얼마나 소중한가?

"자—!"

유검은 미소 띤 얼굴로 마차 밖으로 나오고 있는 다우를 향해 두 팔을 벌렸다.

다우는 이상한 듯 고개를 갸웃거렸지만 재밌겠다 싶은지 훌쩍 뛰어내렸다.

그녀를 받아 든 순간, 유검은 묵직한 신음 소리를 토해내며 비틀비틀 뒷걸음질쳐야만 했다.

지금에서야 다우가 생각보다 체중이 나간다는 사실을 깨달았다. 여태까진 솜털보다 가벼운 것으로 생각해 왔던 것이다.

"미처 몰랐군."

"뭘?"

"아, 아니다."

진실은 때로 고통스럽다. 밝히지 말아야 할 경우가 있음을 알았기에 유검은 현명하게도 얼버무렸다.

진여영은 바짝 긴장한 얼굴로 마차 밖을 두리번거리면서 조심스런 걸음걸이로 나왔다.

마차가 멈춰 선 곳은 소나무 우거진 숲 속의 장원 앞이었다.

편액에는 빛 바랜 금색으로 잠룡장(潛龍莊)이라 적혀 있었다. 강호인들은 꼭 자신들을 용으로 비유하길 좋아하는데 마교라 불리우는 일월교 역시 예외는 아닌 듯했다.

암혈객의 안내를 받아 유검은 다우, 진여영, 두충과 함께 장원 안으로 들어섰다.

장원 안은 황량했다.

공사가 덜 끝난 듯 정원수는 아예 없었고 여기저기 흙구덩이만 쌓여 있었다.

하지만 길을 따라 언덕을 넘어서자 웅장하기 그지없는 전각들이 여기저기 모습을 드러낸다.

그중 좌측의 언덕 위 전각은 그 규모가 꽤 컸다.

유검은 전각의 크기가 무당산 연무장 두 배 정도는 되어 보인다고 생각했다.

유검 일행은 그곳으로 안내되었다.

언덕 위로 나 있는 계단을 따라 올라가 보니 여태까지 걸어온 흙 길과는 전혀 딴판으로 바닥에 운남대리석이 깔려져 있었다.

거주하는 이는 얼마 되지 않는 듯 주위에 종종걸음으로 지나다니는 몇 사람 외의 인적은 없었다.

전각 입구, 여의주를 물고 승천하는 용이 새겨진 거대한 두 개의 기둥 사이를 지나 안으로 들어섰다.

전각 안에는 거대한 연무장을 연상케 하는 넓은 공간이 있었다. 주위 벽에는 각종 병장기들이 놓여져 있었다.

아무래도 실내 연무장 같다고 생각했다.

일행은 그곳을 지나 별도로 마련되어 있는 귀빈실로 안내받았다.

팔선탁자에 앉아 차를 마시고 있으려니 붉은 용으로 도배한 청색 장포를 입은 한 노인이 암혈객 등의 시중을 받으며 천천히 걸어나왔다.

노인은 사람 좋은 너털웃음을 지어 보이며 이 잠룡장을 책임지고 있는 호 장로라고 자신을 밝혔다.

호 장로는 유검을 향해 노선배에 대한 예의를 깍듯이 올리며 겸손한 태도를 취했지만 속으로는 의혹을 금치 못하고 있었다.

오랜 세월 강호의 칼밥을 먹은 능구렁이들은 나름대로 풍기는 분위기가 독특하다.

적자생존의 강호에서 살아남기 위해서는 얕보여선 곤란하고 그렇다고 적의를 드러내어서도 힘들다. 그래서 닳고 닳은, 하지만 뭔가 한칼 숨겨놓았을 듯한 그런 기묘한 분위기를 가지게 되는 것이다.

그러한 분위기만큼은 아무리 젊은 사람으로 변장했다 한들 오랜 세월 지녀온 것이기에 숨기기 힘들다.

딱 잘라 말해, 호 장로의 눈에는 유검이 강호의 노마로는 전혀 보이지 않았다.

암혈객 등에게 아무런 사전 설명을 듣지 않았다면 단순히 촉망되는 젊은 기재 정도로 보았을 것이다.

호 장로는 잠시 갈등이 일었다.

자신의 눈을 믿느냐? 아니면 수하들의 말을 믿느냐?

수하들의 말을 빌자면, 유검이 드러낸 무공의 신위는 그야말로 믿기 힘들 정도였다. 전설상의 노마인 청안신마라면 만에 하나 가능하다 쳐도 젊은 사람이 내보일 만한 능력은 절대 아니다.

그래서 호 장로는 대체 자신의 눈과 수하들의 말 중 어떤 것을 믿어야 할지 잠시 갈등이 일었던 것이다.

그런 그가 자신의 눈보다 수하들의 말을 우선적으로 믿기로 선택한 것은 마치 친척 집에 놀러 온 듯 너무도 태연자약한 유검의 태도 때문이었다.

만약 그가 거짓말을 했다면 이렇게 일월교 심장부로 뛰어든 처지에 저렇게도 태연할 수는 없다는 것이 그의 판단이었던 것이다.

게다가 그 혼자 연극을 한다 쳐도 같이 데리고 온 한 여인까지 저렇게 태연할 수는 없다고 생각했다. 또한 뒤따라온 한 남자는 머리에 이상한 진흙을 칠한 우스꽝스런 꼴이었는데 역시 두려움을 보이지 않았다.

다른 한 여인만이 긴장이 역력한 모습이었는데, 아마도 노마가 노리개로 억지로 끌고 온 탓이라 여겼다.

막상 판단을 정하고 보니 호 장로는 유검에 대해 감탄할 수밖에 없었다.

'정말로 젊은 사람으로 보이는군. 대체 어떤 수단을 썼길래… 저래 서야 스스로 밝히기 전에는 누구도 청안신마임을 알아보지 못할 것이 다.'

호 장로는 심중으로 이런저런 생각을 굴렸지만 겉으로는 사람 좋은 너털웃음을 지으며 일상사에 대해 농담을 건네고 있었다.

유검은 그런 호 장로를 유심히 관찰하고 있었는데 그가 자신의 거짓 말을 알아차리지 못하고 그대로 믿는 듯하자 내심 실소를 금치 못했다.

'마교의 앞날도 뻔하군. 이 정도의 어리숙한 변장에 잘도 속아 넘어 가니 말야.'

유검은 자신이 모든 혼란의 제공자임을 자각하지 못하고 호 장로에 대해 꽤나 박한 평가를 내렸다.

"이만 쉬어야겠소."

유검은 대화 도중 벌떡 일어나 그렇게 말했다.

일부러 거칠게 행동하는데도 호 장로는 마냥 사람 좋은 미소만 띠고 '예, 예!' 하며 비위를 맞췄다.

호화스럽기 그지없는 널찍한 목욕탕.

시중을 들려 하는 두 명의 시녀를 돌려보낸 후 유검은 홀로 욕탕에 몸을 담그고 있었다.

'난 현재 내공이 없다. 능력도 봉인되어 버렸다. 여차할 경우 난 대 처할 능력이 전혀 없다. 그런데도 왜 이렇게 전혀 긴장이 되지 않는 것 일까?'

이건 좀 곤란하다고 생각했다.

뭐가 문제일까 곰곰이 고민하며 욕탕 위로 피어오르는 수증기를 망연히 바라보고 있는데, 바깥이 소란스러워졌다.

곧 앙칼진 여인의 목소리가 들리더니 꽝! 하고 대문 닫히는 소리가 들려왔다.

수증기 사이로 두 명의 여인이 걸어왔다.

"나참… 대체 사람을 어떻게 보는 거야? 우리보고 목욕 시중이나 들라니!"

진여영은 잔뜩 화가 난 모습으로 그렇게 소리치고 있었다.

풍덩!

다우는 별말없이 그냥 옷을 입은 채로 욕탕 안으로 훌쩍 뛰어들었다.

유검은 그녀가 욕탕 안의 물줄기를 가르며 아무렇지도 않은 듯 대담하게 걸어오자 움찔했다.

슬그머니 두 다리를 웅크릴 수밖에 없었다.

다우가 오른쪽 어깨를 움켜쥐자 유검은 더듬거리며 말했다.

"자, 잠깐만! 아, 아무리 그래도… 세 명이서 함께 혼욕하는 건 아직 마음의 준비가……."

"뭔 소리야? 언니가 저렇게 싫어하잖아. 그러니까 오라버니가 빨리 나와. 설마 하니 목욕 시중을 정말로 받고 싶은 거야?"

말과 함께 끌어당긴다.

유검은 당혹스러웠다.

다우가 끌어당기는 힘이 만만치 않음을 알았다. 아무래도 자기도 모르게 내공을 실은 모양이다.

벌거벗은 채 이대로 끌려 나갈 수는 없는 노릇.

자연히 저항하려 했는데 몸 안의 뭔가가 금방이라도 경계선을 허물고 쏟아져 나올 것 같았다.

'설마 이 정도로 봉인이 풀리는가?'

내공이 없으니 근육의 힘을 한도까지 쓰는 순간 봉인이 풀리게 되는 모양이라고 직감했다.

이 순간 유검은 망설였다.

이대로 벌거벗은 채 다우에게 끌려 밖으로 나갈 수는 없다.

이렇게 부끄러운 꼴을 드러낼 수는 없다. 그러니 이번 한 번만 봉인을 풀고 우선 위기를 모면하자… 라는 생각이 스쳤다.

하지만 그런 조삼모사(朝三暮四)하는 교활함은 스스로 용납할 리 없다.

맥이 풀렸다. 유검은 저항을 완전히 포기했다.

수욱—

몸이 욕탕 위로 떠오른다. 다우가 이끄는 대로 물살을 가르며 사정없이 끌려갔다.

유검은 다우가 본래는 얼마나 우악스러운가 깨달았다.

결코 귀엽기만 한 여인은 아니었건만 강해 있을 때는 전혀 느끼지 못했던 점이다.

알지 못했던 다우의 한 면을 발견한 듯하여 기쁨이 있었지만, 그 순간은 짧았다.

벌거벗은 채 무방비 상태로 욕실 밖으로 나뒹굴다시피 나오게 되자 생전 한 번도 경험해 보지 못한 부끄러움이란 걸 느끼게 되었다.

얼굴이 자신도 모르게 벌겋게 달아올랐다.

이런 증상 역시 처음이었다.

내공이 조화를 이뤄 수승화강(水昇火降)이 완벽하게 이뤄져 있을 때
는 머리는 항상 맑을 뿐 벌겋게 달아오를 일이 없었다.

유검은 뒤늦게서야 이런 상황을 모면할 방법이 이미 있었음을 깨달
았다.

"자, 잠깐만!"

그렇게 소리 질렀지만, 물론 이미 때는 늦어 있었다.

다우는 자신이 무슨 짓을 했는지 깨닫고 화들짝 손을 거둬들인 후
빨갛게 얼굴을 물들이며 고개를 슬며시 돌렸다.

진여영은 짤막한 비명과 함께 두 손바닥으로 얼굴을 가렸는데, 벌어
진 손가락 사이로 정확히 훔쳐보고 있었다.

유검은 엉거주춤 일어나 일단 욕탕 속으로 들어갔는데, 한 가지 속
담에 대한 깨우침이 있었다.

'이런 걸 두고… 개망신이라고 하는가 보군.'

욕탕 밖으로 나온 유검은 한동안 얼굴을 구긴 채 있었다.

암혈객이 그 유치찬란했던 황금색 장포를 고스란히 재현시켜 정중
히 들고 서 있는 것을 보았기 때문이다.

일단 울며 겨자 먹기 식으로 '그것'을 입을 수밖에 없었다.

그리고 침실로 가자마자 '그것'을 벗어 던져 한천검으로 조각조각
내어버렸다.

아무래도 내일 자신의 새로운 취향에 대해 알려줘야겠다고 생각했
다.

그리고…

당연하다면 당연한 이야기지만, 다우와 진여영은 잘 곳을 찾아 자신

의 침실로 왔다.

세 남녀는 한참 동안 서로 얼굴을 마주 보며 멀뚱거렸지만, 두 여인은 침상 위에서 자고 유검은 땅바닥에 홀로 담요를 깔고 자는 것으로 낙찰을 보았다.

불을 끄고 잠을 청하면서 유검은 생각했다.

'그러고 보니… 다우와 언제 하나가 되지?'

모든 제약과 한계를 벗어났을 때 이미 태산압정 초식의 한계도 벗어나 있었다. 현재 육체적 능력에 대해서야 봉인되어 있지만, 하나로 결합하는 데 문제될 것은 없을 것이다.

유검은 이제 알 수가 있었다.

여인을 안고 싶은 욕망이 그동안 완전히 사라져 있었음을.

유검은 한동안 잃어버리고 있는 게 또 있음을 알았는데, 그것은 망상이었다.

예전에 보았던 다우의 알몸이 눈앞을 아른거렸다.

살결은 비단보다 부드러웠고 허리는 한 손으로 감싸기에도 충분할 정도로 가늘다. 안고 있는 것만으로도 더할 나위 없는 행복을 느낀다.

그런 사랑스런 존재가 바로 한 팔 거리도 되지 않는 침상 위에서 자고 있다.

당장이라도 안고 싶은 충동이 일었다.

하지만 진여영이 함께 자고 있으니 곤란하다. 참아야 한다.

그런 제약을 스스로에게 두는 순간 충동은 가라앉는 게 아니라 오히려 커져 갔다.

오로지 한마음 한뜻으로 다우를 안고 싶어졌다.

스스로 내건 가상의 제약이 마음을 괴롭히고, 이는 오히려 안고 싶은 열망을 더욱 강하게 부채질한다.

대체 욕망이 우선인지, 아니면 그런 고통을 좀 더 겪고 싶은 건지 분간할 수가 없었다.

'항상 곁에 있어서 오히려 느끼지 못했던 건가?'

소중함은 떨어져 있을 때, 제약이 가해졌을 때 비로소 알게 됨을 알았다.

유검은 웃었다.

자신이 왜 스스로에게 한계를 두고자 했는지 어느 정도 알 것 같았던 것이다.

동그란 창문 밖으로 달빛이 새어 들어오고 있었다.

새근거리는 여인들의 숨소리는 고르기 그지없다.

'잘도 자는군.'

유검은 이날 밤 뜬눈으로 보내야 했다.

"보시겠습니까?"

득의만연한 얼굴을 하고 호 장로는 그렇게 물었다.

유검은 아침 식사를 대접받고 있는 중이었는데 얼굴은 잠을 못 잔 탓으로 푸석했다.

"그러니까……."

유검은 제정신을 차리려는 듯 두 눈을 비비고 나서 다시 물었다.

"무림맹의 기재들을 감금해 두었는데, 그걸 보겠냐고 물으신 겁니까?"

갑작스런 경어, 그리고 언성은 높다.

이런 모호한 불균형은 그의 심중을 짐작하기 어렵게 만들었다.

호 장로는 조금 어색한 얼굴로 고개를 끄덕였다.

그것 재밌겠군요. 당장 보러 갑시다! 라는 의미인지 아니면 그까짓 무림맹 기재들을 이 귀하신 몸이 볼 까닭이 어디 있단 말인가? 라는 의미인지 종잡을 수 없었다.

"흠……."

유검은 턱을 쓰다듬으며 깊이 생각해 보는 듯했다.

지켜보는 호 장로는 괜히 안절부절못해졌다.

'무공교두가 되고 싶어하는 걸 봐선 아마도 제자를 찾고 싶어하는 것으로 판단했는데… 오산이었는가? 그렇다고 본 교의 기재들을 함부로 맡길 수는 없는 노릇이니 어떻게든 무림맹의 기재들 중 한 명을 선택하도록 구슬려야 한다.'

뭔가 좀 더 흥미가 일게끔 해야 한다고 판단했는데, 호 장로는 그가 호색함을 떠올리고 조심스레 말했다.

"무림맹 기재들 중에는 삼봉이라고 꽤 예쁜 계집들도 있습니다만……."

유검의 두 눈이 번쩍 뜨여졌다.

"삼봉?"

좀 전보다 더 큰 음성이었다.

호 장로는 이번에는 호의적인 것이 분명하다 판단하고 편한 웃음을 지었다.

유검은 얼굴을 심각하게 굳히고 물었다.

"혹시… 여문이라는 이름을 가진 여자는 없던가요?"

호 장로는 또다시 어색한 웃음을 지을 수밖에 없었다.

"그, 글쎄요, 자세히 살펴보진 않았는지라……."

호 장로는 내심 육두문자가 튀어나왔다.

'설마 하니 이미 찍어놓은 계집이 있다는 말인가? 젠장, 본 교에 온 까닭이 혹 그거 아냐?'

하지만 다음 유검의 질문에 안색이 변했다.

"화는?"

"예?"

"화라는 이름을 가진 계집은 없냐고 물었습니다."

호 장로는 정신이 번쩍 들었다.

'이제야 알겠다! 청안신마, 이 노마의 속셈이 뭔지 이제야 알겠어!'

그는 시침 뚝 떼고 말했다.

"화라… 글쎄요, 금시초문입니다만……."

유검은 천천히 고개를 끄덕이더니 갑자기 벌떡 일어났다.

"자, 갑시다!"

"예? 어디로 말씀입니까?"

"방금 안내해 준다고 하신 게 아니었습니까?"

호 장로는 속으로 비웃었다.

'흐흐… 설마 하니 수밀지체를 무림맹 기재들 따위와 함께 두었을까 봐? 가봤자 헛수고만 하는 거지.'

아침 식사는 중단하고 유검은 호 장로의 뒤를 따라나섰다.

다우와 진여영은 침실에서 서로 놀고 있으라 부탁해 놓은 상태였다. 많은 사람들이 함께 움직이다 보면 아무래도 허점을 드러내기 쉬울 테니까.

유람 나온 듯 전혀 긴장감없는 마교 침입 행사였지만, 어쨌든 할 일이 무엇인지 잊지는 않고 있는 유검이었다.

갑자기 복도가 시끌벅적했다.

"더 이상 참을 수 없다! 날 마부로 부리든 시종으로 취급하든 아무런 상관 하지 않겠다! 하지만 떨어져 있는 건 못 참는다! 소저는 어디 있는가!"

소리를 들어보니 두충의 목소리였다.

"무슨 문제가 있나요? 저희들의 대접에 혹……."

호 장로의 조심스런 질문에 유검은 아무것도 아니라는 듯 손사래를 쳤다.

"아, 신경 쓰실 것 없습니다. 뭐… 쓸데없이 밥만 축내는 밥충이니까요."

여차할 경우 거칠게 대해도 상관없다는 식으로 그렇게 말했다.

따지고 보면 어디서 굴러 들어왔는지도 모르는 자, 물론 오는 동안 많은 도움을 받기는 했지만 그렇다고 할 일에 방해가 되어선 곤란하다.

절대 저런 녀석에게 질투를 느껴서는 아닌 것이다.

'질투라… 흠, 아름다운 말이군.'

무슨 일이 벌어지든 말든 호 장로를 따라나섰다.

상쾌한 아침 공기를 맞으며 전각을 나섰다.

호 장로는 아무도 대동하지 않고 유검만을 데리고 장원 안으로 깊숙이 들어갔다.

장원 안쪽은 인적이 닿은 흔적이 별로 없는 원시림으로 뒤덮여 있었다.

한참을 걸어가니 폭포가 나왔다.

호 장로는 그 폭포수 안으로 걸어 들어갔는데, 폭포 절벽 안쪽으로 동굴이 나 있었다.

안쪽으로 긴 동혈이 나 있었는데, 군데군데 횃불을 걸 수 있는 걸이만 벽에 박혀 있을 뿐 인공의 흔적은 전혀 없었다.

혹시 변장을 눈치 채고 일부러 으슥한 곳으로 데려가는 것은 아닐까 하는 의심이 들 정도였다.

얼마나 걸었을까?

갑자기 철문이 나타났다.

철문 상단에 조그만 창문이 열리더니 날카로운 시선의 두 눈동자가 나타난다.

호 장로는 아무 말 없이 자신의 영패를 창문을 통해 그에게 건네주었다.

그자는 영패를 자세히 살펴보더니 다시 돌려주었다.

끼이익—

철문이 열리기 시작했다.

안으로 들어서니 영패를 확인했던 그 사내는 옆으로 물러나 조용히 눈을 감고 가부좌를 틀고 앉아 있었다.

그의 발목에는 벽과 연결된 쇠사슬이 걸려 있었다.

동혈은 계속해서 이어졌다.

조금 더 걸어가니 동혈이 갑자기 확 넓어졌다. 넓은 광장이 나타난 것이다.

들고 있는 횃불로는 그 끝이 보이지 않을 정도로 넓은 광장이었다.

또옥— 또옥—

어디선가 물방울 떨어지는 소리만이 들려올 뿐 고요하기 그지없다.

유검은 의아스러웠다.

무림맹 기재들이라면 제법 많은 인원수다. 그런 그들을 감금하고 있으려면 상당수의 간수들이 필요할 것이다.

죄수든 간수든 많은 인원수가 한데 있다 보면 소음이 없을 수 없다.

그런데 이런 고요함이라니……?

호 장로가 그런 유검의 의문을 눈치 챈 듯 미소 지으며 말했다.

"조금 특별한 방법으로 감금해 놓았는지라……."

그의 설명에 의하면 광장 주위로 일곱 개의 동혈이 더 나 있다. 기재들은 그 일곱 개의 동혈로 분산되어 있다는 것이다.

우선 첫 번째 동혈 안으로 들어섰다.

입구에 철문이 있었는데, 역시 영패를 보여줌으로써 들어갈 수 있었다.

철문은 모두 세 개나 이어졌다.

마지막 철문에 당도할 무렵 유검은 뭔가 우웅— 하는 진동 소리를 들을 수 있었다.

"이건 무슨 소리입니까?"

호 장로는 웃으며,

"가보시면 압니다."

라고 대답했다.

마지막 철문을 들어서니 안에서 희미한 청광을 볼 수 있었다. 푸르스름한 빛 속에서 태극 문양의 도포를 입은 한 사내가 웅얼웅얼 주문을 외고 있었다.

들어설 때 들은 진동 소리는 그가 외는 주문 소리였던 모양이다.

"그런데 기재들은 어디에……?"

호 장로는 웃으며 사방을 쭈욱 가리켰다.

그제야 눈치 챌 수 있었는데, 사방은 모두 관으로 꽉 차 있었다. 눕

혀진 것이 아니라 세워져 있었다.

유검은 눈앞의 관으로 다가갔다.

관에는 낡은 종이가 하나 붙여져 있었다.

하남성(河南省) 호금문(胡琴門) 십칠대 제자 음유서생(吟遊書生) 곽소심(廓素心).

유검은 혹시나 하고 관 문을 활짝 열어젖혔다.

호 장로는 미간을 찌푸렸지만 간섭하지는 않았다.

주문을 외던 도인은 두 눈을 부릅뜨며 유검을 향해 노골적인 적의를 드러내었다.

"애송이가 감히 내 일을 방해하다니!"

관 안에는 창백한 안색의 한 청년이 두 손을 가슴에 모으고 죽은 듯 서 있었다.

유검은 눈살을 찌푸리며 물었다.

"죽은 건가요?"

"설마요. 시체를 굳이 여기다 둘 필요는 없지요. 여긴 묘지가 아니 외다. 허허."

도인이 버럭 소리를 질렀다.

"호 장로! 대체 무슨 짓이오? 외인을 함부로 들이다니! 대법 시행 중 인 걸 모르시오?"

호 장로는 차갑게 안색을 굳히더니 싸늘한 음성으로 맞받아쳤다.

"이 몸이 친히 모시고 온 걸 보면 모르겠나? 그 썩은 대갈통 좀 굴리 고 살아라! 시체만 끌어안고 사는 변태 놈 같으니라구!"

호 장로의 그러한 모습은 유검에게 사람 좋은 미소를 보일 때와는 전혀 딴판이었다.

유검은 천천히 관 위에 적혀져 있는 이름들을 살피며 걸어갔다.

도인은 아끼는 장난감을 도둑맞은 어린아이처럼 연신 유검의 행적에 경계를 하고 있었다.

가장 안쪽으로 가자 낯익은 이름이 나타났다.

오룡삼봉들이었다.

혹시나 싶어 하나를 열어보니, 제갈소혜가 두 손을 얌전히 가슴팍에 모은 채 죽은 듯 잠들어 있었다.

유검은 다시 관 뚜껑을 닫았다.

'삼봉을 언급하더니… 그래서 이곳으로 먼저 들어왔나 보군.'

유검은 뒤돌아 서서 주위를 살폈다.

도인은 여전히 불만투성이의 얼굴이었고, 호 장로는 천천히 고개를 끄덕이고 있었다.

맘에 드는 물건 있으면 골라보라는 장사꾼의 얼굴이었다.

'흠, 이런 동혈이 일곱 개라……'

지키는 자들의 숫자는 몇 안 되는 듯하지만 다른 숨은 고수들이 있는지 어떤지 알 수 없다. 게다가 반드시 기관 장치도 해놓았을 것이다.

무엇보다 이들에게 어떤 대법을 시행 중인지 알 수 없다면 힘겹게 구해냈다 한들 시체로 변해 버릴지 모른다.

아무리 생각해 보아도 이들을 한꺼번에, 온전히 구해낸다는 것은 불가능해 보였다.

유검은 한숨이 나왔다.

'대체… 어쩌자고 난 아무 생각 없이 그냥 왔을까?'

이런 상황이 되어 있을 줄이야 꿈에도 몰랐으니 미리 준비했다 한들 아무런 도움이 되지 않았을 것이다.

그래도 자신의 대책없는 무모함에 새삼 한숨을 내쉬지 않을 수 없었다.

그러다 문득 자신의 잘못만은 아니라는 것을 발견했다.

'가만. 기재들을 구하는 건 본래 무림맹의 일이잖아. 난 단지 여문과 화를 찾으러 왔을 뿐이고.'

봇물 터지듯 수많은 생각들이 오가기 시작했다.

호의적인 호 장로의 태도로 보건대 여문과 삼봉을 비롯한 몇 사람 정도는 더 구해낼 수 있을지 모른다. 그것도 아주 평화스럽게.

그 정도만 해도 자기 할 일은 다 한 게 아닐까?

어차피 능력을 봉인시키지 않고 모두 발휘한다 하더라도 이들 전부를 구해낼 수는 없을 것이다.

최선을 다해 구해낼 수 있는 기재들만이라도 구해내면 그것으로 충분하지 않을까?

현실적으로 보아 그게 가장 합리적이다.

"흠……!"

팔짱을 낀 채 깊은 생각에 잠겼다가 긴 한숨과 함께 깨어났다.

"휴!"

도인은 수상쩍어 보인다는 표정이 역력했고 호 장로는 뭐 편히 골라 보시오 하는 장사꾼의 태도를 유지하고 있었다.

유검은 쓴웃음을 지은 채 고개를 절레절레 저었다.

"내가 생각해도 나 자신을 이해할 수가 없군. 불가능해 보일수록 의욕이 불타오르니 말야."

힐끔 옆을 보니 그 관에는 백몽추란 이름이 적혀 있었다.

편복도의 화산이 폭발하기 전 그녀가 보내던 애원 어린 시선이 떠올랐다.

유검은 백몽추라 적혀져 있는 관을 쓰다듬으며 내심 중얼거렸다.

'조금만 더 잠자고 있어라. 곧 구해주마.'

유검은 잠시 눈을 감고 호 장로가 자신에게 어떤 꿍꿍이를 지니고 있었는가 조용히 반추해 보았다. 그리고 그자의 심리에 맞춰 어떤 변화를 일으키면 좋을지 몇 가지 계획을 세워보았다.

미간이 깊은 고랑이 생겨났다.

긴 침묵이 이어지자 호 장로는 조금 조바심이 들었는지 선심 쓰듯 말했다.

"저… 여자 아이들은 마음에 드시는 대로 가져도 좋습니다."

유검의 두 눈이 번쩍 뜨였다.

"……?"

호 장로는 자신이 조금 실수한 것이 아닌가 하는 자책이 일었다. 일단 입 밖에 꺼낸 이상 그 이유를 설명할 수밖에 없었다.

"에… 저희들이 필요한 것은 남자 기재들인지라… 밖으로 유출시키지만 않으신다면 뭐… 허허……."

얼마든지 노리개로 가지고 놀아도 좋다는 이야기다.

"호오……!"

유검은 관심있는 얼굴로 그에게 천천히 걸어갔다.

"그거 꽤 흥미있는 말씀이군요. 그러니까 모든 여자 기재들을 원해도 된다는 말씀인가요?"

호 장로는 유검이 그렇게나 욕심 부릴 줄은 예상 못한 듯 두 눈이 동그래졌다.

"에… 음… 안 될 것은 없지만……."

도인이 버럭 화가 나 소리쳤다.

"무슨 헛소리냐! 남은 여자 기재들은 내가 활강시로 쓰기로 했잖은가! 근데……."

호 장로는 노골적으로 '눈치없는 놈' 이란 멸시를 보냈다.

"설마 하니 선배님께서 본 교의 재산을 함부로 훼손시키겠는가? 데리고 놀다 싫증나면 주실 테니 기다리면 되지 않은가?"

준다고 하더니 이젠 교의 재산이라며 소유물 취급이다.

여자 기재들을 가지는 것은 좋지만 빚을 진다는 사실을 명심하라는 간접 충고였다.

유검이야 구해내면 끝이니 그런 숨은 의미 따윈 아무래도 상관없었다.

유검은 갑자기 호탕하게 웃으며 말했다.

"하하하! 귀 교의 호의는 참으로 감당할 수 없구려. 이 은혜는 견마지로를 다해 귀 교에 충심을 보이는 것으로 대신하리다!"

진짜 청안신마라면 이런 식으로 자신을 옭아매는 약속은 절대 하지 않을 것이다.

하지만 의심하지 못하는 호 장로의 입장에선 유검의 그와 같은 발언은 그야말로 가뭄 속의 단비처럼 귀가 번쩍 뜨이는 이야기가 아닐 수 없었다.

대단한 고수를 교에 귀속시킬 경우 그 공덕은 이루 말할 수 없이 크리라는 생각에 입이 귀에 걸렸다.

효과는 당장 나타났다.

"좋습니다. 혹, 교주님의 문책이 있을 경우 제가 모든 책임을 지기로 하지요. 여자 아이들을 몽땅 선배님께 드리겠습니다! 하하하!"

푸르스름한 음침한 분위기 속에 흥겨움이 흘러넘쳤고 도인은 울상을 지었다.

유검도 함께 웃다가 갑자기 안색을 굳혔다.

꽝!

주먹으로 관을 내려쳤다. 그리고 백몽추의 관을 활짝 펼쳐 보이며 소리쳤다.

"하지만 이런 상태에선 무슨 재미를 느끼겠소? 시체를 끌어안고 자는 취미는 없소이다!"

호 장로는 깜짝 놀란 듯했으나 곧 유검이 무슨 말을 하는지 깨닫고 미소 지었다.

"허허, 염려 마십시오! 남자 기재들의 경우야 양기(陽氣)를 모두 한 곳으로 모으기 위해 대법을 펼치고 있는 중이지만, 여자 아이들은 단지 가사 상태에 빠져 있을 뿐입니다. 해독약을 먹이거나 간단히 전중혈에 진기를 불어넣기만 해도 깨어납니다."

"남자 기재들은?"

"그건… 에… 대법을 풀기는 간단치 않습니다만… 한 명 정도라면… 어떻게든……."

유검은 더 이상 욕심을 부리지는 않았다.

"좋소, 아주 좋소!"

고개를 크게 끄덕이곤 당장 요구했다.

"그렇다면 일곱 동혈에 나눠져 있는 모든 계집아이들을 내 방으로 옮겨주시오! 해독약도 함께!"

호 장로의 눈이 휘둥그레졌다.

"음… 모두요? 그러니까 지금 모두……."

"그렇소. 모두! 지금 당장!"

호 장로는 유검의 취향이 굉장하다며 감탄해야 할지 아니면 변태스럽다고 해야 할지 조금 난감한 기분이었다.

하지만 이왕 들어주기로 한 것 기분 좋게! 라는 장사꾼처럼 사람 좋은 미소를 지으며 요청을 승낙했다.

"하지만 모두 가려내어 옮기려면 시간이 조금 걸립니다. 아마 오늘 저녁 무렵에는 끝날 것이니 조금 참고 기다려 주시면……."

철컹!

이때 누군가 철문을 황급히 열고 황급히 들어왔다.

그는 호 장로 곁으로 다가가더니 귓가에 대고 소곤소곤거렸다.

미소 짓고 있던 호 장로의 얼굴이 서서히 굳어져 갔다.

호 장로가 고개를 끄덕이자 사내는 종종걸음으로 뒤로 물러났다.

조금 전까지만 해도 화기애애하기 그지없던 분위기가 돌연 차갑게 내려앉았다.

호 장로는 의심 가득한 시선으로 유검을 훑어보며 입을 열었다.

"여쭐 말씀이 있습니다만……."

유검은 뭔가 일이 틀어졌음을 직감했다.

"선배께서 데리고 있던 시종이 전각 기둥 두 개를 부숴뜨렸다는군요. 에… 그리고……."

"그리고?"

"황산에서 진! 짜! 청안신마의 종적이 발견되었다고 합니다."

진짜! 라는 말에 특히 힘을 주었다.

해명을 바라는 그의 태도에 유검은 뭐라고 대꾸해 줄까 하다 변명하는 것은 그만두기로 했다.

역시 변명은 익숙하지 않았다.

어깨에 잔뜩 들어간 힘이 쫘악 풀렸다.

"쳇, 어쩐지 일이 너무 잘 풀린다 했지."

투덜투덜거리다 가슴을 쫙 펴고 말했다.

"좋소. 나는 청안신마 따위가 아니오. 나로 말씀드릴 것 같으면……."

당당히 유검임을 밝히고 한바탕 싸울 준비를 하다가 스스로 능력을 봉인시켰음을 깨달았다.

유검은 갑자기 앙천광소를 터뜨렸다.

"으하하하하핫!"

물론 허세였다.

마구 달리기 시작했다.

그러면서 관을 마구잡이로 끌어당겨 쓰러뜨렸다.

꽈당! 꽝! 하는 소리가 요란했다.

호 장로는 분노에 차 부르짖었다.

"저놈을 잡아라!"

그 순간 호 장로는 암혈객 등에게서 보고받은 그의 무공 수위를 떠올렸다.

명을 받아 움직이는 사내를 다시 황급히 불러 세웠다.

그리고 옆에서 멸시의 눈빛을 보내고 있는 도인과 함께 황급히 철문을 빠져나갔다.

아직까진 허세가 먹히고 있었다.

유검이 어리둥절해하는데 철문 밖에서 호 장로가 엄포를 놓았다.

"귀하가 누군지는 모르나 여기서 빠져나가는 일은 쉽지 않을 것이외다!"

"왜 그렇소?"

"우선 억지로 이 철문을 열 경우 이 동혈은 화약에 의해 폭파되도록 되어 있소. 그 외에도… 더 이상 설명은 않겠소. 그러니 함부로 이 철문을 공격하는 일은 없도록 하는 게 좋을 것이오."

"흠, 내가 공격하면 그대들도 함께 묻히겠구려? 그렇지 않소?"

"하지만 귀하 역시 무사하지 못할 것이오."

창—

유검은 한천검을 뽑아 들었다.

"좋소. 시험해 보면 알 일이지."

위이잉—

한바탕 검신을 휘둘러 보이고선 바닥에서 조그만 돌멩이 하나를 집어 철문을 향해 던졌다.

깡!

돌멩이가 철문을 두들기자 요란한 발걸음 소리와 함께 인기척이 멀어져 갔다. 정말로 공격하는 줄 알고 도망치는 것 같았다.

유검은 그 자리에 털썩 주저앉았다.

천장을 멍하니 바라보다 자문했다.

'난 대체 뭘 하고 있는 걸까?'

다우와 진여영의 일도 걱정이 되었다.

이것은 참으로 이율배반적인 갈등을 일으켰다.

만약 봉인을 푼다면 지금이라도 당장 이 자리를 벗어나 다우와 진여영을 구해낼 수 있을 것이다.

하지만 봉인을 풀기는 싫다.

단지 자신의 힘으로 이러한 난관을 풀어내고 싶었다.

유검은 자조의 웃음을 지었다.

'결국 나는 나 자신의 일밖에 생각하지 않는 건가? 다우가 어찌 되든 상관 않을 정도로?'

물론 이성적으로 생각해 보면 다우를 그리 걱정 않는 이유는 있었다.

우선 풍환이 지키고 있을 것이고, 둘째로 두충이 힘이 되어줄 것이다. 두충에게 기이한 능력이 있음은 이미 파악하고 있었다.

문제는 진여영인데… 사실 값어치로 따지자면야 그녀 하나보다는 여기 기재들이 더 중하지 않겠는가?

능력을 발휘해 이곳을 빠져나가고 나면 그녀야 안전하게 구해낸다 하더라도 이곳의 기재들은 어떡하는가?

답이 없는 선택들, 가능성들이었다.

보통 어릴 적 부모는 애기한테 아주 어려운 선택을 강요하는 훈련을 하곤 한다.

엄마가 좋아? 아빠가 좋아?

하지만 유검은 자라나며 뭔가 갈등할 일들이 없었다. 아주 순수한 마음으로 오직 검 하나에 매달렸던 것이다.

어릴 적 일들이 주마등처럼 떠올랐다.

생각해 보면 그때가 가장 행복했던 것 같다.

무공이 고강해진 뒤로는 진정한 행복을 맛본 적이 드물었던 것 같았다.

능력이 커질수록 책임감이 커진다.

이 정도의 능력이 있으니 세상을 위해, 강호를 위해 뭔가 해야 하지 않을까 하는 막연한 책임감이 있었다.

어쩌면 스스로 능력을 봉인시키려 한 까닭은 그러한 무한책임감에서 벗어나고 싶었는지도 모른다.

대체 강호의 평화란 무엇인가?

자신이 왜 그걸 신경 써야만 하는가?

여문을 구해내고 여력이 된다면 몇 명 정도 더 구해내어 다우와 함께 이곳을 떠나 버리는 게 가장 속 편할 것이다. 나머지 사람들이야 죽든 말든 무슨 상관이란 말인가? 각자의 운명대로 흘러갈 텐데.

문득 한 가지 일이 떠올라 유검은 자조할 수밖에 없었다.

'나란 인간은… 죄책감과는 담을 쌓았군.'

낙양을 두 조각 내고도… 아마 많은 사람들이 죽었을 것이다. 그런데도 자신은 아무리 노력해도 죄책감이 일지 않았다.

설령 여기 기재들은 물론 다우가 죽는다 하더라도, 자신의 목숨이 날아간다 하더라도 전혀 슬플 것 같지 않았다.

평온… 마음속엔 항상 평온함뿐이다.

괴롭고 싶어도 도무지 괴로울 마음이 없었다.

유검은 문득 커다란 의혹이 일었다.

'난… 어쩌면 대마두가 되어야 할 운명이 아니었을까? 괜히 무당산에서 협객이 되어야 한다고 세뇌당해 온 바람에 여태까지 위선에 가득한 행동만 해온 게 아니었을까?'

뭔가 어정쩡하다.

지금 자신의 행동만 보아도 그렇다.

목숨을 바쳐서라도 강호의 대의를 위하려는 협객의 모습도 아니요,

그렇다고 일신의 사리사욕만 챙기는 사파 무리의 모습도 아니다.

이것도 저것도 아닌 것이다.

단지 기분 내키는 대로, 스스로를 위해서만 움직이다가 괜히 협객 흉내를 내보고 싶어 이리저리 날뛰는 망둥이일 뿐인 것이다.

사랑하는 사람 하나 지키지 못하고 아무것도 못한 채…….

유검은 또다시 웃을 수밖에 없었다.

이 정도 자기 비하면 좀 괴로워져야 정상이 아닌가?

문득 한 가지 생각이 떠올랐다.

'차라리… 좀 더 나쁜 놈이 되어보면 어떨까?'

그 생각은 참으로 매력적이었다.

좀 더 실수도 많이 하고, 좀 더 나쁜 짓도 행하며…….

'쳇, 그건 어릴 때의 모습이잖아.'

그러고 보면 결국 그때가 가장 행복했다는 걸까?

초월의 상태에서 경험하는 괴로움을 느낄 수 없는 괴로움, 분명 이게 행복한 것 같지는 않다.

긴 침묵 후 유검은 길게 한숨을 내쉬며 중얼거렸다.

"좋다. 역시 난 나밖에 모르는 나쁜 놈이다. 인정해."

인정하는 순간 가슴 깊은 곳에서 간질간질 웃음이 번져 올랐다. 종내 그것은 앙천광소로 변해갔다.

"으하하하하핫—!"

◆第十章
나쁜 놈

한참을 웃다가 유검은 자리에서 일어났다.

"뒷일 따위 어떻게 되든 내가 알게 뭔가? 젠장!"

욕을 내뱉으며 주위를 두리번거리다 백몽추의 관으로 갔다.

관 뚜껑을 여니 백몽추가 두 손을 가슴에 모은 채 잠들어 있었다. 푸르스름한 불빛에 비춰져 괴이스럽게 보이긴 했지만 예쁜 것만은 사실이었다.

"어차피 나쁜 놈인데, 조금 더 나쁜 짓을 해봤자 그게 그거지. 난 낙양도 쪼갠 놈이라구!"

유검은 백몽추를 향해 포권을 취했다.

"그런 이유로… 실례 좀 하겠소, 소저!"

그리고는 관 안으로 들어갔다.

백몽추 뒤에 자리 잡고는 관 뚜껑을 조심스레 닫았다.

잠들어 있어도 여인의 향기는 여전하다.

유검은 그녀를 깨울까 하다가 그만두기로 했다. 뒤에서 그녀를 껴안은 자세다. 이 상태에서 깨워봤자 색마 소리밖에 더 듣겠는가?

"무슨 일이 있거든 날 깨워주구려."

그렇게 일러두고는 한바탕 잠이나 자려고 했다.

'가만… 난 나쁜 놈인데, 이런 기회에 득을 보지 않으면 이상하지?'

오른손을 위로 뻗어 그녀의 가슴을 어루만졌다.

부드러운 느낌, 기분이 꽤 좋았다.

역시 사람들이 나쁜 짓을 하는 것은 이유가 있다는 것을 알았다.

부드러운 그녀의 가슴을 만지작거리다 유검은 갑자기 마음이 뭉클해짐을 느꼈다.

아련한 기억 속에 과연 느껴보았는지 어떤지 의심스러운 어머니에 대한 그리움이 일었던 것이다.

어머니라니?

머리가 굵어진 이후로는 한 번도 떠올려 보지 못한 그 이름이 왜 지금 튀어나온단 말인가?

괜히 눈시울이 뜨거워졌다.

그리움 속에 깃든 괴로움을 느꼈다.

괴롭지만… 행복했다.

유검은 투덜거렸다.

'역시… 나쁜 짓은 하고 볼 일이군.'

어젯밤 잠을 못 잔 탓인지 바로 깊은 잠으로 빠져들 수 있었다.

그의 입가에는 행복해 보이는 미소가 걸려 있었다.

얼마나 시간이 지났을까?

잠에서 깨어났을 때 유검은 귓가로 웅성웅성거리는 소리를 들을 수 있었다.

"빨리빨리 움직여!"

누군가 그렇게 소리쳤다.

덜컹!

자신이 누워 있는 관이 옆으로 눕혀졌다.

"제길, 이건 왜 이리 무거워?"

"흐… 어젯밤 무리한 모양이군. 이까짓 게 뭐가 무겁다고 그래?"

흔들흔들.

유검은 자신이 누워 있는 관이 어디론가 옮겨지고 있음을 알았다.

무슨 일일까 궁금해하는데 익숙한 음성이 들렸다.

"그자는 대체 어디로 사라졌을까? 그참 귀신이 곡할 노릇이군."

호 장로의 음성이었다.

굵은 음성이 뒤를 이었다.

"혹시 이 관들 속에 숨어 있는 건 아닐까요?"

유검도 그 점이 궁금했다.

자신이 사라졌다면 가장 의심스런 것이 관일 것이다. 그런데 왜 뒤져 보지 않는 것일까?

호 장로는 혀를 찼다.

"멍청한 놈! 생각해 봐라. 첫째, 그 정도 무공을 지닌 자라면 분명 무림맹의 이름 모를 고수거나 혹은 반로환동한 은거기인일 것이다. 그런 자가 자신의 신분과 체면도 생각 않고 이런 관 속에 숨어들겠느냐? 차라리 검을 빼 들고 싸우다 죽기를 택하지, 그런 치욕은 겪으려 하지 않을 것이다."

유검은 내심 중얼거렸다.

'그건 모두 노인장 생각일 뿐이야.'

호 장로는 더욱 언성을 높였다. 자신의 판단에 확신을 가지는 듯한 음성이었다.

"둘째, 너도 상식이 있다면 생각해 봐라. 본 교의 고수들이 이곳으로 우르르 몰려올 게 뻔한데, 나 잡아줍쇼 하고 관에 숨어들어? 어느 멍청 이가 그런 짓을 하겠느냐?"

유검은 이맛살을 찌푸렸다.

'난… 나쁜 놈에 멍청하기까지 한가?'

호 장로의 음성은 이어지고 있었다.

"그자는 이형환위(移形換位) 이상의 경공술을 익힌 고수다. 우리가 아무리 조심했다 한들, 들어서는 순간 그자는 이미 빠져나갔을지 모른 다. 우리가 전혀 눈치 채지도 못하게 말이다. 휘익— 하고!"

유검은 곰곰이 생각해 봤다.

'그건 그렇군. 본래의 능력을 발휘한다면 어쩌면 가능하겠다.'

호 장로의 자상한 설명에도 불구하고 사내는 미적미적거리듯 반문 하고 있었다.

"그래도 일단 헛수고하는 셈치고 뒤져 보면……."

호 장로가 버럭 소릴 질렀다.

"헛수고인 줄 알면서 왜 하나! 빨리 옮기기나 해!"

음성이 점점 작아져 갔다. 어디론가 옮겨지고 있는 게 분명했다.

관이 덜컹거릴 때마다 가사 상태에 빠져 누워 있는 백몽추의 몸이 전신을 압박해 왔다.

유검은 그녀를 안 깨우길 잘했다고 생각했다.

깨어 있었더라면 순결이 더럽혀졌네 어쩌네 하며 난리를 피웠을지 모르니까.

문득 자신의 오른손이 여전히 그녀의 가슴 부위에 얹혀져 있는 것을 자각했다. 난감한 기분에 조금 아래로 움직이다 생각을 고쳐 먹었다.

'좀 더 많이 실수하고 나쁜 짓도 해보자고 결심한 게 언젠데… 그래, 이건 실수니까 괜찮아. 나중에 다우가 혹시 눈치 채면 그렇게 말하자.'

웅성웅성하는 소리가 커져 가는 것을 보면 제법 많은 사람들이 움직이고 있는 것 같았다.

관은 동혈을 빠져나가는 것 같았다.

잠시 후 덜컹 하며 어떤 곳에 놓여짐을 알았다.

주위에 인기척이 약해지자 대체 여기가 어딘지 궁금해졌다.

삐이걱.

관 뚜껑을 조금 열어 바깥을 훔쳐보았다.

백몽추의 긴 머리카락이 얼굴을 가리고 있었기에 바깥을 훔쳐보는데 애를 먹어야 했다.

도착한 곳은 광장이었다.

자신이 있는 곳 주위로 꽤 많은 숫자의 관들이 놓여져 있었고 몇 명의 무사들이 보초를 서고 있었다. 그리고 청색 무복을 입은 무사들이 부지런히 관을 이곳으로 옮기고 있었다.

이때 버럭 고함 소리가 터졌다.

"뭐 하나! 계집들은 이곳으로 모으라고 했잖아!"

음성은 바로 옆에서 들리고 있었다.

방향은 관 뚜껑을 연 반대쪽.

유검은 움찔하며 조심조심해서 다시 관 뚜껑을 원래대로 닫았다.

'음… 나의 이목을 속이다니 제법 고수인가 보군.'

자신이 현재 내공도 없는 처지임을 망각하고 그렇게 중얼거렸다.

유검은 문득 의문이 일었다.

'무림맹 기재들은 현재 일곱 개의 동혈에 나뉘어져 있다고 했는데 광장으로 다시 모으는 이유가 뭘까?'

어쨌든 잠시 이대로 기다려 보자고 마음먹었다.

사태를 충분히 파악하고 나서… 라고 생각한 순간, 갑자기 관 뚜껑이 확— 열렸다.

유검은 두 눈을 동그랗게 떴다.

'이런, 들켰나?'

하지만 시야가 제한된 관 안에서 보이는 것은 어둠에 싸인 광장의 천장뿐이었다. 관 뚜껑을 연 사람의 얼굴은 보이지 않았다.

덜컹덜컹하며 관 뚜껑 여는 소리는 이어지고 있었다.

관 모서리 위로 장화가 내려앉았다.

분명 관 뚜껑을 걷어낸 장본인의 발일 것이라 직감했다. 아마도 조금 전에 고함을 지른 그자이기도 할 것이다.

"시간이 없다! 해독약을 관 위로 뿌려라! 산공독(散功毒)도 더 뿌려 둬!"

얼굴 위로 뿌연 물안개 같은 게 내려앉았다.

맛을 보니 시큼털털했다.

'어쨌거나… 들키는 건 시간문제겠군.'

백몽추 뒤에 몸을 숨기고 있다고는 하지만 관 뚜껑이 열려진 이상 누군가 들여다보는 순간 바로 들통나고 말 것이다. 상식적으로 생각해 봐도 백몽추의 몸보다는 자신의 덩치가 훨씬 더 크지 않은가.

들켰을 경우에 어떡할까 생각했는데,

"으음……."

백몽추가 신음 소리를 흘리며 몸을 움찔거린다. 깨어나고 있는 것이다.

유검은 그제야 그들이 말한 해독약이라는 말의 의미를 좀 더 숙고해 보지 않은 실수를 저질렀음을 깨달았다.

"여, 여기는……!"

고함 소리가 지척에서 터져 나온다.

"어서어서 끌어내!"

장화의 장본인은 아직 유검을 발견치 못했다. 지시하느라 너무도 바쁜 모양이었다.

이때 덜컹 물건을 떨어뜨리는 소리가 났다.

"제기랄, 조심해서 옮기라고 했잖아! 이 밥통아! 그게 화약이라고 몇 번을 말해야 알아듣나!"

백몽추는 몸을 일으키려다 뭔가 이상한 것을 느꼈다. 자기 몸 아래 다른 사람이 있는 것을 감지한 것이다.

"누, 누구……?"

"에… 그게 중요할까요?"

유검은 또 하나 자신의 실수를 깨달았다. 여전히 그녀의 가슴 부위에 손을 얹어두고 있었던 것이다.

"아, 이, 이건 오해……!"

막대한 오해의 소지에 대해 한마디 하려다 오해할 만한 건덕지는 전혀 없음을 알았다.

그녀는 급격히 숨을 크게 들이쉬고 있었다.

유검은 그녀의 몸 움직임을 통해 날카로운 비명을 지르려 하고 있음을 직감했다.

'이럴 때 좀 더 나쁜 놈이 되려면 어떡해야 할까?'

당연히 혼자 살겠다고 내빼는 것이리라.

한 가닥, 모든 기재들을 구해내겠다는 마음을 계속 가지고 있었는데, 그것도 포기하기로 했다.

하지만 세상에 쉬운 일은 없는 법, 나쁜 짓 역시 마찬가지다.

백몽추가 날카로운 비명을 지르는 것과 유검이 빙글 그녀를 안고 몸을 뒤집으며 일어나려는 것과 날카로운 안광을 뿜어내는 감독관이 변화를 감지한 것은 동시였다.

"끼아아아악─!"

"엇차, 좀 덜 시끄러우면 좋으련만."

"어라? 네놈은 누구냐!"

유검은 불쑥 나와 관 모서리에 엉덩이를 걸치고 앉았다.

감독관은 난데없는 사태에 놀라 엉거주춤 뒤로 물러섰다. 하지만 곧 자신의 실책을 깨닫고 수하들을 불러 모았다.

유검은 그들을 둘러보며 혼자 도망치는 나쁜 짓은 하기 힘듦을 알았다.

백몽추는 반쯤 몸을 일으킨 상태였는데, 비명 소리가 끊이지를 않았다.

"휴, 조금 조용히 할 수 없을까요? 귀가 따갑군요."

정중한 요청은 받아들여지지 않았다.

방금 가사 상태에서 깨어나고, 게다가 산공독에 중독된 몸으로 저렇게까지 비명을 지를 수 있다니, 인간의 능력에 새삼 경외심이 들었다.

감독관이 와락 얼굴을 구기며 유검을 향해 소리쳤다.

"넌 누구야! 누군데 감히 여기서……!"

"나?"

이름을 묻는 것일까? 아니, 아마도 정체를 묻고자 하는 것이리라.

'가르쳐 준다면 나쁜 놈이라 불릴 자격이 없지.'

우르르 사람들이 몰려들고 있었다.

유검은 문득 한 가지 의문이 일었다.

'저자들은 나쁜 놈일까, 아니면 착한 녀석들일까? 아마도 나쁜 놈들 같은데… 그렇다면 같은 편인가? 그럼 싸울 이유가 없잖아.'

"끼아아아악—!"

백몽추는 여전히 비명으로 자신의 존재를 끊임없이 자각시키고 있었다.

그녀를 동정해 줄 만한 사람은 오직 비명을 지르게 만든 장본인인 유검뿐이라는 사실을 아직도 깨닫지 못하고 있었다.

어둠 속에서 횃불을 들고 자신을 쏘아보고 있는 사람들을 둘러보다 유검은 한 가지 깨달음을 얻었다.

'그렇군. 나쁜 짓은 혼자 하는 거다. 무리를 짓는 순간 그건 진짜가 아니야. 그냥 남의 말을 듣고 움직이는 꼭두각시에 불과해. 진짜 나쁜 짓은… 우두머리라야 가능하군.'

유검은 그제야 사람들이 왜 그토록 권력을 바라는지 조금은 이해가 갔다.

'그래서 사람들은 우두머리가 되려고 하는 걸까? 마음대로 나쁜 짓을 할 수가 있으니까?

하지만 그와 같은 짓은 좀 웃긴다고 생각했다.

수하들을 거느리는 순간 그건 또 하나의 제약이 되고 만다는 사실을 모르는 걸까? 나쁜 짓은 어디까지나 혼자서 하는 게 가장 속 편한 것이다.

문득 유검은 커다란 의문이 들었다.

'근데 나쁜 짓이란 게 대체 어떤 걸 말하는 거지?'

아무리 생각해 보아도 뚜렷한 구분이 없는 것 같았다.

예로 들어 눈앞의 백몽추 경우만 보아도 그렇다.

만약 그녀와 서로 사랑하는 사이였다면 그 정도 행위는 전혀 문제가 되지 않았을 것이다. 하지만 모르는 낯선 사람이라는 제약을 만드는 순간 그것은 예의에 어긋난 짓이 되고 나쁜 짓이 되고 만다.

강호를 돌아다니다 똑같이 사람을 죽여도 상대가 죽일 놈이면 그건 협행이 되고, 무고한 사람이면 그건 살인이 된다.

행위 자체가 나쁘고 그른 구분이 있는 것은 아닌 듯했다.

유검은 세상의 선악을 구분할 생각은 없었다.

단지 나쁜 짓을 하면 마음이 괴로우면서 한편으론 편해진다는 것을 느꼈다. 초월의 상태에서는 절대 느끼지 못하는 무엇이었다.

유검은 이제 나쁜 짓에 대해 새로이 정의했다.

나쁜 짓이란 일부러 제약을 만들고, 그것을 풀어가는 과정을 즐기는 놀이다.

근데 그걸 알려면 무엇을 기준으로 삼아야 할까?

유검은 곰곰이 생각하다 그 기준을 자신의 기분에 두기로 했다.

스스로 마음의 제약을 만들고, 도전하고, 그것을 풀어 나가는 것…
그게 완벽한 나쁜 놈이다라는 결론에 이르렀다.

정의를 내리고 나니 뭐가 뭔지 알 수 없을 정도로 이상하게 변해 버
렸지만 나름대로 만족했다.

자신의 이와 같은 생각들이 상당히 위험할 수 있음을 자각했지만,
그것은 모험을 즐기는 것처럼 짜릿함을 가져다 주었다.

애당초 나쁜 놈이 되기로 결심했기에 위험하다 해서 그만둘 생각은
없었다.

돌이켜 반추해 보면, 아버지는 마교의 교주였다. 오랜 세월 몸담아
왔던 무당파에서는 파문당했다.

이제 와서 나쁜 놈이 된다 한들 하등 이상해 보일 까닭이 없다.

'제약이라……'

스스로의 능력을 봉인시킨 채 무림맹 기재들을 핑계로 일월교 본거
지로 와서 소동을 일으켰다. 그리고 이제 뭐가 어떻게 될지 모른다.

이 정도면 제법 그럴듯하다고 생각했다.

능력을 발휘해 기재들을 몽땅 구해낸다면 그건 협객이다.

만약 관조하듯 그냥 지켜보기만 한다면 그건 도인이다.

능력이 있는데도 일부러 봉인시키고, 곤란한 체하며 이 상황을 즐긴
다면… 그건 진짜 나쁜 놈이다.

유검은 만족했다.

포위는 이뤄졌다. 그 속에서 호 장로가 천천히 걸어나왔다.

그는 알 수 없다는 표정으로 얼굴을 찡그리며 유검에게 물었다.

"무엇을 바라시오?"

"아무것도."

"무림맹의 사주를 받았소이까?"

"글쎄올시다."

"꼭 싸워야만 하겠소? 각하의 능력을 의심하는 것은 아니지만 기재들을 구해낼 수는 없소. 이미 만 근의 화약을 가져다 놓았고 여차할 경우 그것을 터뜨려 버릴 것이오. 바라건대 조용히 물러남이 어떠시오?"

유검은 눈살을 찌푸렸다.

본래 혼자 도망칠 궁리를 하고 있었는데 그렇게 하면 어떻겠냐고 제의를 하다니.

유검은 고개를 저었다.

"그건 싫군요."

호 장로의 호탕하게 웃었다.

"귀하의 협심에 감탄을 금할 길 없구려. 결국 타인에 불과한 이들을 위해 자신의 생명을 걸다니!"

그의 뜻대로 순순히 물러나는 게 싫다는 말을 호 장로는 반드시 무림맹의 기재를 구해내겠다는 의미로 받아들인 모양이다.

백몽추는 비명을 그쳤는데, 뭔가 분위기가 심상치 않음을 눈치 챈 것이다.

여자 기재들은 하나둘 깨어났다. 대략 모두 이십여 명에 달했는데 무인답게 백몽추처럼 비명을 지르거나 하지는 않았다.

유검은 그녀들을 살펴보았는데 짐작한 바대로 여문의 모습은 보이지 않았다. 여문은 별도의 목적을 가지고 편복도로 왔었다. 그러니 기재들 무리에 섞여 있을 리가 없다.

백몽추는 조심스레 유검을 향해 물었다.

"우릴… 구해주러 온 거예요?"

유검은 그녀의 마음을 짐작하곤 웃었다.

오가는 대화를 듣고 자신을 자기 편이라 짐작한 것 같았다. 그래서 변명을 하지 않았음에도, 조금 전의 일도 '자신들을 구해내려는 과정상 발생한 어쩔 수 없는 사건'으로 지레 납득한 듯했다.

"날 자세히 봐요. 날 모르겠습니까?"

대게 여자들은 초면의 남자 얼굴을 자세히 바라보려 하지 않는다.

그녀는 유검의 말에 다시 고개를 들어 횃불에 비친 얼굴을 자세히 살폈다.

순간 그녀의 두 눈이 크게 떠졌다.

"아! 교두님! 아, 아니, 사부님!"

그녀의 말에 경계의 눈빛으로 주위를 돌아보던 여자 기재들이 우르르 이곳으로 모여들기 시작했다.

그녀들 중 유검을 알아보는 이도 있었고 모르는 이도 있었지만 한결같이 구원을 염원했다.

"우릴 구해주세요!"

"제발… 집에 가고 싶어요!"

"엄마가 보고 싶어요. 흑흑……."

한 명이 울기 시작하자 다른 여인들도 따라 울기 시작했다. 강력한 전염성을 지닌 울음 덕분에 주위는 졸지에 울음바다가 되고 말았다.

그녀들 중 제갈소혜가 가장 침착했는데, 주위를 둘러보곤 유검을 향해 물었다.

"우릴 구해낼 방도라도 있나요?"

유검은 그런 그녀의 태도가 마음에 들었기에 대답해 주었다.

"여차할 경우 나 혼자는 도망칠 수 있지요. 여기는 불바다가 되고 말겠지만."

"그럼 아무런 대책도 없이 우릴 구하러 왔단 말인가요?"

유검은 웃기만 할 뿐 긍정도 부정도 하지 않았다.

대책이 없다는 것은 옳다. 하지만 구하러 왔다는 것은 이제 더 이상 진실이 아니다.

초영영이 사방을 향해 날카롭게 소리쳤다.

"울지 마!"

급격한 고개 돌림에 그녀의 단발머리가 찰랑거린다.

초영영은 유검이 자신들에게 그리 호의적이지 않다는 사실을 알아낸 듯 바라보는 눈초리가 날카로웠다.

백몽추는 슬픈 눈으로 유검을 마냥 바라보고 있었다.

"아직도 날 믿고 있습니까?"

유검이 웃으며 묻자 그녀는 고개를 끄덕이다가 곧 도리도리 저었다.

그녀가 말했다.

"믿는다는 건 의심이 있을 때 쓰는 말이에요."

유검은 미간을 찌푸렸다.

'그럼 의심이 없다는 거군. 무슨 의심이 없다는 걸까?'

곧 자신에 대한 깊은 신뢰의 다른 표현이었음을 깨달았다.

유검은 다시 웃음이 나왔다.

'나 자신도 내가 무엇을 할지 모르는데, 저 여인은 오히려 날 신뢰한다고 하는구나.'

호 장로는 무슨 이유에서인지 공격 명령도 없이 다만 지켜보기만 하고 있었다. 어차피 주도권을 쥐고 있는 마당에 유검이 현실을 자각하고 순순히 승복하기를 기다리고 있는지도 모른다.

제갈소혜가 차분한 어조로 유검에게 물었다.

"아시다시피 우린 산공독에 중독되어 있어요. 해독약을 구해줄 수 있나요?"

"해독약이 어딨는지 알면 고려해 볼 수 있지요."

"그럼 일단 우리를 안전한 곳으로 옮겨줄 수 있나요? 편복도에서 그대가 보인 능력을 아직도 기억하고 있어요. 그 정도는 어렵지 않을 것 같은데요?"

"남자 기재들은 어떡하죠? 설령 그들을 구해낸다 하더라도 대법을 풀지 못하면……."

"지금 왜 그들을 걱정해야 하죠? 일단 우리부터 살아야 하지 않나요?"

"흠… 그렇군요."

역시 똑똑한 여인이라 생각했다.

이때 누군가 다른 여인이 소리쳤다.

"안 돼요! 우리만 살고자 할 순 없어요!"

다른 여인이 코웃음을 쳤다.

"왜 안 되지? 네 낭군 때문이야? 그건 너 혼자 남아서 해결하라구. 괜히 우리까지 끌어들이지 말구!"

여인들은 두 파로 나뉘어 서로 옥신각신 말다툼을 하기 시작했다. 남아서 남자 기재들을 구해내자는 쪽은 소수였다.

유검은 고개를 갸웃거릴 수밖에 없었는데 여길 빠져나갈 수 없다는 가능성은 조금도 고려하지 않는 듯싶어서였다.

아마도 다들 자신을 믿기 때문일 것이라는 짐작에 이르자 유검은 어이가 없었다.

'나쁜 놈은 반드시 사람들의 기대를 배신하는 법이지.'

유검은 천천히 몸을 일으켰다.

그녀들을 향해 포권을 취하며 말했다.

"자, 잘 구경했습니다. 그럼 이만."

슬픈 눈으로 자신을 바라보는 백몽추의 시선이 의식되었다.

뚜벅뚜벅 호 장로를 향해 걸어가며 기대를 배신하는 것은 즐겁지만 신뢰를 거스르는 것은 괴롭다는 사실을 알았다.

'나쁜 짓이란 즐겁지만 때론 괴롭기도 한 것이군.'

갑작스런 유검의 행동에 주위의 공기가 팽팽하게 당겨졌다. 긴장이 고조되기 시작한 것이다.

사람들의 병장기를 움켜쥔 손에 잔뜩 힘이 들어가고 바라보는 안광이 번쩍 불을 밝힌다.

호 장로가 딱딱한 음성으로 입을 열었다.

"귀하의 의도는?"

싸우려는 건지 아니면 화해를 청하는 건지 마지막으로 물어보는 것 같았다.

사람들은 왜 물어보길 좋아할까? 자신도 알 수 없는데 무엇을 대답한단 말인가?

유검은 편안한 미소를 지으며 입을 열었다.

하지만 물어보는 그의 정성을 감안해 최선이라 생각되는 답을 내놓았다.

"저는 나쁜 놈이 되겠습니다."

호 장로는 어리둥절해졌다.

대체 누구에게 나쁜 놈이 되겠다는 것인지?

여인들을 생각하면 자신들을 따르는 것이 나쁜 놈일 것이다. 하지만 자신들을 기준으로 생각하면 반항하는 것이 나쁜 놈이다.

사람들은 대부분 자신을 기준으로 생각하기에 호 장로는 후자로 받아들였다.

"유감이구려."

호 장로는 슬쩍 뒤로 빠지며 수하들에게 공격 명령을 내렸다.

유검도 중얼거렸다.

"저도 유감이군요."

상대의 해석에 따라 움직이려 이미 마음먹고 있었기에 걸어오는 싸움을 구태여 피하려 하지는 않았다.

슈욱— 슈우욱—

검, 도, 창이 일제히 날아왔다.

공세에 규칙적이고 절도있는 흐름이 있었다. 진법이다.

그들은 대부분 검은 무복을 차려입고 있었기에 횃불이 있기는 하지만 어둠에 동화되어 모습을 알아채기 어려웠다.

이런 상황에서 막무가내식의 공격은 상잔의 가능성이 있기에 별달리 효력을 발휘하기 어렵다. 그러니 진법을 선택한 것은 옳다.

하지만 유검에게 있어 그러한 선택은 역효과를 불러일으켰다.

그에게 내공은 없다. 하지만 힘의 흐름을 읽는 능력은 여전했다. 능력은 봉인시켰다지만 힘의 흐름을 읽는 눈과 그것을 효율적으로 운용하는 지혜야 가릴 수 있는 대상이 아니니까.

여기에 개별적인 사람들마다 힘의 중심점을 찾는 것보다 전체적인 힘의 중심점을 찾아내는 것이 훨씬 더 쉽다는 점을 감안하면 다음의 변화는 이미 예측될 수 있었다.

그러니 이 일에 대해 호 장로를 비롯한 모든 사람들이 드러낸 경악은 무지로부터 비롯되었다고 할 수 있었다.

차창! 차차창!

마치 쌓아놓은 벽들이 우르르 연쇄적으로 무너져 내리는 듯했다.

모든 것은 유검이 찔러 들어온 창의 흐름에 몸을 내맡기며 동시에 슬쩍 손을 뻗어 창신을 잡아 비틀면서 비롯되었다.

유검을 공격해 온 검, 도, 창들의 공격 궤적은 당연히 하나로 모아지고 있었는데, 그중 하나의 창이 변화를 일으키면서 전체적인 힘의 중심점이 크게 요동 쳤다.

아래를 향했던 검은 돌연한 창의 변화에 위로 솟구쳤고, 위쪽을 노리며 베어왔던 도는 검의 변화에 빗겨났다. 그렇게 서로 상하좌우로 파도치듯 움직이게 되었는데, 병장기 속에 깃든 진기의 흐름들은 전체적으로 하나의 소용돌이를 형성시켰다.

그리하여 유검을 중심으로 모두 여섯 갈래의 힘의 줄기가 소용돌이를 따라 바깥으로 퍼져 나갔는데, 각기 또 다른 소용돌이를 형성시켰다.

사람들은 기운의 소용돌이 속에서 뜨거운 뭔가가 솟구치는 것을 느껴야만 했다. 그들은 그러한 기운을 억지로 가라앉히려 했지만, 오히려 반발력을 더 키워줄 뿐이었다.

소용돌이는 갑작스러웠고 또한 강력했는데, 바깥으로 퍼져 나가자 공격에 참가하지 않고 기다리고 있던 자들에게도 영향을 미쳤다. 그리고 그들의 반응은 또다시 소용돌이를 더욱 크게 형성시켰을 뿐이었다.

이와 같은 현상은 너무도 빠르게 일어났다.

쏴아아—

유검을 중심으로 한줄기 소용돌이 바람이 일어났고, 어설프게 세워져 있던 짚단들이 우르르 무너져 내렸다.

여인들이 바라볼 때 일어난 일은 단지 그뿐이었다.

◆第十一章

여인들의 선택

 여인들의 선택

호 장로는 경악을 벗어나 무심(無心)의 경지에 이르러 있었다. 설마설마 하던 유검의 능력을 두 눈으로 목격했다. 달리 할 말이 있을 리 없다.

그럼에도 그는 태연할 수 있었는데, 아주 중요한 열쇠를 자신이 지니고 있다고 믿어서였다.

짝— 짝— 짝—

그는 박수까지 쳐주었다.

"훌륭하오, 훌륭해. 대체 무슨 일이 일어났는지는 모르겠으되, 그대의 무공이 입신지경에 이르렀음은 알겠소이다."

만약 그가 날카로운 검기로 원거리 공격을 강행해 보았더라면 의외의 사실을 발견했을 것이다. 어처구니없게 느껴질 만큼 쉽게 유검을 제압할 수 있다는 것을.

내공이 없다는 말은, 다시 말해 운동 능력과 반사 신경이 보통 사람과 다를 바 없다는 의미다. 당연히 갑작스런, 게다가 원거리에서 뻗어나오는 검기 공격에는 제대로 대응할 수 있을 리 없다.

하지만 단 한 수에 진을 형성하고 있던 수하들은 물론, 바깥에서 대기하고 있던 자들까지 한꺼번에 쓰러뜨린 그가 현재 내공조차 없다는 사실을 어떻게 짐작조차 할 수 있겠는가.

보통 사람으로 그런 부조화스런 상태를 떠올린다면 대부분 정신 이상자로 몰리고 말 것이다.

지극히 평범한 부류에 속하는 호 장로는 거대한 기운의 충격에 전신의 맥이 풀린 듯 아직도 일어나지 못하고 있는 수하들의 모습을 보고 내심 탄식했다.

더 이상 힘으로 맞부딪치는 것은 자살 행위라 판단, 유검에게 타협안을 내놓았다.

"여기에는 만 근의 화약이 묻혀 있소이다. 게다가 모자랄까 하여 몇천 근의 화약을 더 옮겨오는 중이었소."

여차할 경우 폭파시켜 모조리 몰살시키겠다는 위협을 암시하고 있었다.

유검은 이들이 너무 쉽게 굴복해 버린다고 생각했다.

그렇다고 자신의 약점을 애써 말해 준다는 것도 이상하다.

그냥 이대로 슬쩍 떠날까 어쩔까, 그게 가능할지 고려 중이었는데 마침 호 장로가 입을 열자 호기심이 일었다.

"내게 원하는 게 있나보군요. 들어볼까요?"

호 장로는 너무도 태연한 유검의 말투에 눈살을 찌푸렸다.

대체 가장한 것인지 아닌지 구분할 수가 없었던 것이다. 만약 가장

된 것이 아니라면 다른 한 수를 숨기고 있다는 것으로 해석됐다.

본래 유검에게 공격을 명할 때도 제압하겠다는 욕심은 없었다. 단지 떠나가 주기만 하면 된다. 나중 다시 오더라도 그사이 방비를 철저히 해놓으면 된다. 본 교의 총단에 도움을 요청했으니 시간을 벌자.

그런 계산들이었다.

호 장로는 고민했다.

'그냥 떠나가 주면 어떻겠소? 라고 한다면… 동의하지 않겠지. 여태까지의 강경한 태도를 보더라도…….'

그는 크게 심호흡을 했다. 그리고 단호한 음성으로 입을 열었다.

"좋소! 그대의 의지에 탄복했소이다. 도저히 꺾을 수가 없구려."

유검은 어리둥절했다. 대체 무슨 의지를 보였다는 말인가?

"제안컨대, 그 여인들만 데리고 떠나면 어떻겠소? 남자 기재들까지 데려가겠다면 우린 함께 자폭하는 수밖에 없소이다. 여기까지가 우리가 내놓을 수 있는 마지막이오! 아, 물론 각하께서 데리고 온 자들도 함께 보내 드리겠소이다."

여인들은 웅성웅성거렸다. 정말로 이대로 나갈 수 있는 가능성이 생긴 것이다.

호 장로가 지켜보는 가운데 유검은 팔짱을 끼고 곰곰이 생각에 잠겼다.

그리고는 천천히 고개를 좌우로 가로저었다.

호 장로는 벌컥 화를 내었다.

"꼭 남자 기재들까지 데리고 가야겠단 말이오? 욕심이 과하구려! 우리가 자폭 못할 줄 아시오?"

"아, 그게 아니라……."

유검은 여인들을 가리키며 말했다.

"원하는 자들만 데리고 가기로 하죠. 난 그들의 의견을 존중하고 싶어졌거든요."

"……?"

한 여인이 막 소리치려다 유검의 그 말에 쑤욱 입을 다물었다. 그녀는 본래 죽어도 함께 죽고 살아도 함께 살아야 한다. 남자들만 두고 우리만 빠져나갈 수는 없다. 그런 식의 말을 하려 했는데 유검이 선택의 기회를 준다고 하자 갑자기 말문이 막혀 버렸던 것이다.

여인들은 갑자기 선택의 기로에 섰다.

양심이냐? 아니면 자유냐?

여인들은 서로 얼굴을 마주 보며 눈치만 살필 뿐 일시간 아무도 자신의 의견을 내놓지 못하고 있었다.

초영영은 날카로운 시선으로 유검을 쏘아보다 입술을 깨물며 말했다.

"난… 남겠어!"

제갈소혜는 반대 의견을 내놓았다.

"난 나가겠어. 우리가 여기 남는다고 해서 뭐가 달라지지?"

한번 입을 열기 시작하자 봇물 터지듯 여러 의견들이 나오기 시작했고 옥신각신 다투기까지 했다.

조금 길어지자 유검은 지루함을 느끼고 하품을 했다.

백몽추가 다가와 조심스레 물었다.

"왜 이런 짓을 한 거죠? 그냥 나가자고 했으면 다들 못 이기는 체하고 따라나섰을 텐데……."

유검은 아무런 대답 없이 그냥 웃었다.

호 장로는 도무지 유검의 의향을 짐작조차 할 수가 없어 곤혹스럽기 그지없었다.

문책을 각오하고 여자들은 몽땅 데리고 나가도 좋다고 말했다.

구하러 왔으니 많으면 많을수록 좋을 것이나 그 정도로 일단 만족하는 것 같았다. 그런데… 왜 그녀들에게 선택권을 맡겨 괜한 시끄러움을 자초하는가?

정말로 남겠다는 자는 남기고 떠날 셈인가?

의문은 꼬리를 물었다.

그러다 어떤 결론에 도달하자 번쩍 찬물을 끼얹은 듯 정신이 들었다.

'그렇다! 뭔가 기다리고 있다! 이자는 일부러 시간을 끌고 있는 것이다!'

호 장로에게 있어 중요한 것은 남자 기재들이다.

대법을 시행 중인 말코도사들이 불만을 터뜨리겠지만, 여자들 따위야 당장 없어도 아무 상관 없다.

그것을 자각하자 당장 유검에게 요구했다.

"당장 데리고 나가시오, 당장! 그렇지 않는다면 화약을 폭파시키고 말겠소이다!"

호 장로의 말에 여인들은 모두 입을 다물었다.

모든 분란이 그의 말 한마디에 종식되어 버렸다.

지금 당장 화약이 터진다면 자신들은 물론 남자 기재들도 함께 몰살당하고 만다. 그것을 생각하면 자신들에게 남겨진 선택은 하나뿐이었다.

양심과 자유, 그리고 목숨이 모두 나가기를 바라게 된 것이다.

유검은 길게 기지개를 켜고는 다시 자리에서 천천히 일어났다.

"그렇게까지 말씀하신다면야… 어쩔 수 없군요."

유검은 여인들에게 선택의 자유를 줌으로써 나쁜 놈이 되겠다는 의도가 실패했음을 자각했다.

유검이 동혈 밖으로 천천히 걸어나가기 시작하자 여인들도 머뭇거리다 그 뒤를 따랐다.

백몽추는 내심 놀라움을 금치 못했다.

'설마… 이런 상황을 예측했던 걸까?'

만약 유검이 자신들을 데리고 강제로 밖으로 뚫고 나가려 했다면 어쩔 수 없이 희생자가 나왔을 것이다.

그리고 호 장로의 타협안에 순순히 승낙했을 경우에는 전체적인 의견이 분열되고 말았을 것이다.

아마도 몇 명은 강하게 거부감을 표했을 것이고, 밖으로 나가기를 찬성한 나머지 사람들도 은연중 자기들만 살아 나간다는 죄책감을 금치 못했을 것이다.

그에 비해 지금의 결과는 희생자는 없으며, 모두 언젠가는 남자들도 반드시 구해내겠다는 결심을 하며 연민 속에서 동굴을 떠난다.

바라던 가장 최선의 상황이라 해도 좋으리라.

백몽추는 유검을 깊이 신뢰하고는 있었지만, 이런 형식으로 이뤄질 줄은 전혀 예상하지 못했기에 감탄뿐이었다.

동혈을 빠져나가며 누군가 괜히 일을 시끄럽게 만들었다며 유검을 욕하는 소리가 들려왔다.

백몽추는 욱하는 마음이 들었다. 일부러 악인(惡人)을 자초하며 가장 최선의 결과를 이끌어내었는데, 그것도 몰라주고 욕을 하다니! 하지만 오직 자기만이 진정한 유검의 진심을 알고 있다고 생각하니 한편으론 우쭐해지기도 했다.

만약 유검이 그와 같은 그녀의 생각을 알았다면 고개만 갸웃거렸겠지만.

"대체 내가 한 일이 뭐지?"

그와 같은 반문만 들었을 것이다.

백몽추는 밖으로 걸어나가는 유검의 뒷모습을 보았는데, 무척이나 고독해 보인다고 생각했다. 그 고독함이 자기 내면의 모습을 비춘 것임은 알지 못했다.

동혈 밖으로 나오니 해는 서산마루에 걸려 있었다.

"그럼 인연이 있으면 다음에 봅시다."

유검이 포권을 취하며 그렇게 갑자기 작별 인사를 꺼내자 여인들은 당황을 금치 못했다.

초영영이 발끈해 소리쳤다.

"이봐요! 최소한 우릴 안전한 곳까지……!"

유검은 그녀의 말은 아랑곳하지 않고 올라왔던 길을 내려가기 시작했다.

제갈소혜가 급히 달려가 유검의 옷자락을 붙잡고 말했다. 산공독이 풀리지 않은 터라 그 짧은 거리의 달음박질만으로도 숨을 헐떡였다.

"헉헉… 우릴 안전한 곳까지 데려다 줘요. 아니면 산공독의 해독약을 구해다 주세요. 뭘 바라시죠? 가능한 것이라면 대가를 지불하겠어요."

유검은 대가를 지불하겠다는 그녀의 말투가 마음에 들었다.

도와줘서 고맙다는 말 따위는 애당초 기대하지 않았다. 실제로도 도움을 주려는 의도 따윈 없었으며 차라리 가지고 놀았다는 표현이 더 옳을 것이다.

유검은 호기심을 느끼며 물었다.

"줄 것이 있나요?"

제갈소혜는 똑바로 유검을 쳐다보았다. 한 치도 부끄러움이 없다는 태도로 당당히 말했다.

"언제냐가 중요합니다. 후일이라면 금은보화든 뭐든……."

"지금 말이에요."

"지금이라면……."

제갈소혜의 두 눈은 흔들리지 않았다. 미리 생각하고 결심해 둔 듯 거침없이 말했다.

"몸을 줄 수 있지요."

유검은 역시 웃음을 참지 못했다.

"당신은 참으로 똑똑하고 아름다운 여인입니다. 자신을 희생해서라도 모두를 구하려는 그 마음은 더욱 아름답군요. 하지만 제가 당신을 원하지 않을 수 있다는 사실은 생각해 보지 않았나요? 저는 실제로 아주 아름다운 여인을 알고 있습니다. 저와 항상 함께 있지요. 죄송하지만 그녀는 그대보다 아름다우며 또한 사랑스럽습니다."

제갈소혜의 얼굴이 점점 창백해져 갔다.

모두를 위한 희생이 실패해서였을까, 아니면 미녀의 자존심이 꺾인 탓일까.

그녀의 목소리가 조금 떨렸다.

"그대는 그런… 사람이었나요?"

그녀가 말하는 그런 사람이란, 옳은 일을 위해서는 대가를 바라지도 않고 심지어 목숨까지도 아끼지 않는 협객이 아닌 사람을 말함일 것이다.

정확하게 그녀가 말한 의미를 파악한 유검은 흐뭇해져 흔쾌히 시인했다.

"예, 바로 그런 사람이지요. 하지만 그대가 안전한 곳을 찾아가는 것을 막지는 않습니다. 그럼 이만."

유검은 뒤돌아서서 다시 걸음을 옮기기 시작했는데, 제갈소혜는 망연한 시선으로 뒷모습을 바라볼 뿐 더 이상 붙잡을 용기는 없었다.

저벅저벅—

백몽추가 유검의 뒤를 따라 걸음을 옮기기 시작했다.

초영영이 날카로운 음성으로 소리쳤다.

"어딜 가는 거지? 우릴 배반할 셈이야? 저런 사람 따위 쫓아가서 뭘 어쩌겠다는 거지? 대단하신 몸이잖아! 우린 거들떠보지도 않는데 말야!"

백몽추는 의아해하며 되물었다.

"안전한 곳을 바라지 않았어?"

"그러니까 우리끼리 의논해서 그런 곳을 찾아야지! 너 혼자 행동해서 어쩌겠다는 거야!"

"휴, 생각해 봐. 지리도 모르고 아는 사람도 없는 이곳에서 대체 어디라야 안전한 곳이지?"

"……."

"저분과 함께 있는 게 가장 안전한 곳이라는 생각은 안 해봤어?"

"하지만… 저자는 우리보고 따라오지 말라고 했잖아."

"단지 작별 인사만 했을 뿐이야."

백몽추는 답답하다는 듯 길게 한숨을 내쉬고 다시 말을 이었다.

"그건 다시 말해 이제부터 우리 스스로 의사를 결정하란 말이었어.

생각해 봐. 저분이 우리보고 따라오지 말라고 한 적은 없었어. 게다가 우리보고 안전한 곳을 찾아가는 것을 막지는 않겠다고 했잖아. 난 내 생각을 확신해. 그러니까 쫓아갈 테야!'

꿈보다 해몽이 좋은 것인지도 모른다.

혼자 터벅터벅 걸어가던 유검은 자신이 정말 그런 의미로 그랬나? 하는 의문이 일었지만 우르르 쫓아오는 이십여 명의 여인들을 막지는 않았다. 자신에게 어떤 요구 조건을 내걸거나 시시콜콜 참견하지만 않는다면야 아름다운 여인들과 함께 있는 것이 싫을 까닭은 없으니까.

게다가 구태여 그녀들을 반드시 지켜야 한다는 사명감도 없으니 부담감도 없다. 마음 내키는 대로 행동하다가 그 결과 그녀들이 지켜진다면 그건… 어쩔 수 없을 뿐인 것이다.

하지만 곧 유검은 자신이 잘못 생각했음을 깨달았다. 끊임없이 이어지는 여인들의 수다를 듣는 것이 얼마나 끔찍한 경험인지 곧 알게 된 것이다.

'일구이언도… 나쁜 짓이겠지?

전각이 내려다보일 때 유검은 여인들과 따로 떨어지기로 결심했다.

곧 아무런 사전 설명 없이 언덕 아래 전각을 향해 달리기 시작했다.

여인들에게 있어 의존할 대상은 좋으나 싫으나 유검뿐이었다. 그런 그가 갑자기 뛰기 시작하자 따라 달리기 시작했다.

유검이 경신술을 펼친 것은 아니지만 그녀들은 쫓아오지 못했다. 오랫동안 가사 상태에 있다가 깨어났고 게다가 산공독에 중독되어 있었기에 체력이 극도로 약해져 있었던 것이다.

"기, 기다려요! 왜 뛰는 거죠?"

"멈춰주세요! 제발요! 숨이 차단 말이에요!"

"홍, 저럴 줄 알았어! 우리가 귀찮아지기 시작한 거라구!"

"아냐! 반드시 어떤 의미가 있을 거야. 우리가 단지 모르고 있을 뿐이라구!"

숨을 헐떡이면서도 입씨름은 끊이지 않고 계속되었다.

전각 가까이 내려갔을 때 한 무리의 사람들—틀림없이 일월교의 수하들로 보이는—이 원형을 이루고 누군가를 포위하고 있는 것을 볼 수 있었다. 암혈객이 그들을 진두지휘하고 있었는데, 원형의 포위망 안에는 다우와 진여영, 두충이 있었다.

한바탕 격전이 벌어진 듯 두충은 숨을 몰아쉬고 있었는데, 그의 손에 검이나 칼은 들려 있지 않았다.

유검은 호 장로가 거짓말했음을 알았지만 특별히 억울하지는 않았다.

유검은 그들에게 가까이 다가가기 전에 잠시 나무에 기대어 숨을 골랐다.

암혈객 및 일월교의 인물들은 당연한 이야기지만 유검 및 이십여 명의 여인이 한꺼번에 달려오는 것을 발견했다.

암혈객의 얼굴이 일그러졌다.

'늙은이! 전륜동에서 저자를 이미 제압했다 하더니……!'

이때 나무 위에서,

ㅡ주인님!

유검은 흠칫했다. 전음성이 귀에 익었다.

"일월쌍……."

주인과 수하, 젊은이와 늙은이라는 묘하지만 나름대로 친한 사이인데 쌍괴라 부르기엔 조금 미안해서 말끝을 흐렸다.

─물론 저희들입죠! 그나저나 이목이 귀신같이 밝으시군요. 저희들이 이 나무에 숨어 있는 것을 어떻게 눈치 채시고⋯⋯.

─오! 이 반가움을 어찌 말로 형용할 수 있으리오! 주인님의 용안을 못 뵈온즉 이 수하의 가슴은 눈물 마를 날이 없었사옵니다!

일양괴는 오해를 하고 월음괴는 어디서 배웠는지 경극대사 같은 말로 반가움을 대신하고 있었다.

"근데 어떻게 여기에⋯⋯?"

─예, 상화구의 뒤를 쫓다 보니 여기까지 오게 되었습니다. 우리가 데리고 있던 그⋯ 주인마님⋯ 을 반드시 지켜야만 한다고 판단했기에⋯⋯.

화를 주인마님으로 말해도 될지 어떨지 몰라 말끝을 흐리는 일양괴였다.

─종적은 이곳으로 이어지는데, 갑자기 감쪽같이 흔적이 사라지고 말았습니다. 에⋯ 또 한 분의 주인마님⋯ 께서 고초를 겪고 있는 듯하여 저희들이 지켜보고 있던 중이올시다. 일단 모습을 드러내지 않는 게 좋을 듯하여 이렇게 몸을 숨기고 있지만, 여차할 경우에는 목숨을 바쳐서라도 구해낼 생각이었죠.

주위를 둘러보건대 일월쌍괴를 위협할 만한 자는 보이지 않는다. 월음괴의 목숨을 바쳐 운운은 과장이 분명하다.

다우 일행은 암혈객의 반응을 통해 변화가 있음을 감지했다.

"오라버니!"

다우가 나무 아래 쉬고 있는 유검을 발견하곤 반가운 얼굴로 손을 흔들어 보였다.

유검도 웃으며 손을 마주 흔들어주었다.

마치 유람이라도 나온 모습들이었다.

그런 다우의 반응에 두충은 얼굴을 찡그리다 곧 호기롭게 주위를 향해 소리쳤다.

"어서 덤벼라! 나의 시체를 밟기 전에는 이 소저에게 손가락 하나 건드리지 못할 것이다!"

열혈충성이 알알이 배어 나오는 음성이다.

그동안 자신이 목숨 바쳐 다우를 지키고 있었음을 드러내는 말이기도 했다. 한편으로 그런 자신의 충심을 몰라주고 유검에게만 관심을 갖는 다우에 대한 한 가닥 원망도 들어 있었다.

그사이 여인들은 숨을 헐떡이며 겨우 유검이 있는 곳까지 당도했다.

유검은 다시 움직이기로 했다.

이때 뭔가 느껴져 잠시 눈을 감았다.

곧 눈살을 찡그리며 중얼거렸다.

"넌가, 고철덩어리? 이상한 곳에 숨어 있었군."

분명히 언어를 통해 귀에 들려오는 것은 아닌데, 상화구가 어떤 의사를 전달하고 있는지 바로 알아들을 수 있었다.

유검은 고개를 끄덕였다.

"좋아, 네가 원한다면 내게 협력해도 좋다. 어차피 나도 화를 찾을 테니까."

산중의 해는 짧다. 벌써 주위는 어둑해지려 하고 있었다. 유검은 일월쌍괴에게 말했다.

"이분 소저들께서 뭔가 요구 사항이 있는 듯합니다. 저 대신 자세히 들어주시면 고맙겠군요."

유검은 이런 부탁을 해야 한다는 사실에 조금 미안함을 느꼈다. 하지만 나쁜 놈이 되기로 한 이상 이 정도 명령은 당연한 것이리라. 비록 그것이 목숨 걸고 싸우라는 것보다 더 가혹한 요구이기는 하지만.

유검이 걸어오자 암혈객은 있는 대로 얼굴을 찡그렸다. 유검과 안면이 있는 이들은 모두 그랬다.

본래 심정으로 따지자면 유검의 그림자만 봐도 저 멀리 피하고 싶었다. 하지만 명령을 받은 몸으로 피하고 싶다고 해서 어떻게 피하겠는가.

붙으면 깨진다. 불을 보듯 뻔한 사실이다. 하지만 붙어야만 한다.

이런 고뇌가 암혈객의 심중을 괴롭혔다.

유검이 가까이 다가서자 두 명의 사내가 지닌 도를 휘둘러 보이며 으르렁거렸다.

"멈춰라!"

"넌 누구냐? 감히 여기가 어디라고!"

공격 명령은 없었기에 단지 경계 태세만 갖춰 그렇게 소리쳤다.

유검은 오른손을 올렸다가 아무런 대꾸 없이 둘을 향해 손가락을 뻗었다.

갑자기 어둑해져 가던 하늘이 환하게 밝아왔다.

사람들은 갑작스런 변화에 자신도 모르게 하늘을 올려다보았다.

쏴아앙—

이미 하얀 빛의 기둥이 내리꽂히고 있었다.

꽈앙—!

정확히 유검을 가로막은 사내 둘 사이를 직격했다.

커다란 웅덩이가 생겨난 듯했는데, 이미 용암이 되어 사방으로 흐르기 시작했다.

암혈객은 대경실색하여 소리쳤다.

"피, 피해라!"

명령이 있기 전에 그 주위의 사람들은 생존 본능에 따라 이미 날렵하게 피하고 있었다.

유검은 사내 둘이 다치기는 했지만 무사한 채 동료들에게 끌려가는 것을 보고 투덜거렸다.

"조준이 형편없군."

유검은 정확히 말하자면 둘 사이를 가리켰으며 상화구는 시킨 대로 했을 뿐이다. 그러니 유검의 말은 억울하기 그지없다.

주위 일월교의 무사들은 검과 도를 치켜들고 당장이라도 잡아먹을 듯 노려는 보고 있었지만 감히 달려들지는 못하고 있었다.

유검이 걸음을 옮길 때마다 주춤주춤 뒤로 물러서기만 했다. 스윽 유검이 오른팔을 들어 올리자 사람들은 깜짝 놀라 우르르 뒤로 물러났다. 시야에서 벗어나려 하는 것이다.

인의 장막이 썰물처럼 좌우로 갈라졌다.

뚫려진 도산검림(刀山劍林).

우거지상을 하고 있는 두충을 뒤로하고 다우가 환하게 웃으며 달려왔다.

유검은 두 팔을 벌려 그녀를 깊숙이 품에 안았다.

"괜찮아? 다친 덴 없어?"

"응. 근데 나쁜 짓도 꽤 힘들다는 걸 알았다. 착한 일만큼이나 힘들구나. 그래도 재미는 있더라."

"당연하지! 나도 꽤 많이 해봤는걸!"

다우는 유검의 말에 기쁨을 금치 못했다.

사실 지금에 이르러 굳이 남을 골탕 먹이거나 하는 일에는 크게 홍미를 느끼지 못했는데, 유검을 만난 후 평온과 위로와 기쁨을 느끼면서였다. 그럼에도 행여나 옛날 버릇이 튀어나와 그것이 유검의 눈살을 찌푸리게 하는 것은 아닐까 하는 걱정이 은연중 있었다.

한데 이제 유검이 나쁜 짓도 재밌더라며 자기가 느끼고 있던 것을 공감해 주니, 기쁘지 않을 리 없었다.

"그래? 흠… 그럼 같이 해도 재밌을까?"

"그야 물론이지!"

유검과 다우, 둘의 얼굴에 평화스러운, 혹은 사악한 미소가 떠올랐다.

이때 호 장로가 보낸 전령이 급히 달려와 암혈객에게 새로운 명령을 전했다.

암혈객의 얼굴이 그제야 안정을 되찾았다.

그는 유검을 향해 소리쳤다.

"떠나도 좋소! 우린 막지 않겠소!"

이 말을 할 수 있어서 다행이라며 암혈객은 내심 가슴을 쓸어 내렸다.

다른 인물들도 그와 같은 심정, 동일했다.

어느 누가 개죽음을 원하겠는가.

유검은 다우, 진여영, 두충과 함께 천천히 장원 밖을 향해 걸음을 옮겼다.

힐끗 일월쌍괴 쪽을 바라보니 여인들에 둘러싸여 있었는데, 이런저런 요구 조건에 금방이라도 폭발할 듯한 얼굴로 애써 노화를 누르고 있는 모습이었다.

유검은 일월쌍괴에게 미안한 마음 금할 길이 없었지만 그렇다고 한두 명도 아닌 그녀들의 수다를 다시 듣고 싶은 생각은 없었다.

이때 진여영이 나섰다.

"아무래도 제가 가야 할 것 같군요."

진여영은 딱딱한 얼굴로 그렇게 말하고는 여인들 쪽을 향해 걸어갔다.

'같은 여자들끼리니 말이 통할 거라 생각하는 건가?'

곧 유검의 두 눈이 휘둥그레졌다.

진여영의 능력은 그야말로 경이 그 자체였다. 그녀가 가서 몇 마디 하자마자 여인들은 일사불란하게 움직이기 시작한 것이다.

일월쌍괴는 겨우 해방되었는데, 그 짧은 시간 동안 녹초가 된 듯한 모습이다. 유검은 진여영의 능력에 감탄을 금치 못했다.

한참 후에야 그녀가 무림맹주의 딸이라는 사실을 기억해 낼 수 있었다.

장원 밖으로 나오면서 진여영의 뒷모습이 왠지 모르게 빛나고 있음을 느꼈다.

냉정, 위엄, 화려, 기품…….

자신의 자리를 찾아서일까? 여태까지 보이던 불안, 초조해하던 모습은 온데간데없다.

그녀가 변한 것일까? 아니면 바라보는 자신의 시선이 변한 것일까?

유검은 그저 놀랄 뿐이었다.

◆第十二章

내가 신(神)이라면…

내가 신이라면…

산중의 밤이 깊어갔다.

여러 개의 모닥불이 피워져 있지만 내공을 잃은 여인들은 산중의 매서운 추위를 견디지 못했다. 유검은 상화구에게 명을 내려 중앙에 반장 지름의 용암 구덩이를 만들었다.

그곳에서 후끈후끈한 열기가 주위로 뻗어 나가자 여인들은 그제야 삼삼오오 짝을 지어 잠을 청할 수 있었다.

달빛은 고요했다.

다우는 옆에서 평온한 얼굴로 잠들어 있었는데, 입가에 조금 침을 흘리고 있었다.

유검은 그녀를 내려다보며 미소를 지었다.

나쁜 짓을 해보고 나서야 다우의 마음을 깊이 공감할 수 있었다.

가끔 일곤 하던, 저건 고쳐 줘야지 하는 생각은 더 이상 들지 않았다.

그녀에게서 아주 깊은 친밀감을 느꼈는데, 그녀의 어떤 행동이라도 무조건적으로 받아들일 수 있을 것 같은 그런 느낌이었다.

외로워하고, 홀로 괴로워하고, 때론 실수하고, 때론 나쁜 짓도 하며…

유검은 그러한 다우의 인간적인 모습들이 너무도 아름답다는 것을 알았다.

유검은 초월의 상태에 있을 때를 떠올렸다.

너도 나도 없는 그런 경지. 분명 지극한 행복감은 있었다. 어떤 불행도 없었다.

하지만 지금과 비교해 보면 어떨까? 가슴 저리도록 타인의 마음에 공감하며 같이 아파하는 이러한 아름다움은 대체 무엇이란 말인가?

그건 보통 사람들의 삶이다.

유검은 실소를 금치 못했다.

그리 길지 않은 인생이지만 검에 삶을 담았다. 그리하여 궁극의 경지를 맛보았다. 그 이상이 있는지 어떤지는 모르겠으되 분명 바라는 바를 얻었다. 하지만 얻고 나서야 자신이 얼마나 보통 사람의 삶을 원하고 있었는지 깨달았을 뿐이다. 돌고 돌아 원점인 것이다.

'아니, 원점이긴 하되 달라. 이제 더 이상 다른 걸 찾아 헤매지는 않을 테니까.'

이때 조용한 전음성이 들려왔다.

유검은 미간을 찌푸리다 천천히 자리에서 일어났다.

수풀 속으로 들어가 잠시 걸으니 조그만 공터가 나왔는데, 흰자위 없이 검은 눈동자만 있는 괴노인이 바위 위에 홀로 앉아 있었다.

유검은 인사를 건넸다.

"오랜만이군요."

노인은 고개를 끄덕이며 조용히 물었다.

"자넨 무언가 얻은 것 같군. 그게 무엇인지 말해 줄 수는 없겠나?"

유검은 웃었다.

"얻은 건 없습니다. 음, 오히려 잃었다고 봐야겠지요."

"무엇을?"

"환상을요."

"⋯⋯?"

"제가 도리어 묻고 싶군요. 어르신께선 왜 그리도 어떤 초월적인 경지를 바라며, 그리하여 신(神)이 되고 싶어하십니까?"

"몰라서 묻는가? 인간이라면 누구나 신이 되고자 하거늘… 이유가 있겠는가."

"좋습니다. 그럼 어르신이 이미 신이라면 어떡하시겠습니까?"

"아니, 난 아네. 난 아직 신의 경지에 들지 못했어."

"이상하군요. 대체 그 누가 신의 경지에 들어가 봤답니까?"

"자네도 느꼈을 것이 아닌가? 궁극의 경지를 바라며 수련해 나갈 때 성취되는 기쁨과 능력들을 말일세."

"능력이라면… 성취의 기쁨은 모르겠으되 능력이 과연 무엇을 가져다 줍니까? 남에게 난 이런 능력을 가졌다는 것을 자랑하기 위해선가요?"

"설마… 세속의 욕망을 벗어난 내가 속인들의 선망을 바랄 리 있겠는가. 단지 능력이 커져 감을 바라보는 것 자체가 행복인 게지. 신으로 다가서고 있다는 증거이기도 하니까."

"증거… 휴, 그렇다면 어떤 능력을 원하시는 겁니까? 제가 알기에 어르신께선 이미 엄청난 능력들을 소유하고 계신데."

"신의 경지에 들어가면 자연히 알게 되겠지. 내가 궁금한 것도 그것이라네. 자네는 우리가 얻지 못한 것을 분명 성취한 것 같아. 대체 그게 무엇이던가? 도가도비상도(道可道非常道)라 하니 말로 표현하기 힘들어서 그러나? 그래도 조금이나마 표현해 주게. 우리의 영혼은 그 갈망에 지쳐 쓰러질 지경이라네."

유검은 탄식하며 고개를 끄덕였다.

"좋습니다."

노인은 천천히 고개를 숙였다. 그가 할 수 있는 최대의 감사 표시였다.

유검은 입을 열었다.

"어르신께선 비우고 비워도 그 비운 자가 남아 있다고 했습니다."

"그랬지. 인간적인 모든 것을 버리게 되면 반드시 신이 나타날 것이라 확신하고 있으니까. 이것이 엉뚱한 가설이 아님은 자네도 알 걸세. 도가(道家)도 불가(佛家)도 공통적으로 말하는 바이니까. 도(道)든 신(神)이든 우리는 그것을 알고 싶네."

"묻건대 그 비운 자는 누구던가요?"

"그야 당연히……."

노인은 습관적으로 대답하려 하다 문득 느끼는 바가 있어 즉시 눈을 감고 내면으로 들어가 비운 자를 찾았다.

고요함 속에 노인이 깊은 선정(禪定)에 들어가자 유검은 중얼거렸다.

"전 모르겠습니다. 정말로 모르겠습니다."

밤 안개가 끼기 시작했다.

"하지만 최소한 제게 있어선 인간으로서의 삶이 더욱 매력적이군요. 아십니까? 제가 신이라면 분명 인간을 해보고 싶어할 것입니다."

유검은 웃었다.

"그래서 지금 이렇게 있는 게 아닌가요?"

유검은 다시 모닥불가로 돌아와 조용히 다우를 깨웠다.

"음… 왜 깨우는 거야?"

다우는 눈을 비비며 애써 잠을 깨웠다.

"마교… 아니, 일월교 장원으로 우리 둘이서만 다시 들어가 보자."

"왜? 아, 기재들을 구하려고?"

"아니, 그냥 재밌을 것 같지 않어?"

유검의 눈가에 악동의 웃음이 걸렸다.

다우도 조용히 따라 웃으며 동감의 뜻을 드러내었다.

구름이 끼었는지 달빛조차 없다.

그야말로 밤손님의 날이다.

둘이 복면까지 하고 몇 가지 짐을 챙긴 후 슬며시 떠나려는데 일월 쌍괴가 언제 잠에서 깨었는지 슬며시 앞을 가로막았다. 일월쌍괴는 다른 여인들을 깨우는 게 겁이 나는지 목소리를 최대한 죽여 불만을 토로했다.

"저희들은 여기 남겨두고 떠나시겠다구요? 이건 너무하신 처사로 사료되옵나이다."

월음괴의 투정에 유검은 고개를 저었다.

"떠나는 것은 맞지만, 남겨두는 것은 아니랍니다. 두 분이 자유롭게 떠난다 한들 말릴 사람은 아무도 없지요."

"그, 그렇게 되면 저 여인들은 어떡하구요?"

"진 소저가 있지 않습니까? 마교가 건드리지 않는다면 대체 누가 암

호랑이의 콧수염을 뽑겠습니까? 아, 이 비유는 진 소저에게는 비밀입니다.”

유검이 맘대로 해도 좋다는 허락을 해준 셈이라 일월쌍괴는 내심 안도의 한숨을 쉬었다.

이제 다시 길을 떠나려는데, 이번에는 두충이 나타났다. 그의 입가에 머문 단호한 결심의 뜻을 읽고 말로는 해결이 힘듦을 알았다.

조용히 일월쌍괴를 다시 불렀다.

두충은 유검이 무슨 짓을 하려는지 이미 짐작한 듯 발끈해 소리쳤다.

“날 떼어놓지는 못할 것이외다! 나의 사명은 오로지 전심전력……!”

핑―

일양괴의 지풍이 뿜어졌다.

하지만 두충은 이미 오른손으로 검결을 취하고 있었기에 지력을 느끼자마자 무형지검이 반응했다. 무형의 검이 움직이고, 그 뒤를 손이 따르고, 몸은 그 후에야 반응했기에 지풍을 막아내는 모습은 괴이하기 그지없었다. 그럼에도 세인들이 알면 놀랄 것이다, 일월쌍괴의 한 수를 받아낼 정도의 능력이란 흔한 것이 아니었으니까.

하지만 두 번은 없었다.

두충이 지풍을 손쉽게 막아내는 모습을 보고 월음괴와 일양괴가 동시에 손을 썼기 때문이었다. 하나는 손가락을 꼿꼿이 세워 그의 목덜미를 향해 지풍을 발출했고, 다른 하나는 그의 엉덩이를 향해 발길질을 했다.

두충의 무형지검은 하나, 동시 공격에 취약함을 드러내는 순간이었다.

“크윽! 비, 비겁한…….”

발길질에 엉덩이 장강혈(長强穴)을 제압당한 두충은 몸이 마비되는 것을 느끼며 그 자리에서 쓰러졌다.

이제야 방해물이 사라졌다며 기뻐하는 순간 유검은 깨달았다, 이미 대부분의 여인들이 깨어났음을.

그녀들은 극도로 신경이 예민해 있었으니 이런 소동에 잠이 깨지 않는다면 오히려 이상할 것이다.

뻔뻔스러운 나쁜 놈이 되기로 결심했으나 이 순간만큼은 겨우 어색한 미소를 띠는 정도가 할 수 있는 최선이었다. 이십여 명의 여인이 한꺼번에 쏟아내는 원망의 눈길이란 그토록 위력이 강하다.

이제 와 없었던 일로 할 수는 없는 일, 유검은 미안한 마음 금하지 못하며 일월쌍괴에게 소리쳤다.

"그럼, 부탁합니다!"

그리고는 다우와 함께 뛰기 시작했다.

일월쌍괴는 입을 딱 벌렸는데, 믿는 도끼에 발등이 찍힌 자의 경악이 고스란히 드러났다.

얼마나 달렸을까? 숨을 몰아쉬고 나서 주위를 돌아보니 쫓아오는 자는 아무도 없었다.

"후아… 근데 우리가 왜 도망쳐야 하지? 뭔가 좀 이상하군."

유검은 뒤늦게서야 불만을 토로했다.

다우가 조용히 옷가지를 잡아당겼다.

"왜?"

다우는 아무 말 없이 하늘을 가리켰다.

하늘 위에 뭐가 나타났나 싶어 고개 들어 보는데, 뺨에 차가운 뭔가가 와 닿는다.

"벌써 첫눈이?"

어쩌면 이 지역에 있어 첫눈이 아닐지도 모른다. 하지만 유검과 다우에게 있어서는 분명 첫눈이었다.

조금씩 떨구어지던 하얀 눈은 금방 함박눈으로 변해갔다. 검은 그림자로만 보이던 숲은 어느새 은빛 천사로 변해가고 있었다.

눈은 과연 마술사다웠다. 온 세상을 변화시키고 있었다. 그리고 대부분 여인의 마음도 변화시킨다.

다우는 은빛 세상으로 물들어가는 고요한 밤을 감동에 젖어 바라보다 조용한 목소리로 물었다.

"저기… 힘들겠지?"

"음? 뭐가?"

"그러니까 발자국이 남을 거 아냐. 내 생각에는 몰래 들어가긴 어려울 것 같은데?"

"음… 그러네? 그럼 어떡하지? 이제 다시 돌아가는 건 이상하고……"

일월교의 장원으로 잠입하겠다는 목적이 사라지고 돌아갈 명분도 없자 둘은 그냥 걷기 시작했다.

쌓여지는 눈 위로 둘의 발자국이 나란히 생겨났다.

아무런 목적지도 없는 걸음이었지만 왜 걷냐는 말은 아무도 하지 않았다.

둘은 숲을 벗어나 걷다가 산등성이 아래 한 동굴을 발견했다.

"저기서 좀 쉴까?"

유검의 말에 다우는 잠시 생각했다. 그리고는 고개를 끄덕였다.

"음… 그래, 그러자."

동굴 안은 그리 깊지는 않았는데, 낯선 동물들이 들어와 살지는 않는 듯 특유의 비린내는 없었다.

바깥으로 다시 나가 눈에 젖은 풀들과 나뭇가지들을 모아왔다.

비록 나뭇가지들이 눈에 약간 젖어 있기는 했지만 불을 붙이는 것은 다우의 전공이다. 어렵지 않게 모닥불을 피울 수 있었다.

모닥불을 마주하고 둘은 서로를 보고 웃었다.

어느새 각자 얼굴에는 검정이 잔뜩 묻어 있었던 것이다.

아무 말 없이 서로를 지켜보다 다우가 먼저 옆 자리로 옮겨왔다.

유검은 부드러운 손길로 그녀의 머리를 가슴에 안았다.

이제 알 수 있었다. 그녀가 어떤 모습으로 변하든, 어떤 행동을 하든 아무 조건 없이 무조건 받아들일 수 있다는 것을.

그날 밤, 둘은 하나가 되었다.

깊은 하나 속에서 유검은 그녀의 맑은 눈동자를 통해 여신을 보았다. 사랑 속으로 녹아 들어가며 유검은 그제야 진정 말할 수 있음을 가슴으로 알았다.

진정 사랑한 것은 나 자신만은 아니었다고.

다른 존재를 나 이상으로 사랑할 수 있다고.

『무상검』 제9권으로…

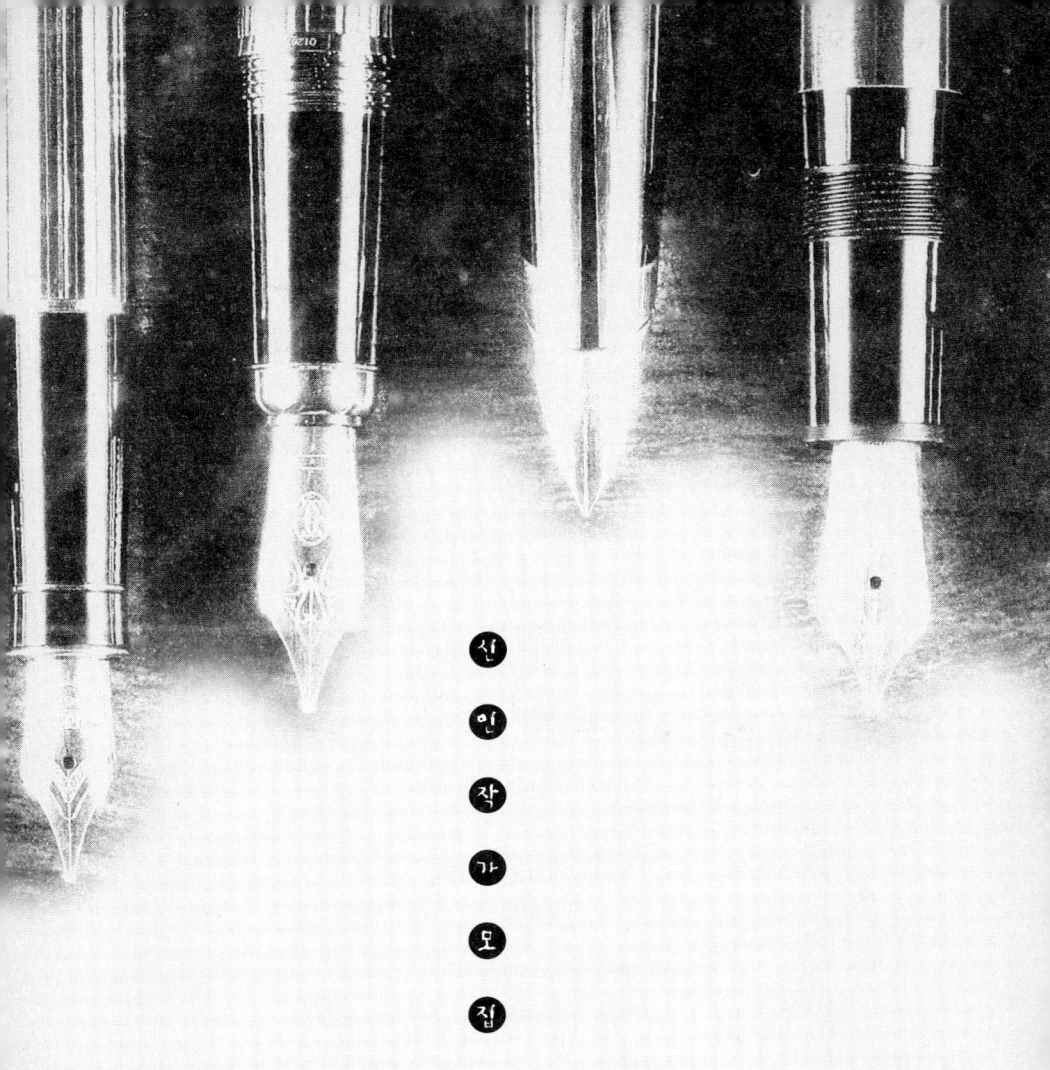

신

인

작

가

모

집

시작이 반이라고 했습니다.
작가의 길에 대한 보이지 않는 벽을 과감히 깨뜨리십시오!
청어람은 작가 지망생 여러분들의
멋진 방향타가 되어드리겠습니다.

저희 도서출판 청어람에서는
소설 신인 작가분들을 모집합니다.
판타지와 무협을 사랑하시는 분들의 많은 참여를 바랍니다.
소정의 원고(A4용지 150매)를 메일이나 우편으로 보내주시면
검토 후 출판 여부를 알려드리겠습니다.

주소:경기도 부천시 원미구 심곡1동 350-1 남성B/D 3F 우편번호420-011
TEL:032-656-4452 · **FAX**:032-656-4453
http://**www.chungeoram.com**
e-mail:chungeoram@chungeoram.com